Es bringt den ganzen Ort in Aufruhr: ein Aquarium voller Hummer, das urplötzlich im örtlichen Lebensmittelladen von Klippisfontein, Südafrika, steht. Kinder und Erwachsene beäugen gebannt die faszinierenden Krustentiere. Dabei will der verheiratete Ladenbesitzer Oom Marius eigentlich nur seine Angebetete Missies Patty beindrucken, indem er endlich die Haute Cuisine nach Klippisfontein holt. Doch dann erkrankt seine Frau Hettie und soll in Kapstadt behandelt werden. Jemand muss den Laden weiterführen. Und der Einzige, der sich auf die Schnelle finden lässt, ist Marius' schwarzer Assistent Petrus. In einem Dorf, das seit Urzeiten nach den gleichen Regeln funktioniert, ein Skandal! Neid und Argwohn brechen sich Bahn. Doch dann haben Marius und einige Dorfbewohner eine wunderbare Idee – und die hat mit viel Liebe und einigen Hummern zu tun.

Colette Victor wuchs in Südafrika auf. Die letzten dreizehn Jahre hat sie in Belgien gelebt. Sie ist als Sozialarbeiterin in einer ehemaligen Bergbaugemeinde tätig. Zudem unterrichtet sie Schreibkurse für sozial Benachteiligte und engagiert sich in der Leseförderung von Kindern. Sie hat Jugendbücher veröffentlicht, bevor sie mit »Der Tag, an dem die Hummer schwimmen lernten« ihren ersten, preisgekrönten Roman für Erwachsene schrieb.

Colette Victor

Der Tag, an dem die Hummer schwimmen lernten

Roman

Aus dem südafrikanischen Englisch von Ute Brammertz

btb

Die Originalausgabe erschien 2015 unter dem Titel
»What to Do With Lobsters in a Place Like Klippiesfontein«
bei Cargo Publishing, Glasgow.

FSC
www.fsc.org
MIX
Papier aus verantwortungsvollen Quellen
FSC® C014496

Verlagsgruppe Random House FSC® N001967

1. Auflage
Deutsche Erstveröffentlichung August 2016

Umschlaggestaltung: semper smile, München
Umschlagmotiv: © Shutterstock/Helga Wigandt; Shutterstock/cornflower
Satz: Uhl + Massopust, Aalen
Druck und Einband: GGP Media GmbH, Pößneck
UB · Herstellung: sc
Printed in Germany
ISBN 978-3-442-71390-5

www.btb-verlag.de
www.facebook.com/btbverlag
Besuchen Sie auch unseren LiteraturBlog www.transatlantik.de!

Gewidmet dem Andenken an Lucky Tsomo,

12. 5. 1994 – 3. 1. 2015,

von allen geliebt.

1

Niemand in der Stadt hatte so etwas jemals gesehen. Na ja, außer in dem Werbespot für dieses Mineralwasser. Natürlich ging Fanus' Aquarium mit den exotischen Fischen, die jeder begaffte, irgendwie in diese Richtung. Aber ein Hummeraquarium mit knallblauem Hintergrund und braunen Hummern, die Scheren mit gelbem Klebeband umwickelt … Niemals hätte sich irgendwer träumen lassen, dass so etwas ausgerechnet in Klippiesfontein auftauchen würde.

Zuerst erntete der Lieferwagen, der vor Oom Marius' Gemischtwarenladen hielt, das gleiche milde Interesse wie jede Woche. Ein paar vertraute Gestalten, die auf der Straße herumlungerten, kamen träge angeschlendert, um nachzusehen, was diese Woche mit der Lieferung eingetroffen war. Da kam es zum Vorschein. Der Lieferant brachte seine Sackkarre an die Heckseite des Lastwagens, schob die Schaufel unter das Aquarium und senkte es zu Boden. Das Interesse der Umstehenden war geweckt. Aufgeregtes Murmeln ging durch die kleine Schar.

»Oom Marius!«, rief Lenny und vertraute darauf, dass die stehende Luft seine Stimme bis in den Laden hineintrug. »Was ist das hier, dieses Fischdings?«

»Ach, das …«, rief Oom Marius zurück. »Das ist ein Hummeraquarium.«

Seine Stimme war gewollt beiläufig. In diesem Moment

wusste jeder, dass etwas Großes im Gange war. Aufgesetzte Beiläufigkeit war einfach nicht Oom Marius' Art. Offensichtlich, schlossen sie, hatte das hier etwas mit Patty zu tun.

Fünf oder sechs Männer folgten dem Lieferanten in den dunklen Laden, der nach Waschpulver und Paraffin roch. Sie beobachteten aufmerksam, wie Oom Marius das Ding in eine Steckdose einstöpselte und mit Wasser füllte.

»Was soll das heißen, Oom Marius?«, fragte Frikkie. »Wirst du da Hummer reintun? Werden die nicht nach zwei Tagen mordsmäßig stinken?«

»Hast du denn gar keine Ahnung?«, fuhr Oom ihn an. »Man tut da doch keine toten Hummer rein.«

»Du meinst, sie sind ...«

Ebenda kehrte der Lieferant mit einer weiteren Ladung zurück. In den Armen hielt er eine weiße Styroporkiste, die er Oom Marius behutsam vor die Füße stellte. Er reichte ihm ein Klemmbrett und wartete auf den Scheck.

Nachdem er fort war, bedeutete Oom Marius seinem treuen Gehilfen Petrus mit einem Nicken, dass dieser mit dem Auspacken der Kartons anfangen sollte.

»Die hier überlässt du mir, hörst du?«, rief Oom Marius und deutete auf die weiße Kiste.

Der stumme Petrus nickte.

Oom Marius verbrachte den ganzen Nachmittag damit, sich um sein Hummeraquarium zu kümmern. Er las die Anleitung, hielt alle paar Minuten ein Thermometer ins Wasser und tat so, als würde er den lieben langen Tag nichts anderes machen, und zwar jeden Tag. Die Menschenschar sowohl im Ladeninnern als auch draußen auf der brütend heißen Veranda wurde größer. Um zwanzig vor zwei war

Schulschluss, und die Menge wuchs sogar noch weiter an, um barfüßige Jungen in grauen Shorts und Hemden und Mädchen in roten Trägerkleidchen. Sie trugen den Geruch von Staub mit sich herein.

»*Oom, wat het Oom daar binne in die boks?*«, wagte ein kleines Kind zu fragen.

»Dann komm, ich zeig dir, was ich in der Kiste habe«, gab er nach. Wie dem Rattenfänger von Hameln folgten ihm die kichernden Kinder vom Ladentisch zum Hummeraquarium, wo die geheimnisvolle Kiste immer noch unangetastet herumstand.

Oom Marius nahm das Taschenmesser von seinem Gürtel und schlitzte geschickt das Klebeband auf, mit dem der Deckel befestigt war. Mit der Eleganz eines Zirkusdirektors riss er ihn herunter und hielt ihn über seinen Kopf. Meeresgeruch, der zu lange in Plastik eingeschlossen gewesen war, überwältigte diejenigen Kinder, die in der ersten Reihe standen. Während jeder einen Blick ins Innere der weißen Kiste erhaschte, erhob sich sowohl von den Jugendlichen als auch den Erwachsenen ein Chor aus *Aaahs*.

Schlagartig dem Licht ausgesetzt fingen vier Hummer an, sich zu winden und zu bewegen, und die *Aaahs* verwandelten sich in aufgeregtes Kreischen. Auch wenn keiner, der ihm zusah, darauf getippt hätte, dass Oom Marius noch nie im Leben einen Hummer angefasst hatte, streckte er behutsam die Hand in die Kiste, ergriff den glänzenden Rücken eines Tiers und hob es hoch. Er schwang es in die Nähe seines Publikums. Das Ding wand sich in seinen Händen. Alle wichen zurück. Er hielt das Tier über das Aquarium und ließ es ins Wasser fallen. Mit dem gleichen publikumswirksamen

Gebaren machte sich Oom Marius daran, die anderen drei Hummer ebenfalls hineinplumpsen zu lassen.

»Wirst du die Dinger hier im Laden verkaufen?«, fragte Frikkie.

»Selbstverständlich. Moderne Supermärkte auf der ganzen Welt verkaufen Hummer wie diese. Warum sollte das in Klippiesfontein anders sein?«, verkündete er stolz.

»Aber wer wird sie kaufen, Oom?«, die Augen des kleinen Daan starrten den Ladenbesitzer vertrauensvoll an.

»Was soll man mit ihnen *anfangen*? Sind sie wie Welpen?«

»Sie sind zum Essen da, mein Kind. Zum Essen.«

Die Gruppe brach in spontanes Gelächter aus. Die Anspannung, die den ganzen Tag im Laden geherrscht hatte, fiel von ihnen ab. Oom Marius hatte endlich den Beweis erbracht, dass er *mal* war. Verrückt. Die Kinderbande riss sich los und stürmte nach draußen, um sich eine bessere Beschäftigung zu suchen, als riesige Wasserkakerlaken anzustarren, die man essen sollte. Die Erwachsenen drifteten ebenfalls davon. Nur Frikkie und Lenny blieben auf der Veranda, wo sie rauchten und Passanten grüßten.

Am späten Nachmittag war es dunkel und kühl im Laden. Es war die Tageszeit, die Oom Marius am meisten liebte. Eine vorübergehende Geschäftsflaute. Das einzige Geräusch war Petrus' rhythmisches Rascheln mit dem Besen, zum zehnten Mal am heutigen Tag. Diesem Petrus konnte man viel nachsagen, aber eines ließ sich nicht behaupten, nämlich, dass er faul war.

Soweit in der Stadt bekannt war, hatte Petrus nie im Leben ein Wort von sich gegeben. Natürlich hatte sich niemand die

Mühe gemacht, bei Petrus' Mutter nachzufragen, denn zu der Zeit, als er vor zweiundzwanzig Jahren bei Oom Marius angefangen hatte, machten sich Weiße nicht die Mühe, Schwarze viel zu fragen. Befehle zu blaffen war eher an der Tagesordnung.

Damals suchte Oom Marius nach jemandem, der seinen Laden putzte, beim Auffüllen der Regale half und tat, was er ihm auftrug. Er hatte Mitleid mit einer liederlichen schwarzen Frau verspürt, die ihre Tage damit verbrachte, sich durch die Stadt zu schleppen und Menschen um Kleingeld anzubetteln, damit sie sich und ihren schwachsinnigen Jungen ernähren konnte. Ein Blick auf die jämmerliche Frau genügte Oom Marius, um zu wissen, dass er sie nicht in den Laden stellen konnte. Mit ihrem unterernährten Aussehen würde sie die Kundschaft vergraulen.

Er ging auf sie zu. »Hey, du, wie heißt das Kind?«

»Das ist Petrus, Baas«, antwortete sie.

»Wie alt ist er?«

»Er ist acht, Baas.«

»Ist er stark?«

»Er ist stark, Baas.«

»Bring ihn morgen früh um sieben hierher, damit er mit der Arbeit anfangen kann. Und bade ihn gefälligst heute Abend. Ich will nicht, dass er nach Holzfeuer stinkt.«

»Danke, Baas. Danke, Baas.« Sie versuchte, Oom Marius' Hand zu ergreifen.

»Geht jetzt nach Hause. Und hier, nimm das«, knurrte er und drückte ihr eine Plastiktüte mit einem Laib Brot, einem Stück knallorangen Cheddarkäse und einem Liter Milch in die Hände. »Aber erzähl niemandem, woher du das hast, hörst du?«, fuhr er sie an. »Sonst habe ich morgen früh jeden Bastard aus der Township vor der Tür.«

»Danke, Baas. Nein, Baas, ich werde nichts sagen.«

Während der Nachmittag verging und der Stundenzeiger näher an die Fünf heranrückte, wurde Oom Marius immer aufgeregter, wie jeden Nachmittag etwa um diese Uhrzeit. Petrus fiel auf, dass die Blicke auf die Wanduhr und die raschen Spurts vom hölzernen Ladentisch an der Rückseite des Geschäfts hinaus auf die Veranda, wo Oom Marius die Main Street entlangspähte, heute häufiger waren, fieberhafter.

Es musste etwas mit Missies Patty zu tun haben, folgerte Petrus. Um fünf Uhr hielt der Schulbus aus Springbok, wo sie als Sekretärin an der Highschool arbeitete. Die Schüler strömten dann in ihren grün-weißen Uniformen auf den Gehsteig vor Baas Bothas Metzgerei. Dann stieg Missies Patty auf ihre gewandte Art aus dem Bus und überquerte die Straße zum Gemischtwarenladen, um für sich und ihren Ehemann Zigaretten zu kaufen. Das war, wie jeder in der Stadt wusste, Oom Marius' liebster Teil des Tages.

Niemand wusste mehr, wann es an die Öffentichkeit gelangt war – die Gefühle, die Oom Marius für Missies Patty hegte. Es schien ganz so, als wäre es einfach schon immer so gewesen. Natürlich sagte Oom Marius Missies Patty nicht, wie er empfand, und sie tat so, als wüsste sie von nichts. Ja, sich zu verstellen funktionierte in dieser Stadt so gut, dass sogar Missies Pattys Ehemann Shawn und Oom Marius' Ehefrau Tannie Hettie so taten, als wüssten sie von nichts. Es war eine gute Stadt für Verstellungskünstler, dieses Klippiesfontein.

Auch wenn sich niemand erinnerte, *wann* er angefangen hatte, so zu empfinden, wusste doch jeder, *warum* er es tat. Es lag daran, dass Missies Patty viele Jahre in der großen Stadt gelebt hatte und über Großstadtangelegenheiten Bescheid wusste, von denen keiner in Klippiesfontein eine Ahnung hatte. Es lag daran, dass Oom Marius immer davon geträumt hatte, selbst in der Großstadt zu wohnen und ein richtiger Großstädter zu werden. So war es immer im Leben. Ein Mensch hat etwas, das ein anderer haben möchte. Und normalerweise wird alles darangesetzt, es zu bekommen. Jedenfalls sah Petrus es so. Missies Patty war Großstädterin. Oom Marius sehnte sich danach, Großstädter zu sein. Und jetzt stand ein Hummeraquarium im Laden.

Fünf Minuten vor fünf blaffte Oom Marius Petrus an: »Geh die Veranda kehren und gib mir Bescheid, wenn du sie kommen siehst.«

Mit einer Engelsgeduld, die von jahrelanger Knechtschaft herrührte, nickte Petrus, griff nach seinem Besen und schlenderte langsam nach draußen auf die schattige Veranda.

Wisch, wisch, wisch, erklang der Rhythmus des Besens. Aus purer Gewohnheit nahm Petrus die langsamen Geschehnisse an der Kreuzung in allen Einzelheiten wahr. Auf der Veranda des Royal-Hotels saßen weiße Männer, für gewöhnlich immer dieselben weißen Männer, und tranken kaltes Bier. Und da hieß es, schwarze Männer wären faul, spottete Petrus. Auf der anderen Straßenseite parkte ein Farmer mit seinem Pick-up an der Tankstelle und füllte Benzinkanister mit rotem Diesel für seinen Traktor. Und bei Henk Coetzees Jagd- und Angelladen sah er den Besitzer aus dem Schaufenster starren. Wahrscheinlich dachte er gerade über irgendein Tier nach, das er am Wochenende erschossen hatte. *Wisch, wisch,* machte der Besen.

»Petrus!«, drang Oom Marius' leicht hektische Stimme aus dem Ladeninnern. »Wo ist dieser gelbe *lappie*? Überall auf dem verfluchten Aquarium sind Fingerabdrücke von Kindern.«

Nachdem Petrus den Besen an die Wand gelehnt hatte, schlenderte er hinein und ging in den kleinen Lagerraum hinter dem Laden. Er kam mit einer Flasche Windowleen und dem gelben Staubtuch zurück, die er Oom Marius stillschweigend reichte.

»Wer hält nach dem verfluchten Bus Ausschau, wenn du hier drinnen bist?«, fuhr Oom Marius ihn an.

Schleppenden Schrittes ging Petrus wieder nach draußen, griff nach dem Besen und kehrte weiter. Er hörte das *Pffft, Pffft,* als Oom Marius sein kostbares Aquarium mit Windowleen besprühte. Dann hörte er das schwere Getriebe des Busses die Straße bergauf ächzen. Auf den Besenstiel gelehnt beobachtete er, wie die üblichen Gestalten ausstiegen, beiläufig grüßend die Hand hoben, sich unter Rufen verabschiedeten und die Straße überquerten, ohne sich nach Autos umzusehen. Klippiesfontein war keine Stadt, in der man Autos allzu viel Beachtung schenken musste. Endlich sah er Missies Patty die Stufen des Busses heruntersteigen. Sie glitt mit den Handflächen über ihre Oberschenkel, um die Falten aus ihrem Bleistiftrock zu streichen, warf das blonde Haar über die Schulter und ging in Richtung des Gemischtwarenladens.

Petrus lehnte den Besen wieder an die Wand und kehrte in den Laden zurück. Er durchquerte das Geschäft, bis er direkt hinter Oom Marius stand, der immer noch das Aquarium polierte. Petrus berührte ihn an der Schulter.

Oom Marius wirbelte herum. »Ist sie da? Kommt sie?«

Petrus nickte.

»Los! Raus mit dir! Bring den Müll raus oder sonst was. Mach schon. Beeil dich, du Faulpelz!«

Diesen Ausspruch hörte Petrus jeden Nachmittag, wenn Missies Patty auf dem Weg zum Gemischtwarenladen die Straße überquerte. Andere Männer wären vielleicht böse geworden, wenn man so mit ihnen geredet hätte, aber Petrus … Er wurde nicht böse. Petrus verstand Oom Marius' Aufregung bei Missies Pattys Anblick. Petrus empfand genauso, wenn er Precious sah. Vielleicht würde er auch jeden beschimpfen, der herumlungerte, falls sie jemals auf ihn zukäme.

Petrus trug den Müll in die dunkle, schmale Gasse zwischen dem Gemischtwarenladen und dem Videogeschäft nebenan.

Er hörte die Glocke über der Tür bimmeln, als Missies Patty den Laden betrat.

»Guten Tag, Oom Marius!«, rief sie, die Stimme voll Musik.

Oom Marius lachte sein aufgesetzt-schüchternes Lachen. »Wie oft muss ich es Ihnen noch sagen, Patty, nennen Sie mich einfach Marius.«

»Okay«, antwortete sie. Freundlich, wie Missies Patty immer war. »Kann ich eine Schachtel Bennies und Hennies und eine Schachtel Camel mit Filter für Shawn haben, Marius?«

Petrus hörte es hinter dem Ladentisch rascheln, als Zigaretten und Geld hin- und hergereicht wurden.

»Geht es Tannie Hettie heute besser?«, erkundigte sich Missies Patty.

Petrus wusste, was jetzt käme. Das Einzige, was Oom Marius an Missies Patty nicht passte, war, wenn sie seine Ehefrau erwähnte. Und Oom Marius war nicht allzu gut darin, Dinge zu verbergen, die ihm nicht passten.

»Besser? In welcher Hinsicht sollte es ihr denn besser gehen?«, versetzte er unwirsch.

»Gestern Nachmittag habe ich gesehen, wie sie aus Doktor Browns Praxis gekommen ist«, erklärte Missies Patty.

»Ach, das war bloß ihre Routineuntersuchung, Patty. Es war nichts. Sie kennen ja Hettie, sie erledigt diese Dinge gern rechtzeitig. Aber sagen Sie, warum waren *Sie* in der Arztprax…«

»Nein, Oom. Beim Herauskommen hat sie geweint. Etwas hat definitiv nicht gestimmt.«

»Hettie? Geweint?«

»Ja, Oom. Sie hat geweint.«

Ein paar Sekunden lang stand Oom Marius schweigend da. Petrus wusste, dass er sich Missies Pattys Worte durch den Kopf gehen ließ. Dann ergriff er wieder das Wort. »Wahrscheinlich sind es bloß diese Depressionen, die gerade umgehen. Sie wissen schon, Frauen und Ärzte sind ganz wild darauf. Wenn Hettie krank wäre, hätte sie es mir bestimmt gesagt.«

»Wenn Sie meinen, Oom. Also, danke für die Zigaretten!«, rief sie. Auf dem Weg nach draußen klackerten ihre Absätze über den Holzboden.

»Haben Sie gesehen, was ich heute hereinbekommen habe?«, rief Oom Marius ihr geradezu verzweifelt hinterher.

»Was denn?« Petrus konnte ein Lächeln in ihrer Stimme hören.

»Schauen Sie mal da drüben, in der Ecke«, erwiderte er stolz.

»Mein Gott, Marius!«, hörte Petrus sie völlig entsetzt aufkreischen. »Das ist einfach furchtbar! Woher haben Sie denn das?«

»Aus dem Meer, Patty. Es gibt Taucher und Metallkäfige, und die tauchen richtig tief, um sie zu fangen. Früher haben Sie doch selbst am Meer gewohnt. Warum sagen Sie, dass es furchtbar ist?«

»Marius, es ist schrecklich grausam. Sie werfen sie lebendig in Töpfe mit siedendem Wasser, und man hört sie schreien, während sie zu Tode gekocht werden. Oh, ich kann es nicht ausstehen, Marius. Versprechen Sie mir, dass Sie sie loswerden?«

»Natürlich, Patty. Natürlich. Das wusste ich nicht. Das habe ich ehrlich nicht gewusst.«

Petrus hörte, wie der Klang von Missies Pattys Stöckelschuhen leiser wurde, als sie in Richtung Tür ging.

»Bis morgen, Oom Marius!«, rief sie.

»Wie oft muss ich Ihnen noch sagen, nennen Sie mich einfach …«

Doch der Satz blieb unvollendet.

Petrus wartete darauf, dass sein Name gerufen wurde.

»Petrus!«, erscholl Oom Marius' schroffe Stimme. »Komm rein und pack diese verfluchten Sardinen aus! Die Kiste steht hier schon seit heute Vormittag rum.«

Petrus ließ den Deckel der Mülltonne scheppernd zufallen. Mit einem Schulterzucken ging er zurück in den Laden.

2

»*Jissus God, wat gaan ek nou met die blerrie goed doen?*«, rief Oom Marius dem Lieferanten hinterher.

Oom Marius beobachtete, wie er die staubige Veranda überquerte, die drei Stufen zur Straße hinunterging und auf seinen Lieferwagen zuhielt, der unter der Akazie parkte, wegen des erbärmlichen bisschen Schattens, den sie bot.

Akazien oder Dornenbäume, wie sie oft genannt wurden, waren so ziemlich das Einzige, was hier in Klippiesfontein wuchs. Und Gras. Natürlich gab es gewaltige Ebenen mit ausgedörrtem, gelbem Gras, vereinzelten willkürlich aufgeschichteten Felshaufen und einsamen stählernen Windmühlen, die versuchten, die wenige Feuchtigkeit aus der roten Erde zu saugen. Weite Fläche – so würden die meisten Menschen die Gegend beschreiben. Es ließ sich nicht viel mehr darüber sagen, als dass es viel Fläche gab. Oom Marius wünschte dem Lieferanten eine besonders heiße und lange Fahrt zurück in die Stadt, nach Springbok, einhundertsiebenundsechzig Kilometer östlich.

Zum Teufel mit ihm, dachte Oom Marius. Jetzt hatte er es am Hals. Sie. Die vier lederfarbenen Tiere, die ihn den ganzen Tag lang aus ihrem Gefängnis anstarrten. Was würde er Patty sagen? Und den übrigen Leuten? In Klippiesfontein hatte Oom Marius sein Ansehen als Geschäftsmann verloren. Jetzt war er zum Gespött der ganzen Stadt geworden.

Hummerbabysitter. Das hatte seine übereilte Entscheidung aus ihm gemacht. Er wusste noch nicht einmal, was die verfluchten Dinger fraßen, aber eines war sicher: Wenn er sie verhungern ließe, würde Patty kein Wort mehr mit ihm reden.

Oom Marius hörte, wie die Tür zwischen dem Laden und seinem Haus quietschend aufging. Er musste Petrus auftragen, die Scharniere zu ölen, ermahnte er sich. Als er sich umdrehte, erblickte er Hettie, seine Frau, die in den Laden schlurfte. Er hob die Augenbrauen. Hettie kam nie in den Laden. Wenn sie etwas brauchte, schickte sie immer Anna, ihre Haushaltshilfe.

»*Dag, vrou*«, sagte er.

Hettie war nie sonderlich attraktiv gewesen. Noch nicht einmal, als er sie vor neununddreißig Jahren geheiratet hatte. Ja, sie war jung und weich und rund gewesen. Sie hatte dieses scheue Kichern an sich gehabt, das manche Mädchen an den Tag legten und das die Dinge dort unten bei einem Mann in Wallung brachte. Doch am wichtigsten war, dass sein Vater, seine Mutter und der Pastor sie gutgeheißen hatten. Und damals war das der beste Heiratsgrund gewesen.

Mittlerweile waren seine Eltern längst gestorben. Und Hetties ebenfalls. Zudem waren ihr scheues Kichern und jegliche Spur von hübschem Aussehen ihrer Ehe vor vielen Jahren abhanden gekommen. Sie war eine stämmige, starke Afrikaanerin. Sie hatte ihm drei robuste Söhne geboren, und ihre Hüften bewiesen es. Einmal die Woche ging sie zum Friseur, der ihre Haare zu einem Heiligenschein aus erdbebensicheren Locken eindrehte. Sie hatte Falten unter den Augen, einen leichten Damenbart über der Oberlippe und grüne

Augen, die jugendlich funkelten und ihre übrigen Gesichtszüge wieder wettmachten. Hettie war seine Ehefrau, und eine Ehefrau war da, bis dass der Tod einen schied. So stand es in der Bibel.

Tannie Hettie war vor dreiundsechzig Jahren als Tochter eines Karakulschafzüchters und seiner Frau zur Welt gekommen. Sie war das vierte Kind und noch dazu ein Mädchen. Es war ihr unentrinnbares Schicksal, einen rechtschaffenen jungen Afrikaaner aus der Gegend zu heiraten, und genau darauf bereitete ihre Mutter sie vor. Ab einem Alter von vier Jahren wurden Tannie Hettie lebenswichtige Fertigkeiten beigebracht: Kochen, Backen, Handarbeiten und das Herumkommandieren schwarzer Dienstboten.

Das junge Mädchen war gut in der Schule und gehörte zu den Klassenbesten, doch die Eltern schenkten derartigen Belanglosigkeiten kaum Beachtung. Solange sie die *Huisgenoot*, eine überregionale Zeitschrift, die im Grunde zur Pflichtlektüre einer jeden anständigen Afrikaanischen Hausfrau gehörte, lesen und das Haushaltsbudget zusammenrechnen konnte, bedurfte sie ansonsten keiner weiteren Schulbildung. Obwohl Tannie Hettie als Mädchen davon geträumt hatte, Lehrerin oder Krankenschwester zu werden, hatte sie diesen Wunsch nie laut geäußert. Als junge Frau zum Studium fortzugehen verstieß in einer Kleinstadt wie Klippiesfontein gegen jede Konvention, es sei denn, es handelte sich lediglich um eine strategische List, um einen guten Fang zu machen. Doch Tannie Hettie hatte nichts damit am Hut, einen guten Fang zu machen. Sie glaubte, recht naiv, an Liebe und Romantik, also blieb sie auf der Karakulschaffarm ihres Vaters und wartete darauf, dass der richtige Junge vorbeikäme.

Marius war zwei Jahre älter als Hettie. Er war sowohl blond als auch stark, und man könnte behaupten, dass das alte Sprichwort, Not mache erfinderisch, in seinem Fall ganz besonders zutraf. Sein Unternehmertum entsprang keinem angeborenen Geschäftssinn, wie viele Leute glaubten, sondern vielmehr dem rein pragmatischen Problem, der dritte Sohn zu sein. Sein ältester Bruder würde die kleine Rooibosteeplantage des Vaters erben, während sein zweiter Bruder die Sisalfabrik ihres Großvaters väterlicherseits in der Nähe von De Aar übernommen hatte. Dem jungen Marius blieb nichts anderes übrig, als erfinderisch zu werden. Eine Erbschaft war ausgeschlossen. Ein Studium im Anschluss an seine nicht gerade glänzende Highschool-Laufbahn kam nicht infrage. Sich einen bequemen Bürojob in irgendeiner Behörde zu suchen, wie es damals bei weißen Südafrikanern üblich war, sagte ihm ungefähr so sehr zu, wie im Fluss Limpopo mit all seinen Krokodilen baden zu gehen. Nein, Einfallsreichtum war für Marius die einzige Möglichkeit, seinen Lebensunterhalt zu verdienen.

Die Stadtbewohner und örtlichen Farmer waren es damals gewohnt, die Waren, die ihr Land nicht hergab – Kaffee, Zucker und Marie Biscuits –, von dem Lieferwagen zu kaufen, der jede Woche in der Stadtmitte hielt. Marius hatte die lästige Aufgabe übertragen bekommen, seine Mutter nach Klippiesfontein zu fahren, damit sie ihre wöchentliche Bestellung abholen konnte. Schon bald, nachdem er ihr geholfen hatte, die Lebensmittel hinten auf den Pick-up zu laden, sahen sie zu, wie der Laster wieder nach Springbok abfuhr. Auf der Rückfahrt zur Farm fiel Marius' Mutter dann ein, dass sie vergessen hatte, Waschpulver zu kaufen. Praktisch in Tränen aufgelöst saß sie neben ihrem Sohn, weil sie die Kleidung ihrer Familie nicht rechtzeitig für den Kirchgang am Sonntag würde waschen können. Damals war ihm die Idee zum ersten Mal in den Sinn gekommen. Die Idee von Waren, die den ganzen lieben langen Tag, und zwar jeden Tag, außer natürlich sonntags, zur Verfügung stünden.

»Stell dir vor, du könntest eine Packung Waschpulver kaufen, wann auch immer es dir ausgeht«, hatte Marius der jungen Hettie am Sonntag nach der Kirche unterbreitet. »Mit so etwas ließe sich richtig Geld verdienen.«

Hettie hatte heftig genickt, furchtbar beeindruckt von den Geschäftsvisionen dieses strammen Burschen.

Also war er die Sache angegangen, angetrieben von der Begeisterung der Tochter des Karakulschafzüchters. Er nahm ein kleines Darlehen bei der Bank in Springbok auf und eröffnete den Gemischtwarenladen. Nach einem Jahr, als es den Anschein machte, als würde ihm das Unternehmen ein anständiges Einkommen bescheren, hielt er um Hetties Hand an, und nach einem weiteren Jahr heirateten sie in der Niederländisch-reformierten Kirche von Klippiesfontein.

Tannie Hetties Arme, dick und mit Sommersprossen übersät, wrangen ein Geschirrtuch, das sie aus der Küche mitgebracht hatte. »Marius, ich muss etwas mit dir besprechen.«

»Hast du heute schon mit Andre geredet?«, unterbrach er sie, da ihm ein neuer Einfall gekommen war.

»Nein, ich werde ihn heute Abend anrufen. Ich wollte zuerst mit dir reden.«

»Hettie, geh wieder ins Haus und ruf ihn an. Du musst ihn etwas von mir fragen.«

»Er ist jetzt bei der Arbeit. Da störe ich ihn nicht gern.«

»Du bist seine Mutter, Herrgott noch mal! Du kannst ihn zu jeder Tages- und Nachtzeit stören, und er sollte dankbar darum sein.«

Tannie Hettie lächelte. Sie liebte es, wenn Marius derart übertrieb, wie viel die Jungen ihr schuldeten. »Na schön, ich rufe ihn an. Was soll ich ihn fragen?«

»Frag ihn, was Hummer fressen«, sagte er.

»Ich dachte, du würdest die Dinger mit dem Lieferwagen zurückschicken?«

»Sie wollen sie nicht zurücknehmen.« Oom Marius senkte den Blick.

»Und jetzt?«, wollte sie wissen.

»Und jetzt wirst du Andre bitten, im Internet nachzuschauen, womit ich diese Dinger füttern kann. Charlie hat mir gesagt, dass es nichts gibt, was man dort nicht in Erfahrung bringen kann. Es ist wie die Bibliothek der Welt ...«

»Ich werde ihn darum bitten, Marius, aber ich möchte, dass du hier und jetzt eines begreifst: Ich möchte diese Tiere auf keinen Fall bei mir zu Hause haben. Hörst du?«

Oom Marius nickte. Zwar war es richtig, dass ein Mann die Entscheidungen im Haushalt traf. Andererseits war es auch richtig, dass es Zeiten gab, zu denen ein Mann auf seine Frau hören musste. Und ein solcher Zeitpunkt war gekommen, wenn er in einer Stadt, in der die Leute Fischstäbchen für etwas Exotisches hielten, ein Aquarium mit vier Hummern gekauft hatte.

Tannie Hettie schlurfte wieder durch die Tür. »Wenn ich zurück bin, müssen wir uns unterhalten, Marius!«, rief sie über die Schulter.

Oom Marius hörte sie nicht. Er war auf der Suche nach etwas, um seinem Ärger Luft zu machen. Die Töpfe und Pfannen im Gang mit den Küchengeräten waren poliert. Die Scherben des zerbrochenen Tellers aufgekehrt. Im Regal gegenüber sah er die Mopps und Besen, die stolz in einer Reihe standen, die Staub- und Geschirrtücher, ordentlich gestapelt, eines auf dem anderen.

»Petrus!«, brüllte er.

Petrus kam in den Laden.

»Wie oft habe ich dir schon gesagt, du sollst das Scharnier an der Tür ölen?«, rief er und deutete auf den quietschenden Missetäter.

Nie, dachte Petrus. Doch er zuckte die Schultern und machte sich auf den Weg in den Lagerraum, um die kleine Ölkanne zu holen.

»Und wenn du schon mal dort drinnen bist, dann hol das Pappwerbeschild für das Waschpulver, das vom letzten Jahr. Ich will, dass du es dort in die Ecke stellst. Und dann schieb das verfluchte Aquarium dahinter! Hörst du?«

Oom Marius sah Petrus' Hinterkopf nicken.

Nachdem Oom Marius den Taschenrechner und das schwere schwarze Hauptbuch unter dem Ladentisch hervorgeholt hatte, beschäftigte er sich mit der Mehrwertsteuererklärung für diesen Monat. Er hörte, wie sich Petrus im Laden bewegte. Zuerst kümmerte sich Petrus um die quietschende Tür. Dann begab er sich in die dunkelste Ecke, zwischen dem Ladentisch und dem Lagerraum, und stellte den riesigen Pappaufsteller vor das Hummeraquarium.

Oom Marius erblickte sich im Spiegel hinter dem Ladentisch. Genau wie bei Hettie waren die Jahre auch an ihm nicht spurlos vorübergegangen. Verschwunden war der große, muskulöse blonde Mann, der er einst gewesen war: Der Kerl, der ihm nun entgegenstarrte, war zwar immer noch groß, hatte aber einen mächtigen *boepens*, einen Bierbauch, über dem die Knöpfe seines Karohemds, das in einen Ledergürtel gestopft war, spannten. Seine Arme, die zwar immer noch ein kleines Schaf hochheben konnten, sahen wabbelig und verbraucht aus, genau wie die Kinnbacken seines ledrig braunen Gesichts. Auch wenn er glücklicherweise keine einsetzende Stirnglatze hatte, wie es bei seinem verstorbenen Vater der Fall gewesen war, waren seine Schläfen grau, und seine blonde Mähne hatte sich deutlich gelichtet. In jüngeren Jahren war es, abhängig vom Blickwinkel und Betrachter, möglich gewesen, ihn als gutaussehend zu bezeichnen, aber jetzt ließ sich dieses Wort kaum noch auf ihn anwenden. Vielleicht war es nichts als pure Eitelkeit zu erwarten, mit fünfundsechzig gut auszusehen. Genau wie eine Frau, dachte er. Er schüttelte den Kopf, verärgert über diesen Moment fehlgeleiteter Introspektion, und richtete seine Aufmerksamkeit wieder auf die Buchführung.

Zwei Kunden kamen im Laufe der nächsten zwanzig Minuten in den Laden. Der eine war Lenny. Zuerst trödelte er im Kosmetikgang herum und betastete die Deodorantflaschen ohne sonderliches Interesse, bevor er zum Ladentisch kam, um sich die Schmuddelzeitschrift zu holen, die er jede Woche aus der Stadt bestellte. Offensichtlich hatte er abgewartet, bis der Lieferwagen auf dem Weg aus Klippiesfontein an seinem Haus vorbeigefahren kam. Die andere war Agnes, Saries Hausangestellte, die geschickt worden war, um fünf Kilo Mehl zu kaufen. Sarie war Hetties älteste Freundin.

In früheren Jahren hatte es eine Zeit gegeben, als Oom Marius mit dem Gedanken gespielt hatte, Sarie zu heiraten. Sie war viel hübscher gewesen als Hettie. Aber dann hatte der Pastor ihn darauf hingewiesen, dass Sarie eine Cousine hatte, die unverheiratet schwanger geworden war. Man hatte sie zu einer altjüngferlichen Tante geschickt, um die *skande* zu vermeiden. Die Schande. Saries Schuld war es ja wohl nicht gewesen, hatte Oom Marius damals gedacht, aber er hatte sich gehütet, seine Meinung laut kundzutun. Es war gefährlich, den Zorn des Pastors auf sich zu ziehen.

Also hatte er sich stattdessen für Hettie entschieden. Neununddreißig Jahre verheiratet, bis dass der Tod sie schiede, und so weiter und so fort. Sie hatte etwas Besseres verdient als einen Ehemann, der in Erinnerungen daran schwelgte, wie hübsch ihre beste Freundin vor vierzig Jahren ausgesehen hatte, schalt sich Oom Marius. Er spürte, dass ihm das Blut ins Gesicht stieg – genau wie bei einem verdammten Teenager.

Da hörte er, wie die Tür zwischen dem Laden und seinem Haus aufging, diesmal mit wesentlich weniger Gequietsche, und er wandte sich zu seiner Frau um. Zu Oom Marius' Glück war seine Haut dank der gnadenlosen Sonne so braun und ledern, dass Tannie Hettie seine Schamesröte nicht bemerken würde. Es hätte zwangsläufig zu einer Frage ihrerseits geführt.

»Was hat er gesagt?«, wollte Oom Marius wissen.

Tannie Hettie verschränkte die Arme und starrte ihren Mann an. »Möchtest du nicht wissen, wie es Andre geht? Und Suzan und den Kleinen?«

»*Lieve God*, Hettie, diese verdammten Tiere sind am Verhungern, und du willst mir von den Kindern erzählen? Hast du eine Ahnung, wie es hier drinnen stinken wird, wenn sie anfangen einzugehen?«

»Es riecht längst, Marius«, antwortete sie.

»Sag mir einfach, Frau, was fressen Hummer?«

»Krebse, Seesterne, Seeigel, Plankton und kleine Fische. Sie können zu Kannibalen werden, wenn sie unter beengten Verhältnissen gehalten werden, sagt Andre. Manchmal findet man sogar teilweise aufgefressene Tiere im Aquarium. Hast du auch nur die leiseste Ahnung, was du da angezettelt hast, Marius?«

Oom Marius achtete nicht auf seine Frau. »*Jissus*, wo soll ich diese Dinge hernehmen?«

Dann hatte er noch einen Einfall. »Petrus!«, blaffte er.

Der Schwarze, der immer noch mit dem Aquarium in der Ecke beschäftigt war, blickte auf.

»Petrus, essen deine Leute Hummer?«, schnauzte Oom Marius ihn verärgert an, denn er kannte die Antwort natürlich bereits.

Petrus schüttelte den Kopf.

»Willst *du* Hummer essen?«, fuhr er fort. »Feine Leute in der Stadt, die zahlen Hunderte Rand, um diese Dinger zu essen.«

Erneut schüttelte Petrus den Kopf.

»Ungebildeter Trottel«, murmelte Oom Marius.

Er sah wieder seine Frau an.

»Sie fressen jegliche Art Meeresfrüchte, hat Andre gesagt«, fuhr sie fort. »Besonders mögen sie brockenweise frischen Fisch und Tintenfische.«

»*Jissus*, Hettie, bei dir hört es sich an, als könnte ich einfach zum Kühlschrank rübergehen und zwei Tintenfische rausholen. Wie soll ich diese Dinger satt bekommen?«

Tannie Hettie lächelte. »Andre hat sich vor Lachen nicht mehr eingekriegt, als ich es ihm erzählt habe. Ich musste das Telefon eine ganze Minute lang von meinem Ohr weghalten. Er dankt dir schön. So viel hat er schon seit Jahren nicht mehr gelacht. Außerdem hat er gesagt, du sollst Petrus hinter dem Haus eine Grube graben lassen und sie dort reinschmeißen.«

»Ich werde sie nicht lebendig begraben, Hettie. Sie haben nie darum gebeten, hergebracht zu werden.«

»Ich denke, Andre hat recht«, bohrte Hettie weiter.

»Wer hat dich gebeten zu denken, Frau?«, fuhr Oom Marius sie an. »Wie soll ich diese Dinger nun also füttern?«

»Bittest du mich jetzt darum, doch wieder zu denken, Marius?«

»*Ag*, da hast du recht, Hettie. Du weißt doch, dass ich es nicht so gemeint habe. Hast du irgendwelche Ideen?«

»Ich habe ein paar Portionen I&J-Seehecht in der Tiefkühltruhe. Ich könnte sie dir in der Mikrowelle auftauen. Dann musst du nur dem Lieferanten sagen, er soll nächste Woche frische Meeresfrüchte mitbringen. Wirst du ihre Scheren mit Klebeband zugeklebt lassen?«

»Du hast doch gehört, was Andre gesagt hat. Sie fangen an, sich gegenseitig aufzufressen, wenn man sie auf engstem Raum hält. Nein, ich werde nicht zulassen, dass sie einander in Stücke reißen.«

Tannie Hettie nickte, und ihre Miene wurde wieder ernst. »Hast du jetzt Zeit zum Reden?«

»Was ist denn heute mit dir los, Frau? Alles, was du willst, ist reden? Können wir nicht heute beim Fernsehen miteinander reden?«

»Nein, Marius, können wir nicht.«

Er nickte.

»Geh raus und kehr die Veranda, Petrus.« Beide sahen zu, wie Petrus durch die Eingangstür verschwand, und warteten ab, bis sie das vertraute Geräusch des Besens hörten.

»Ich bin vor zwei Wochen zum Arzt gegangen, zu einer Kontrolluntersuchung. Er hat mir Blut abgenommen. Dann hat er mich angerufen und gesagt, ich müsse zu weiteren Untersuchungen vorbeischauen. Gestern war ich wegen der Ergebnisse dort, Marius. Ich habe Krebs. Ich muss ins Krankenhaus nach Kapstadt, um mich behandeln zu lassen.«

Oom Marius sah seine Frau ernst an. Er sah die Mutter seiner drei Söhne, die mit ihren funkelnden grünen Augen zu ihm hochstarrte. Er sah eine Frau, die für ihn nach beinahe vier Jahrzehnten Ehe, ohne dass es ihre Schuld gewesen wäre, praktisch jegliche Anziehungskraft verloren hatte. Er sah die Tochter des Karakulschafzüchters, die sich dafür entschieden hatte, einen drittgeborenen Sohn ohne Erbe zu lieben. Sein Adamsapfel bewegte sich auf und nieder. Er schluckte eine kleine Lache Speichel hinunter, die sich unter seiner Zunge gebildet hatte.

»Ich werde jemanden suchen, der vertretungshalber den Laden übernimmt, während wir fort sind«, sagte er.

Tannie Hettie nickte.

Oom Marius nickte.

Bis dass der Tod sie schied. Wie es in der Bibel geschrieben stand. Und genau so war es. Nach neununddreißig Jahren gab es sonst nichts zu sagen.

»Meinst du, du kannst jetzt diesen Fisch für mich in die Mikrowelle stecken, Hettie? Diese Hummer bringen mich noch um den Verstand.«

Tannie Hettie machte kehrt und ging zurück in ihr gemeinsames Heim.

3

Danke, Willem. Nein, nein. Natürlich habe ich Verständnis. Ich weiß es zu schätzen, dass du es versucht hast.« Wie für Afrikaans-Sprecher typisch, betonte Oom Marius die Konsonanten übermäßig stark. Mit Daumen und Zeigefinger rieb er sich ausgiebig über die gerunzelte Stirn. »Grüß deine Elaine von Hettie und mir.«

Oom Marius knallte den Hörer auf die Gabel, sodass Petrus von dem Regal aufblickte, wo er einen Karton Dosenmais auspackte. Die mit Süßigkeiten gefüllten Glasbehälter auf dem Ladentisch erbebten unter Oom Marius' heftigen Bewegungen.

»*Wat kyk jy so?*«, fuhr Oom Marius ihn an.

Petrus war es gewohnt, dass Oom Marius seinen Ärger stets an ihm ausließ. Meistens war sonst niemand da. Und natürlich wusste Petrus, dass es schlecht fürs Geschäft wäre, wenn sein Baas anfinge, an seiner Statt die Kundschaft anzuschreien. Mit einem Schulterzucken packte er weiter aus.

Die wöchentliche Lieferung war am Morgen eingetroffen, und Petrus hatte viele Kartons zu leeren, bevor er am Ende des Tages nach Hause in die Township Rifilwe zurückkehrte. Außerdem hatte Oom Marius ihm aufgetragen, den Tintenfisch, den der Lieferant mitgebracht hatte, zu zerhacken und an die Hummer zu verfüttern.

Petrus arbeitete nun schon seit zweiundzwanzig Jahren

für Oom Marius. Als von Angst gelähmter Achtjähriger hatte er dort angefangen, ohne zu begreifen, warum seine Mutter ihn einfach so dem großen blonden Weißen anvertraute. Den ganzen ersten Tag hatte er damit verbracht, zu zittern und durchs Fenster auf die Straße zu spähen, auf der Suche nach der zerzausten Gestalt seiner Mutter, die ihn abholen käme. Baas Marius hatte ihm aufgetragen, Kartons auszupacken und die Waren in Regale einzusortieren, die sich bereits unter ihrer Last bogen. Der Junge hatte noch nie im Leben so viele Nahrungsmittel gesehen. Bei der Hälfte wusste er noch nicht einmal, worum es sich handelte. Zur Mittagszeit bekam er einen Teller mit weichem Weißbrot und Erdnussbutter von einer weißen Frau, die durch die Tür trat. Es war das Köstlichste, was er je gegessen hatte. Am Abend, nach dem längsten Tag seines Lebens, traf endlich seine Mutter ein, um ihn abzuholen. Der Junge war so erleichtert, dass er in Tränen ausbrach. Mit der Hand hielt er eine Plastiktüte voller Nahrungsmittel umklammert, die sein neuer Baas ihm mit nach Hause gegeben hatte. Seine Mutter war fast genauso froh über den Inhalt dieser Tüte wie darüber, ihren Jungen zurückzubekommen. Als er erfuhr, dass er am nächsten Tag wieder dorthin sollte, dachte er an die Sandwiches aus Weißbrot und die Nahrungsmittel, die er seiner Mutter mitbringen konnte, und fand, dass es gar nicht so schlimm war.

Im Lauf der nächsten Wochen kam Petrus dahinter, dass Baas Marius ein gütigerer Mann war, als es einen seine laute und ungeduldige Stimme glauben machte. Er fand heraus, dass es sich bei der weißen Frau, die ab und an durch die Tür kam, tatsächlich um die Ehefrau des Baas' handelte und dass sie sich nicht die Mühe machte, ihre Gütigkeit zu verbergen, wie es Baas Marius versuchte. Sie nahm sogar ein neues Schreibheft und einen Bleistift aus einem Regal und schenkte sie Petrus. Jeden Nachmittag, wenn es im Laden ruhig war, rief sie das Kind in ihre Küche, wo sie ihm beibrachte, Wörter zu lesen, diese Wörter zu schreiben und zu rechnen. Baas Marius, der wurde manchmal ungeduldig. Es würde zu lange dauern, und er bräuchte Petrus im Laden, aber Missies Hettie achtete nicht auf ihn. Jedes Mal, wenn Baas Marius durch die Tür zwischen dem Laden und der Küche sah, schüttelte sie streng den Kopf, und der Baas verschwand wieder. Diese Schule in Missies Hetties Küche dauerte acht Jahre lang an. Als er sechzehn war, entschied sie, dass er genügend Wörter und Zahlen und Hauptstädte kannte, und der Unterricht hörte auf, aber zu dem Zeitpunkt befand sich Petrus auf ganz genau dem gleichen Bildungsstand wie seine Altersgenossen in Rifilwe. Außerdem verdiente er ein monatliches Gehalt, was kein anderes schwarzes Kind von sich behaupten konnte. Er fühlte sich den anderen Kindern aus der Township nicht mehr unterlegen, und das lag einzig und allein an Baas Marius und Missies Hettie. Petrus hatte schon in jungen Jahren gelernt, dankbar zu sein.

Er kannte Baas Marius nun schon so lange, und der hatte noch niemals etwas so Dummes gemacht wie dieses Hummeraquarium zu kaufen. Anfangs dachte Petrus, es wäre bloß noch so eine seltsame Angewohnheit der Weißen, denn er vertraute Oom Marius und glaubte, der wisse schon, was er tue. Doch sogar die Weißen wollten diese Hummer nicht essen, und wer konnte es ihnen verübeln? Petrus würde sich nichts derart Hässliches in den Mund stecken, selbst wenn ihm jemand tausend Rand dafür böte. Zum ersten Mal beschlichen ihn Zweifel an Oom Marius.

Sein Baas hatte den ganzen Vormittag über telefoniert. Hatte seine Bitte mindestens sechs verschiedenen Menschen vorgetragen. Der letzte gerade eben war Willem gewesen, Oom Marius' Schwager, der zweihundert Kilometer weit weg wohnte. Es war dieselbe Bitte, die er sämtlichen klugen Köpfen in Klippiesfontein vorgetragen hatte.

Gestern Vormittag hatte Oom Marius mit Mister Scott geredet, dem pensionierten Englischlehrer. Dieser hatte Oom Marius die Bitte abgeschlagen, aber sein Baas war niemand, der einfach so aufgab. Er hatte mit Mrs Joubert, der Witwe, über seine Bitte gesprochen, aber er musste von Anfang an gewusst haben, dass sie Nein sagen würde, denn sogar Petrus hatte es gewusst.

Am Nachmittag hatte er sich an Charlie gewandt. Charlie, der letztes Jahr an der Universität in Kapstadt zugelassen worden war, wo er ganze sieben Monate lang studiert hatte, bevor er nach Klippiesfontein zurückkehrte. Jetzt arbeitete er für Telcom und reparierte Leuten die Computer, damit sie an dieses Internet kamen, das anscheinend jeder haben wollte. Sie hatten ihm ein Auto zur Verfügung gestellt, auf dessen Seite Telcom geschrieben stand, damit er in benachbarte Städte fahren und den Leuten dort mit ihren Computern helfen konnte. Petrus hatte Charlie sagen gehört, dass sie sogar sein Benzin bezahlten. Ja, dieser Charlie war gescheit, nickte Petrus in sich hinein. Aber auch er hatte es nicht machen wollen.

Petrus hörte ein Paar Schuhe die drei Holzstufen von der Straße auf die Veranda heraufschlurfen, gefolgt von festem

Aufstampfen, um sich vor dem Betreten des Ladens von dem allgegenwärtigen roten Staub zu befreien.

Gewohnheitsmäßig drehten Petrus und Oom Marius die Köpfe in Richtung Tür, um nachzusehen, wer gleich eintreten würde.

Shawn kam in den Laden. Missies Pattys Ehemann. Er war ein kleiner, stämmiger Mann mit dicken Armen und blonder Igelfrisur. Wahrscheinlich waren ihm die Zigaretten ausgegangen. Shawn blieb tagsüber zu Hause, nahm hier und da Gelegenheitsarbeiten an, half aus, wenn einer der Farmer einen neuen Schuppen errichtete und wenn Saat- oder Erntezeit war. Allzu gern arbeitete er nicht, dieser Mann. Deshalb musste Missies Patty jeden Tag mit dem Bus nach Springbok fahren, um als Sekretärin zu arbeiten.

Oom Marius setzte eine entschlossene Miene auf, und Petrus wurde klar, wie verzweifelt sein Baas wirklich war. Er würde seine Bitte tatsächlich Shawn vortragen.

»Ein fauler Weißer ist schlimmer als ein fauler Schwarzer«, murmelte Oom Marius jedes Mal, wenn Shawn aus dem Laden ging und niemand außer Petrus in Hörweite war.

Shawn schlenderte auf den Ladentisch zu.

»*Môre*, Oom Marius.« Er sprach genauso langsam, wie er alles andere tat.

»Guten Morgen, Shawn.«

»Eine Schachtel Camel mit Filter bitte, Oom.«

Oom Marius hatte die Zigaretten parat und ließ sie über den Ladentisch gleiten. Shawn machte Anstalten zu bezahlen, aber Oom zog die Hand zurück.

»Was ist los?«, fragte Shawn.

»Nichts. Nichts ist los, mein Junge. Aber ich möchte etwas

mit dir besprechen. Komm, gehen wir nach draußen auf die Veranda, und du kannst deine Zigarette rauchen.«

Oom Marius trat hinter dem Ladentisch hervor, legte den Arm um die Schultern des überraschten Shawn und steuerte ihn behutsam durch den breiten Gang auf die Tür zu. Petrus starrte ihnen hinterher. Die Augenbrauen des jüngeren Mannes waren beinahe bis zum Haaransatz hochgezogen. Eilig verließ Petrus seinen Standpunkt und begab sich an die Vorderseite des Ladens, wo ein Karton mit Cornflakes auf dem Boden auf ihn wartete. Nur für den Fall, dass Oom Marius zurückkäme, hielt er den Preisauszeichner in der Hand. Petrus stellte sich genau im richtigen Winkel auf, um die beiden Männer im Blick zu behalten, und lauschte angestrengt auf ihre Worte. Oom Marius und Shawn lehnten sich mit dem Rücken zur Straße ans hölzerne Geländer.

»Du suchst jetzt schon lange Arbeit, nicht wahr, Shawn?«

»Ich bin erst letzte Woche auf der Farm von Oom Hans gewesen und hab ihm beim Lammen geholfen«, erklärte Shawn nervös.

»*Ag*, nein, nein«, versetzte Oom Marius gereizt.

Petrus sah die Miene seines Baas', während dieser versuchte, sich zusammenzureißen und seine übliche Ungeduld zu unterdrücken. Es war eine Miene, die Petrus zwar gut kannte, die Oom Marius allerdings nie für Petrus aufsetzte.

»Du weißt, was ich meine. Regelmäßige Arbeit. Jeden Tag. Keine Gelegenheitsjobs wie bisher. Nicht wie die Schwarzen aus der Township. Ich spreche von einem Job mit geregelten Arbeitszeiten, mit dem du deine hübsche Frau versorgen kannst. Oder die Ersatzteile für dein Motorrad kaufen, die du dir immer zusammenschnorrst.«

»Ja, Oom, das wäre schön. Aber du weißt doch, dass es hier in Klippiesfontein keine feste Arbeit gibt. Ich suche nun schon seit Jahren, und du siehst ja, was es mir gebracht hat.«

»Und wenn ich dir einen Job anbieten würde? Einen festen, gut bezahlten Job? Was würdest du sagen?«

»Wirst du Petrus rausschmeißen, Oom Marius?«, fragte Shawn verwirrt. »Weil, ich will nicht die Arbeit eines Schwarzen verrichten. So tief bin ich noch nicht gesunken.«

»*Nou my God.* Warum sollte ich Petrus rausschmeißen wollen? Er weiß beinahe so viel wie ich darüber, wie man diesen Laden führt. Ich spreche davon, dass du meinen Laden übernehmen sollst. Ein paar Wochen lang. Höchstens ein paar Monate. Ich werde dich gut bezahlen. Ich brauche jemanden, dem ich vertrauen kann.«

»Wo fährst du denn hin, Oom?«

»Tannie Hettie ist krank, Shawn. Sie hat Krebs. Ich muss mit ihr in die Stadt in das schicke große Krankenhaus fahren.«

»Wird Tannie Hettie sterben, Oom?«

»Mein Gott, Shawn, jetzt schallere ich dir gleich eine. *Dat jy vlieg, hoor jy my?* Natürlich wird sie nicht sterben, und so was will ich nicht noch einmal von dir hören. Ist das klar?«

»Tut mir leid, Oom Marius. Das war dumm«, murmelte Shawn betreten.

Die Sache lief nicht sonderlich gut, dachte Petrus.

»Warum muss sie so lange ins Krankenhaus, Oom?«

»Es heißt Chemotherapie. Es ist wie eine Art Gift, das sie Tannie Hettie einflößen, das nicht stark genug ist, um sie umzubringen, aber es ist stark genug, um den Krebs abzutöten. Manchmal ...« Oom Marius senkte den Blick zu Boden.

Gift, dachte Petrus. Das konnte nicht gut sein. Gift war nie gut. Aber bei der Medizin der Weißen konnte man nie wissen.

»Gift?«, fragte Shawn. »Ist das eine gute Idee, Oom Marius?«

»Woher zur Hölle soll ich das wissen? Sehe ich wie ein Arzt aus? Aber wenn sie sagen, dass Hettie das braucht, dann werden wir es machen. Willst du nun den Job oder nicht?«

Shawn verlagerte das Gewicht von einem Fuß auf den anderen. »Um wie viel Uhr muss ich anfangen?«

»Ich mache um sechs auf.«

»Das habe ich mir gedacht, Oom. Sechs Uhr ist sehr früh. Und um wie viel Uhr schließt du?«

»Du weißt, wann ich schließe, Shawn. Hör auf herumzulabern. Werktags um sieben Uhr und freitags und samstags um acht.«

»Das ist eine sehr lange Zeit, Oom Marius. Kannst du nicht Petrus bitten, morgens den Laden aufzumachen, und ich komme dann später? Und vielleicht kann er mich auch ein paar Stunden über die Mittagszeit vertreten? Wäre das nicht möglich?«

»Wenn Petrus die ganze Arbeit erledigen muss, warum soll ich mir dann die Mühe machen, dich zu bezahlen? Weißt du was, Shawn, vergiss es. Es war eine dumme Idee.«

Bei Oom Marius' Worten kam Petrus eine eigene Idee in den Sinn. Aber es war eine dumme Idee, also schüttelte er den Kopf, um sie loszuwerden.

»Ich glaube, du hast recht, Oom. Ich bin wohl nicht zum Geschäftsmann geboren.«

»Gut, gut. Solange wir da einer Meinung sind.« Oom Marius' Arm senkte sich wieder väterlich auf Shawns Schultern. »Fällt dir sonst jemand in der Stadt ein, der den Laden ein paar Wochen lang führen könnte? Höchstens ein paar Monate? Ich zahle gut.«

»Ich werd darüber nachdenken und dir Bescheid geben.«

»Mach das, Shawn, aber lass dir nicht zu viel Zeit. Tannie Hettie muss so bald wie möglich mit dieser Therapie anfangen.«

Shawn nickte wissend und entwand sich Oom Marius' Arm. Er ging zu den Holzstufen, die auf die Straße führten. Auf der untersten hielt er inne und blickte zu dem älteren Mann zurück. »Du wirst doch Patty nichts hiervon erzählen, oder, Oom?«

Zerstreut schüttelte Oom Marius den Kopf.

Petrus sah ihm an, dass er die Sache mit Shawn längst wieder vergessen hatte und überlegte, an wen er sich als Nächstes wenden könnte. Er machte Anstalten, sich umzudrehen und wieder in den Laden zu gehen, und Petrus schnappte sich schnell eine Packung Cornflakes.

Oom Marius stampfte herein und warf Petrus einen ungeduldigen Blick zu. Mit angespannter Kieferpartie wandte er sich seinem Gehilfen zu.

»Hast du schon die verfluchten Hummer gefüttert?«, fuhr er ihn an.

Petrus schüttelte den Kopf. Es war ein schlechter Zeitpunkt, um nicht getan zu haben, worum Oom Marius ihn gebeten hatte.

»*Jissus, vandag is die dag wat ek jou klap*«, schimpfte er.

Rasch hörte der Ladengehilfe mit dem Auspacken auf und begab sich in die dunkle Ecke hinten im Laden, wo die Tintenfischstücke auftauten. Der Geruch erinnerte ihn an das eine Mal, als er seinen Teller mit Büchsensardinen in Tomatensoße draußen in der Sonne hatte stehen lassen. Er griff nach dem ersten eisigen, schleimigen Tier und warf es auf das hölzerne Schneidebrett. Genauso hässlich wie die dummen Hummer, dachte Petrus. Er ließ die silberne Klinge niedersausen und begann, es in Scheiben zu schneiden.

Petrus war ein dünner Mann. Er würde immer ein dünner Mann sein. In seiner Welt bestand nicht die Chance, dass er zu viel aß oder sich zu wenig körperlich betätigte, um seine Nahrung zu verbrennen. Die festen schwarzen Löckchen trug er kurz geschoren, seine Augen leuchteten groß und weiß aus dem dunklen Gesicht hervor, das unter der täglichen Schicht Vaseline glänzte. Er hatte eine riesige flache Nase und große abstehende Ohren. Petrus war kein gutaussehender Mann. Er hatte oft das einzige Foto angestarrt, das er von seinem Vater besaß, einem strammen, attraktiven Schwarzen, und hatte sich gefragt, warum er nicht dessen feine Gesichtszüge geerbt hatte. Doch Petrus gestattete dieser Frage nicht, allzu lange in seinem Kopf zu verweilen. Er versuchte, nicht zu viel über Trauriges nachzudenken. Er hatte eine Arbeit, er hatte ein Haus, und er war in der Lage, für seine Mutter zu sorgen. Was konnte ein dreißigjähriger Mann mehr verlangen?

Während Petrus den Tintenfisch zerschnitt, kehrte seine dumme Idee zurück.

Erneut schüttelte er den Kopf, um sie loszuwerden. Es war eine schlechte Idee. Eine ganz schlechte Idee. Aber jetzt wollte sie sich nicht aus seinem Kopf lösen, wie der rote Staub, der an seinen Schuhen klebte. Der Staub durchdrang alles und ließ sich nie vollständig entfernen, ganz gleich, wie oft Petrus sich abstaubte oder wusch. Er schüttelte immer wieder den Kopf, aber das schien die Idee nur stärker werden zu lassen.

»Was machst du da, stehst herum und schüttelst dich wie ein verfluchter Dornenbaum in einem Unwetter?«, rief Oom Marius von hinter dem Ladentisch.

Petrus zwang seinen Kopf stillzuhalten, aber in seinem Innern nahm die Idee alles in Beschlag. Er kehrte zu den Kartons am Boden zurück und packte die restlichen Dosen aus. Er machte den Pappkarton flach und brachte ihn in den Gang, in dem sie Altpapier aufbewahrten. Immer noch war die Idee da. Petrus packte die Cornflakes fertig aus und widmete sich anschließend dem Maismehl. Doch die Idee folgte ihm. Er arbeitete schneller, packte sämtliche Kartons in Rekordzeit aus, aber gegen die Idee half es nicht. Er versuchte, an Precious zu denken, aber heute schien es unmöglich, das Bild ihres beschwingten Gangs und ihres hübschen, lächelnden Gesichts heraufzubeschwören.

Tja, entschied er, wenn selbst Precious die Idee nicht aus seinem Kopf verjagen konnte, dann blieb nur eine Möglichkeit, sie loszuwerden: sich an Oom Marius zu wenden.

Im Laden war es wieder ruhig. Der übliche Ansturm, wenn die Grundschule aus war, war abgeklungen. All die kleinen Kinder, die von ihren Müttern Geld für verrichtete Arbeiten oder gutes Betragen bekommen hatten, hatten es für Süßigkeiten ausgegeben. Andere waren hergeschickt worden, um Brot für Sandwiches zu kaufen. Jetzt waren sie alle zu Hause und mampften ihre Einkäufe. Das einzige Geräusch war das rhythmische Zischen des Deckenventilators.

Nervös schlurfend näherte sich Petrus dem Ladentisch, wo sich Oom Marius über eines seiner Hauptbücher beugte.

»Baas?« Ängstlich stellte Petrus seine Stimme auf die Probe. Offensichtlich war es zu leise gewesen. Oom blickte nicht auf.

»Baas?«, versuchte Petrus es erneut, diesmal lauter.

Oom Marius sah auf und starrte ihm direkt ins Gesicht.

»Hast du mich eben gerufen, Petrus?«, fragte er langsam.

Petrus nickte.

»*My lieve God!*«, sagte Oom Marius ohne Eile. »Hast du gerade gesprochen?« Sein Mund stand ein wenig offen, und seine Augenbrauen waren zu einer Linie zusammengezogen.

»Ja, Baas«, wiederholte Petrus.

»Wann hast du Sprechen gelernt?«

»Ich habe schon immer sprechen können, Baas«, erwiderte Petrus.

»Was? Du meinst, du konntest sprechen, als du mit acht Jahren bei mir zu arbeiten angefangen hast?«

»Ja, Baas.«

»Seit zweiundzwanzig Jahren kannst du reden, und du hast kein Wort gesagt? Kein einziges Wort?« Mit jeder Frage klang Oom Marius' Stimme immer mehr wie die einer Frau.

Petrus war wütend auf die Idee, weil sie sich in seinem Kopf festgesetzt hatte. Heute war der Tag, an dem er endlich die Prügel verabreicht bekäme, die er so oft angedroht bekommen hatte. Dessen war er sich sicher. Und an allem war die Idee schuld.

»Warum hast du bis jetzt nichts gesagt?« Die Stimme des Baas war nur eine Spur tiefer. Petrus fragte sich, ob er sich allmählich beruhigte.

»Sie haben mich nie etwas gefragt, Baas.«

»Und heute habe ich dich etwas gefragt?«

Die Stimmlage wurde wieder höher.

»Ich habe mir etwas überlegt. Etwas, das Ihnen helfen würde. Etwas …«

Petrus brach ab. Er konnte an Oom Marius' Gesicht ablesen, dass keines seiner Worte zu ihm durchdrang. Ihm war anzusehen, dass er an all die Male zurückdachte, bei denen es leichter gewesen wäre, wenn Petrus ihm einfach geantwortet hätte. Sein Gesicht verriet Petrus, dass es viele, viele Male gewesen waren. Und er konnte sehen, dass Oom Marius sehr, sehr wütend war.

»All die Jahre hast du mich belogen?«

»Nein, Baas, ich habe nicht gelogen.« Petrus schüttelte heftig den Kopf.

Zu dem Zeitpunkt war Oom Marius' Gesicht beinahe so rot wie die Schuluniformen der kleinen Mädchen. Diesen besonderen Rotton hatte Petrus noch nie im Gesicht seines Baas gesehen, und er war sonst bestens mit sämtlichen Tönen vertraut. Oom Marius trat hinter dem Ladentisch hervor. Argwöhnisch ging Petrus rückwärts, an den Sieben vorbei, den Schneidebrettern, den bunten Plastiksalatschüsseln, und versuchte, ein wenig auf Abstand zu seinem Baas zu gehen.

Petrus musste rasch etwas sagen, bevor Oom Marius ihn erreichte. Er hatte mit eigenen Augen gesehen, wie fest er zuschlagen konnte. Letztes Jahr hatte Oom Marius den alten Abel aus der Township beim Bierstehlen erwischt. Er hatte ihn nach draußen hinter das Haus geschleift und ihn verprügelt. Petrus hatte später gehört, dass der Arzt ihn an mehreren Stellen hatte zusammenflicken müssen, sonst wären seine Innereien herausgefallen. Petrus wollte nicht, dass heute seine Innereien herausfielen.

Petrus ging weiter rückwärts, und Oom Marius ging weiter vorwärts. Der Baas ballte beide Hände zu Fäusten. Oom Marius kam immer näher.

Petrus spürte, wie er mit dem Fuß gegen etwas stieß. Er stolperte rückwärts und schaffte es gerade noch, die Balance zu halten. Es war der Preisauszeichner gewesen. Als er wieder aufblickte, stand Oom Marius direkt vor ihm. Er roch Erdnussbutter in Oom Marius' Atem. Sah Schweißtropfen in den Furchen auf seiner Stirn. Der Baas streckte die Hand nach Petrus aus und packte ihn am Hemdkragen. Die Haut auf Petrus' Brust brannte, als Oom Marius den Stoff zu einer festen Kugel drehte. Die andere Hand hielt er zur Faust geballt über der Schulter.

Die Idee war wieder in Petrus' Kopf.

»Baas, ich kann mich doch um den Laden kümmern, wenn Sie Missies Hettie ins Krankenhaus bringen.« Er redete schneller, als er es je im Leben getan hatte.

»Was?«

Oom Marius' erhobene Hand sank ein wenig tiefer. Sein Griff an Petrus' Hemd lockerte sich.

Petrus atmete flach. Seine Absätze berührten wieder den Boden.

»Ich weiß, wie Sie alles im Laden handhaben. Ich kann nicht all die Sachen ausrechnen, die Sie in das Buch da schreiben, aber ich kann zählen, und ich kann Wechselgeld herausgeben, und ich kann überprüfen, ob der Lieferant alles gebracht hat, was auf dem Papier steht, und ich kann der

Kundschaft helfen, und ich stehle nicht, Baas, Sie wissen, dass ich nicht stehle.«

Oom Marius' Miene verriet Petrus, dass der Baas über seine Worte nachdachte. Die wütende Miene verschwand ein paar Sekunden lang. Sie machte Platz für neue Gedanken in Oom Marius' Kopf.

Der Baas sprach wieder, und zwar ganz langsam. Petrus stellte sicher, dass seine eigene Miene Oom Marius verriet, dass er sehr genau aufpasste.

»Du weißt, dass ich dir eine verfluchte Tracht *paksla* verabreichen sollte?«

»Ja, Baas.«

Ohne Vorwarnung ließ Oom Marius Petrus' Kragen los. Petrus stolperte wieder über den Preisauszeichner, und diesmal landete er auf dem Boden, die Arme zum Abstützen hinter sich, die Beine vor sich ausgestreckt. Immer noch starrte er zu Oom Marius' Gesicht empor. Das hier wäre nicht der richtige Zeitpunkt, um den Eindruck zu erwecken, er würde ihn nicht respektieren.

»Steh vom Boden auf und geh nach Hause, bevor ich es mir anders überlege.«

»Ja, Baas.«

Petrus rappelte sich auf und gestattete seinen Füßen, ihn weiter rückwärts zu bewegen. Auf die Tür zu. Er würde nicht die Dummheit begehen, seine Sachen aus dem Lagerraum zu holen. Seine belegten Brote und seinen Geldbeutel und seine Wasserflasche. Er würde einfach zu Fuß nach Rifilwe gehen, entschied er. Heute würde es kein Minibus-Taxi geben.

Petrus erreichte die offene Tür. Wieder geriet er ins Straucheln und stolperte nach draußen auf die Veranda. Als er sich gerade umdrehen wollte, erscholl Oom Marius' Stimme aus dem Innern. »*Jou bliksem!* Du Schuft!«

»Ja, Baas!«, rief Petrus. Er drehte sich um und hastete die Stufen hinunter.

»Zweiundzwanzig Jahre!«

»Ja, Baas.«

»Kein einziges Wort!«

»Tut mir leid, Baas.«

Auf dem Heimweg, die Schuhe mit dem roten Staub der unbefestigen Straße zur Township bedeckt, während müde schwarze Gesichter aus den vorüberrasenden Taxis starrten, entschied Petrus, dass die Idee vielleicht doch gar nicht so übel gewesen war.

4

Tannie Hettie legte die Gabel neben den letzten der blumengeschmückten Essteller. Sie trat einen Schritt zurück und bewunderte ihr Werk. Die Hintertür stand auf, um Luft hereinzulassen, aber Tannie Hettie fragte sich, ob zu dieser Tageszeit nicht eher Hitze als eine frische Brise in die Küche strömte. Sie strich über die Ecke der weißen, mit der Zeit dünn gewordenen Tischdecke, die sie vor all den Jahren, als Marius und sie frisch verheiratet gewesen waren, an den Rändern mit Gänseblümchen bestickt hatte. Zu Beginn ihres gemeinsamen Lebens hatte sie viel Zeit mit dem Versuch verbracht, ihren neuen Ehemann mit ihren häuslichen Fertigkeiten zu beeindrucken: Sie bestickte Kissenbezüge und Tischdecken, strickte Marius einen Pullover für die Winterzeit, kaufte Sofakissen in der gleichen Farbe wie die Vorhänge, sie versuchte sogar, den Jungen Hemden für die Sonntagsschule zu nähen, auch wenn sich von diesem Unterfangen nicht behaupten ließ, es wäre ein durchschlagender Erfolg gewesen. Oom Marius hatte sie nie, kein einziges Mal, während jener frühen Jahre für eines ihrer weiblichen Talente gelobt. Das Einzige, wofür er überhaupt Wertschätzung äußerte, waren ihre Kochkünste. Und auch wenn sie sich nicht selbst loben wollte, hatte er recht: Sie war eine gute Köchin. Stick- und Strickzeug, farblich aufeinander abgestimmte Heimtextilien und Näharbeiten waren langsam aus ihrem Zuhause verschwunden.

Eigentlich war das auch gut so. Tannie Hettie hatte nie sonderlich viel für diese Beschäftigungen übrig gehabt. Doch obwohl ihr Handarbeiten nicht sonderlich lagen, stellte sie sich oft vor, wie sie Seite an Seite neben der Tochter saß, die sie nie bekommen hatte, beide mit einer Nadel in der Hand, während sie mit Kreuzstichen Blumen auf ihre Taschentücher stickten und dabei Tee tranken und selbst gebackenen Zwieback hineintunkten. Weibliche Gesellschaft, das vermisste sie bei sich zu Hause wahrscheinlich am meisten. Jedes Mal, wenn sie diese wehmütigen Gedanken überkamen, schüttelte sie streng den Kopf und ermahnte sich, dass es an der Zeit sei, Sarie zu besuchen. Dort gab es immer gute, verlässliche weibliche Gesellschaft. Tatsächlich hatte sie ihre beste Freundin erst gestern besucht und sich gleich viel besser gefühlt.

Ihre drei Jungen kamen heute nach Hause. Oom Marius hatte sie im Lauf der Woche angerufen, hatte ihnen befohlen, ihre Pläne über den Haufen zu werfen und zum Sonntagsbraten nach Klippiesfontein zu kommen. Gute Jungen waren es, wie sie immer noch auf ihren Vater hörten, obwohl sie erwachsene Männer waren. Tannie Hettie senkte den Blick auf den hübschen Stoff ihres Kleids – kleine blaue Vergissmeinnicht vor einem gelben Hintergrund – und fragte sich, ob es jemandem auffallen würde, dass sie es neu gekauft hatte, speziell für den heutigen Tag. Eines stand fest: Marius würde es nicht bemerken. Die kleinen Mühen, die sie auf sich nahm, um attraktiv zu bleiben – Besuche in Alans Haarsalon, sich in Liebestöter-Unterwäsche zu zwängen, um die zusätzlichen Kilos zu kaschieren, sich mit der Pinzette die lästigen Härchen von der Oberlippe zu zupfen –, die gingen alle an ihm vorüber.

Tage wie dieser waren Tannie Hettie die liebsten. Allerdings kamen sie nicht oft vor. Bloß drei oder vier Mal im Jahr, aber, wie jedermann wusste, waren die lohnendsten Dinge im Leben selten. Nur heute … Tja, selbst die Aussicht, ihre Söhne zu sehen, konnte die Last nicht vertreiben, die sie niederdrückte. Die Last dessen, was Marius und sie zu verkünden hatten. Sie würde dankbar sein, wenn dieser Tag vorbei war und sich alle wieder auf dem Heimweg befanden.

Nein, wie konnte sie das auch nur denken! Sie schüttelte den Kopf, um den Gedanken loszuwerden. Der Duft nach Fleisch, das in dicker Bratensoße vor sich hin schmorte, drang in ihre Nase und rief ihr in Erinnerung, nach den Pasteten zu sehen.

Sie wurden allmählich schön braun, stellte sie nickend fest, auch wenn sie sich nicht selbst loben wollte. Die eine war eine saftige Lammpastete aus einem von Hans' eben geborenen Lämmern, die andere eine Perlhuhn- und Hühnchenpastete. Henk Coetzee war letzte Woche auf der Jagd gewesen und hatte ihr ein paar Wildvögel mitgebracht. Zufrieden richtete sie sich auf und legte die Hände kurz an die Schüsseln auf dem grünen Emailleherd, bloß um sich zu vergewissern, dass alles bereit war: die gedünsteten Süßkartoffeln, der gelbe Reis mit Rosinen, der glasierte Rote-Beete-Salat …

Ein Teil von ihr konnte es nicht erwarten, das erste Auto heranfahren zu hören, aber ein anderer Teil war dankbar, solange sie nichts hörte. Wer würde zuerst eintreffen? Wahrscheinlich Johan mit seiner Frau Karien und dem kleinen Johan. Sie hatten die längste Anfahrt, also waren sie womöglich schön früh aufgebrochen. Tannie Hettie konnte es nicht erwarten, Baby Johan in die Arme zu nehmen und den Kleinen mit Küssen zu übersäen. Aufgrund der Entfernung sah sie ihn nicht so oft wie die anderen Enkelkinder. Seine kleinen Pausbacken, lachte sie leise in sich hinein, waren sie nicht einfach zum Anbeißen?

Ein Wagen hielt in der Auffahrt hinter dem Laden. Tannie Hetties Herz schlug ihr bis in den Hals. Da waren sie. Die Zeit war gekommen. Es gab kein Zurück. Vier Türen knallten kurz hintereinander, und Stimmengewirr drang ins Zimmer. Sie wischte sich die Hände an der Schürze ab, band die Schleife hinten auf und hängte die Schürze an den Haken hinter der Tür. Als sie auf die gerötete, rissige Haut ihrer fleischigen Finger blickte, fragte sie sich, ob genug Zeit bliebe, noch etwas Ingram's Camphor Cream aufzutragen.

Sie hörte, wie Oom Marius draußen ihren jüngsten Sohn Stefaan und dessen Familie begrüßte, und sie wusste, dass sie auch hinausgehen sollte, aber irgendwie konnte sie ihre Füße nicht dazu bringen, sich in Bewegung zu setzen. Auf ihrer Oberlippe und in den Augenbrauen spürte sie kalte Schweißperlen. Warum konnte es sie nicht in Frieden lassen? Bloß ein paar Stunden lang? Bloß lange genug, um eine Weile die Gesellschaft ihrer Söhne zu genießen? Sie wischte sich über die Stirn, und ihr wurde klar, dass es wahrscheinlich das Einzige wäre, worüber sie den restlichen Tag sprechen würden. Der Krebs. Tannie Hettie streckte die Hand aus und hielt sich an der Lehne des Küchenstuhls fest, um Halt zu finden.

»*Waar is Ma?*«, hörte sie Stefaans Stimme.

»In der Küche, macht das Mittagessen fertig«, antwortete Oom Marius.

Stimmen näherten sich der offenen Tür.

»Reiß dich zusammen, Hettie«, ermahnte sie sich. Sie zupfte ein letztes Mal an den Falten ihres Kleids, um ihre Speckröllchen zu verbergen, zwang ihre Lippen zu einem Lächeln und wartete darauf, dass ihr Sohn im Türrahmen erschien.

Eine Stunde später saß Tannie Hetties gesamte Familie um die beiden Tische, die Kleinen in der Küche, abgesehen von Baby Johan, der bei den Erwachsenen im Esszimmer in seinem Hochstuhl saß. Sie erinnerte sich noch daran, wie die Jungen klein gewesen waren und sie jeden Abend zu fünft in der Küche gegessen hatten. Wie sie zu ihr aufgeblickt hatten, als wäre sie die einzige Frau auf der Welt. Hatte Marius jemals so über sie gedacht? Was war aus diesen Zeiten geworden? Wohin waren sie verschwunden?

Ihre Schwiegertöchter brachten den Kindern das Essen und nahmen neben ihren Ehemännern Platz. Tannie Hettie saß am Kopf des Tisches, gegenüber von Oom Marius, und beobachtete ihre Familie, während Schüsseln hin und her gereicht wurden. Sie war still. Heute konnte sie unmöglich an den heiteren Neckereien bei Tisch teilnehmen. Oom Marius sah ihr in die Augen und nickte ihr kurz aufmunternd zu. Nach all den Jahren, die sie es nun schon miteinander aushielten, schaffte er es gelegentlich immer noch zu wissen, was genau sie empfand. Als Antwort lächelte sie matt.

»Reichst du mir die Süßkartoffeln?«

»Könntest du mir den Reis geben?«

»Was haltet ihr von der Dürre, die wir gerade haben?«

»Ma, was ist denn los? Du bist heute so still.«

»Es ist nichts.« Sie schüttelte heftig verneinend den Kopf. »Mir macht bloß die Hitze zu schaffen.«

Ihre Söhne nickten, nur halb überzeugt, und richteten die Aufmerksamkeit wieder aufeinander.

»Wisst ihr noch …« Andre hatte mit der Lieblingsbeschäftigung der Jungen angefangen, sobald sie einen Fuß in das Haus ihrer Kindheit gesetzt hatten – mit seinen Brüdern in Erinnerungen an ihre Jugendjahre zu schwelgen. Sie beobachtete, wie er laut auflachte, als die Erinnerungen wieder in ihm hochstiegen. »Wisst ihr noch, als Blackie Swart hinter Lynette her war? Es war ihm scheißegal, dass sie mein Mädchen war.«

Tannie Hettie schloss die Augen. Sie hatte keinen Appetit. Weder auf das Essen noch auf das Tischgespräch. Wenn sie keine unliebsame Aufmerksamkeit damit erregt hätte, hätte sie den Teller von sich geschoben. Sie schüttelte den Kopf, um sich zu fassen, und öffnete wieder die Augen.

»Ja«, warf Johan ein. »Er hat ihr sogar Pralinen aus Pas Laden gekauft. Ist das nicht eine unglaubliche Unverfrorenheit?«

»War er nicht derjenige, der ihr die Kassette voller Liebeslieder zusammengestellt hat? Und dann, dann hast du sie gefunden, und nicht Lynette?« Stefaan lachte.

»Dem haben wir es aber gezeigt, nicht wahr?«, sagte Andre. »Haben ihm die Schneidezähne ausgeschlagen. Wisst ihr noch, wie er dalag, das Blut lief ihm das Kinn runter, und er war völlig schockiert, dass wir uns derart auf ihn gestürzt hatten?«

»Als würden wir es ihm durchgehen lassen, dass er einem Mädchen von uns nachstellt.«

Tannie Hettie sah Anne-Marie über den Tisch hinweg an. Sie hegte den Verdacht, dass ihre Schwiegertochter das gewalttätige Gerede von ihrem Mann und dessen Brüdern nicht sonderlich beeindruckend fand. Tannie Hettie hatte recht. Die jüngere Frau verdrehte die Augen.

»Ja, Mann«, fuhr Stefaan unbeirrt fort. »Und was ist mit dem Jahr, als ihr euch mit den Kerlen von der Prieska High geprügelt habt? Worum ging's da gleich wieder?«

Tannie Hettie hörte, dass ihre Enkelin von der Küchentür aus leise nach ihr rief. »*Ouma*, dürfen wir aufstehen? Können wir in den Laden gehen?« Sie war dankbar um die Ablenkung.

»Habt ihr aufgegessen, mein Schatz?«

»Ich schon, aber Gerrie und Kobus haben ihre Bohnen nicht gegessen. Sie haben gesagt, dass sie eklig sind.«

Tannie Hettie wusste, dass sie schnell reagieren musste, bevor die Eltern der Kinder sie an den Tisch zurückschickten und zwangen, dort sitzen zu bleiben, bis die Teller leer waren. Es war ihr Haus, und sie wollte an diesem Nachmittag keine Unstimmigkeiten. »Ja, ihr könnt gehen. Die grünen Bohnen sind wahrscheinlich ein bisschen zu pfeffrig gewesen.«

»Und esst nicht all meine Süßigkeiten auf«, meldete sich Oom Marius vom anderen Tischende mit einem Zwinkern zu Wort.

Das Mädchen nickte feierlich.

Die Kinder ließen es sich nicht zweimal sagen. Sie sprangen von den Stühlen auf, stürzten zur Tür, die Küche und Laden trennte, und stürmten hindurch. Zum ersten Mal brachte Tannie Hettie ein Lächeln zustande.

»Mach die Tür zu!«, kreischte das jüngste Kind. »Damit sie nichts sehen.«

»Wir haben ihnen an dem Abend wirklich eine Tracht *paksla* verabreicht, nicht wahr?«, griff Johan das Gespräch wieder auf. »Wie viele waren es? Acht? Zehn? Sie wussten nicht, wie ihnen geschah.«

Nachdrücklich legte Anne-Marie Messer und Gabel auf den Teller. Sie starrte ihren Mann wütend an, aber er merkte es nicht. Er hob die Gabel mit einem dampfenden Stück Pastete an den Mund, die Kruste war golden und knusprig. »Ma, dieses Perlhuhn ist ausgezeichnet«, sagte er.

Anne-Marie sah Stefaan direkt an. Ungeduld und Zorn sprachen aus den Augen der jungen Frau. Nicht das auch noch, dachte Tannie Hettie. Heute fehlte ihr die Kraft für eine ihrer Familienstreitigkeiten. Sie wünschte, sie säße näher bei ihrem jüngsten Sohn, sodass sie ihm einen Stoß in die Rippen versetzen könnte, um ihn wissen zu lassen, dass es reichte. Ihre anderen beiden Schwiegertöchter, Suzan und Karien, wechselten vielsagende Blicke.

»Die haben gelernt, dass man sich nicht mit Kerlen aus Klippiesfontein anlegt, was?«, schnaubte Stefaan verächtlich. »Ist einer von ihnen nicht im Krankenhaus gelandet?«

Das Gelächter, das sich von den drei Männern am Tisch erhob, erstarb jäh, als ein Stuhl laut über den Boden scharrte. Kariens Lippen entschlüpfte ein panisches Quieken. Anne-Marie hatte ihren Teller weggeschoben und stand aufrecht da, mit weißen Fingerknöcheln hielt sie die Tischkante umklammert. »Könnt ihr drei nicht einmal was anderes machen?« Sie sprach jedes Wort langsam und mit Nachdruck aus. »Ich bin es leid, mir immer wieder dieselben Geschichten anzuhören. Habt ihr in eurer Kindheit nichts gemacht, außer zu kämpfen?«

Alle schwiegen. Ungestört stieg der Dampf von acht Tellern zur Decke. Nervöse Blicke gingen hin und her, um festzustellen, wer auf welcher Seite stand. Das einzige vernehmbare Geräusch war das Gelächter der Kinder, das vom Laden hereindrang.

Andre legte Messer und Gabel beiseite und sah zum wütenden, geröteten Gesicht seiner Schwägerin hoch. »Das tun wir eben, Anne-Marie, wir kämpfen. Wir tun es, seit wir vor über vierhundert Jahren auf diesem Kontinent eingetroffen sind. Wir kämpfen. Denn wenn wir nicht kämpfen würden, wären wir vor Jahrhunderten ausgelöscht worden. Wir sind Afrikaaner. Es liegt uns im Blut.«

Hätte Tannie Hettie die Kraft gehabt, hätte sie etwas zu Anne-Maries Verteidigung gesagt. Auch sie hatte genug von jungen Männern mit mehr Testosteron als gesundem Menschenverstand. Andererseits stimmte das, was Andre sagte. Ohne den Kampfgeist der Afrikaaner wären sie vor vielen Jahren von den Briten oder den Eingeborenenstämmen vernichtend geschlagen worden. Die unbehagliche Atmosphäre lähmte sie.

Tannie Hettie blickte zum anderen Tischende. Oom Marius sah sie direkt an, und sie wusste, dass er den Blick in ihren Augen deuten konnte: Hilfe!

Doch bevor er etwas sagen konnte, ertönte irgendwo jenseits der Wand, aus dem Ladeninnern, ein schriller Schrei. Da, noch einmal, dann immer wieder. Ein hysterisches kleines Mädchen.

Ihre Söhne und deren Frauen sprangen gleichzeitig von ihren Plätzen auf, Stühle fielen polternd zu Boden, und alle stürzten in die Küche. Tannie Hettie hörte, wie die Tür zum

Laden aufgerissen wurde und das Getrampel von sechs Paar Erwachsenenfüßen, als sie den Kindern in die von Schreien durchbrochene Tiefe des sonntagnachmittäglichen Ladens folgten. Gedämpftes Stimmengewirr, die Erwachsenen, die eindringlich ihre Kinder befragten.

Tannie Hettie und Oom Marius blieben gelassen an den beiden Tischenden sitzen. Auf ihren Gesichtern lag sogar der Anflug eines Lächelns. Oom Marius sah seine Frau an und nickte wissend. »Sie haben das Hummeraquarium entdeckt.«

»Genau zum richtigen Zeitpunkt«, erwiderte seine Frau.

Nun war Tannie Hettie bekannt dafür, eine gute Köchin zu sein. Ihre Schwiegertöchter baten sie ständig um ihre Familienrezepte, damit sie die berühmten Gerichte für ihre Ehemänner zubereiten konnten. Doch der eine Bereich, in dem ihre Kochkünste, der Stolz einer jeden Afrikaanerin, die etwas auf sich hielt, alles andere übertrafen, war die Zubereitung süßer, klebriger südafrikanischer Nachspeisen. Es war der Höhepunkt einer jeden Familienzusammenkunft. Sie machte eine große Nachspeise für die Familie und drei kleinere, die ihre Söhne mit nach Hause nehmen konnten. Beim nächsten Treffen wurden ihre leeren Schüsseln gehorsam zurückgebracht, denn man wusste, dass man am Ende des Tages eine weitere ihrer köstlichen Kreationen präsentiert bekäme.

Doch heute würde Tannie Hettie die anderen enttäuschen müssen. Zwar hatte sie den vergangenen Nachmittag damit verbracht, einen traditionellen Kuchen, einen Cape-Brandy-Pudding, zu backen. Sie hatte ihn über Nacht ziehen lassen, damit er intensiver schmeckte, aber sie hatte keine drei kleineren gebacken. Obwohl es voll und ganz ihre Absicht gewesen war, hatte sie, als es tatsächlich an der Zeit war, die zusätzlichen Eier aufzuschlagen, das Mehl abzumessen, die Butter zu schmelzen … tja, sie hatte es einfach nicht geschafft, die Energie aufzubringen. Die Pillen, die Doktor Brown ihr gegeben hatte, schienen diese Wirkung auf sie zu haben. Während sie in der Küche stand und die heiße Vanillesoße in die Kanne goss, wusste sie nicht, wie sie es ihnen sagen sollte.

»*Ouma*, welche Nachspeise hast du heute gemacht?«

»Einen Cape-Brandy-Pudding, Liebes«, erklärte Tannie Hettie ihrem kleinen Enkel, der neben ihr am Herd stand.

»Hast du viel gemacht?«

»Ich habe genug gemacht.«

»Genug für einen Nachschlag?«

»Genug für einen Nachschlag«, bestätigte sie mit einem Lächeln. »Jetzt geh hinein und warte bei deiner Mutter. Das hier ist heiß.«

Die Dessertschüsseln wurden auf dem Esstisch verteilt. Die Kinder sammelten sich um ihre Eltern und warteten darauf, dass ihre Großmutter wie üblich eintrat, ein riesiges Holztablett mit der Nachspeiseschüssel und einer dampfenden Kanne Vanillesoße in den Händen.

Tannie Hettie begann ihren langsamen Marsch in Richtung Esszimmer in Erwartung der kleinen Gesichter, die sie ehrfurchtsvoll anstarren und sich fragen würden, wie sie etwas derart Leckeres erschaffen konnte. Sie lächelte in sich hinein. Ach, ihre sechs Enkelkinder.

In der Nähe der Tür stieg ein neuer Gedanke in ihr hoch. Würde es noch mehr Enkel geben?, fragte sie sich. Würde sie sie zu Gesicht bekommen? Was in aller Welt würde Marius ohne sie machen?

Tannie Hetties normalerweise starken Arme und Hände zitterten. Die Steingutschüssel und die Porzellankanne klapperten aneinander. Ihre Schritte waren zögerlich. Der Zeitpunkt, an dem sie es ihnen sagen musste, rückte näher. Jeder wusste, dass sie heute aus einem bestimmten Grund in Klippiesfontein zusammengekommen waren. Niemand hatte Geburtstag. Sie hatten weder Weihnachten noch Ostern. Warum also waren sie hier? Das Gespräch war zu einem Tröpfeln versiegt, während alle auf die Ankündigung warteten.

Auf einmal schienen sich Tannie Hetties Hände aus unerklärlichen Gründen selbst in Pudding zu verwandeln, und sie ließ das Tablett fallen. Die Schüssel und die Kanne polterten zu Boden und zerbarsten in unzählige Scherben. Laut, es ist so laut, dachte sie. Tannie Hettie sah auf ihre dicklichen Füße, die aus ihren ordentlich eingefassten weißen, flachen Schuhen quollen, auf ihre beigefarbenen Strümpfe, und erblickte überall dampfend heiße Vanillesoße. Ihr wurde klar, dass sie Schmerzen empfand, aber sie war sich nicht sicher, wie sie reagieren sollte. Ein Brocken Kuchen lag schlaff auf der Spitze eines Schuhs. Sollte sie schreien? Sollte sie sich setzen? Ihre Kinder sprangen vom Tisch auf und kamen im Zeitlupentempo auf sie zu. Besorgte Mienen. Tannie Hettie stand einfach nur da.

Zwanzig Minuten später saß sie auf einem Stuhl. Eine ihrer Schwiegertöchter hatte ihr die Nylonstrümpfe ausgezogen. Man hatte ihre Verbrennungen mit Butter eingeschmiert. Sie trug Pantoffeln. Bei Tisch! Tannie Hettie schämte sich. So hatten die anderen sie noch nie gesehen. Die Frauen hatten endlich aufgehört, Aufhebens zu machen, und starrten alle drei unverwandt vor sich hin, ihre Kinder auf dem Schoß umklammert. Andre, Johan und Stefaan hingegen waren nicht so diskret. Sie blickten ihre Mutter direkt an. Fragen auf den Lippen, die sie nicht zu stellen wagten.

Oom Marius schob seinen Stuhl ein Stückchen nach hinten und wischte sich den Mund mit der bestickten Serviette ab. Unter Räuspern ergriff er die Tischkante mit beiden Händen und hob den Blick, um seine Familie anzusehen. Tannie Hettie fiel auf, dass der linke Winkel seiner Unterlippe zitterte. Das geschah nur, wenn er aus der Fassung war. Sie fühlte mit ihm. Sie wusste, wie sehr er jegliches Zurschaustellen von Gefühlen vor seinen Söhnen verabscheute, wie sehr er die nächsten Minuten fürchtete. Sie bildete sich ein, sein Herzklopfen sogar an ihrem Tischende hören zu können.

»Ist schon gut, Marius.« Sie sprach mit leiser, aber fester Stimme. »Ich werde ihnen die Neuigkeiten erzählen.«

5

»*Kom, vrou,* wir kommen noch zu spät!«, hörte Tannie Hettie Oom Marius durch die Tür rufen, die den Laden und ihr Zuhause trennte.

War es schon so weit? Sie war am Morgen eine halbe Stunde früher aufgestanden, um sicherzugehen, dass sie genug Zeit hatte. Nachdem sie die Wangen mit einem letzten bisschen beigefarbenem Puder bestäubt hatte, ließ sie den Pinsel auf die Frisierkommode fallen, warf einen letzten Blick auf ihre aprikosenfarbene Tagesdecke, um sich zu vergewissern, dass sie das Bett gemacht hatte, und eilte durch die Küche.

Tannie Hettie fiel längst nicht mehr auf, wie Marius mit ihr sprach. Er meinte es nicht so, das wusste sie, und das genügte ihr. Wenn sie eines in beinahe vierzig Jahren Ehe gelernt hatte, dann, dass sie ihn nicht ändern konnte. Sie hatte vor langer Zeit aufgehört, wegen Kleinigkeiten herumzunörgeln, Aufmerksamkeit von ihm zu erwarten oder einen höflichen Umgangston. Trotzdem seufzte sie.

»Ich komme!«, rief sie, hob den Kuchen vom Teller und ließ ihn in die Kuchenform gleiten.

Zweifel regten sich in ihr – war sie passend angezogen? Sie trug das Kleid, das sie auf Stefaans Hochzeit angehabt hatte. War das jetzt schon sechs Jahre her? Sie konnte es kaum fassen. Die Zeit schien so viel schneller zu vergehen, wenn man älter wurde. Sie blickte auf ihren Busen, sah, wie die weißen Knöpfe vorne spannten. Ein kleines Halstuch würde das verbergen, entschied sie. Sie trug sogar die Perlenohrringe, die ihr Marius vor all den Jahren auf ihrer Hochzeitsreise in Kapstadt gekauft hatte, auch wenn sie bezweifelte, dass es ihm auffallen würde. Sie drückte ein letztes Mal die Schultern durch, reckte das Kinn und griff nach der Kuchenform.

Dann schob sie die Tür auf und betrat den Laden.

Oom Marius betrachtete gerade sein Gesicht in einem kleinen Handspiegel mit einem glänzenden roten Plastikrahmen – dem Spiegel, den Petrus jetzt hinten bei seinen Habseligkeiten aufbewahrte, seit er mehr auf sein Erscheinungsbild achtete. Erst richtete er seine Krawatte und strich sich dann den blonden Pony mit etwas Spucke am Finger glatt.

Er blickte zu ihr auf.

»Ananaskuchen«, sagte sie mit einem nervösen Lächeln als Antwort auf die Frage, die sie von seinem Gesicht abzulesen glaubte. »Letztes Jahr bei dem Kirchenfest hat Dalene gesagt, es sei der beste, den sie je gegessen habe. Diesmal hab ich noch etwas Kokosnuss beigemischt.«

»Wir kommen zu spät«, grunzte er.

»Ich bin fertig«, erwiderte sie. Dann richtete sie ihre Aufmerksamkeit auf den Gehilfen ihres Mannes. »Guten Morgen, Petrus.«

»Guten Morgen, Missies.«

Petrus trug eine beigefarbene Hose und ein weißes Hemd, was er beides vor drei Tagen bei Oom Marius auf Pump gekauft hatte. Der rote Staub war von seinem Gesicht gewaschen, und er hatte es sich mit einer frischen Schicht Vaseline eingeschmiert. Tannie Hettie war froh, dass er sich bemühte.

Bei den Neuigkeiten, die sie den Einwohnern überbrachten, war es wichtig, dass er manierlich aussah.

»Komm, gehen wir. Wir wollen ihn nicht warten lassen«, sagte Oom Marius.

Tannie Hettie hastete zu ihm und hakte sich mit dem freien Arm bei ihm unter. Sie gingen auf die Tür zu.

»Pass du jetzt auf den Laden auf, Petrus!«, rief Oom Marius über die Schulter.

Sein Gehilfe, der sein Spiegelbild in der Scheibe des Hummeraquariums überprüft hatte, nickte eifrig und eilte hinter den Ladentisch, um Oom Marius' Platz einzunehmen.

»Ich möchte bei meiner Rückkehr keinen Unsinn hören. Verstanden?«

»Ja, Baas.«

Als sie den Laden verließen, stand Petrus steif hinter dem Ladentisch und starrte geradeaus.

Arm in Arm gingen Oom Marius und Tannie Hettie die Stufen hinunter und bogen in die Church Street ein. Sie nickten den Stammgästen des Royal Hotels zu, die bei ihren fast leeren Brandy-Colas auf der Veranda saßen, gingen vorbei an der Boutique Nadine, die behauptete, *passende Abend- und Alltagsgarderobe für die Frau von heute* zu verkaufen, vorbei an Alans Haarsalon bis zum gelben Backsteinhaus neben der Kirche.

Nun war Pfarrer Andries kein Mann, an den man sich ohne Weiteres wenden konnte, selbst mit den einfachsten Bitten nicht, und diese hier war so weit von einfach entfernt wie die Kalahari von den tropischen Stränden Natals. Tatsächlich glaubte Tannie Hettie, dass es sich als die kontroverseste Bitte in der gesamten Geschichte von Klippiesfontein herausstellen könnte. Es war sogar noch schlimmer als das eine Mal, als der Prediger der Zion Christian Church die Niederländisch-reformierte Gemeinde gebeten hatte, für die geheimnisvollen Todesfälle in der Township zu beten, weil er glaubte, eine gewaltige Anzahl Gebete würde das Erbarmen des Herrn erwirken.

Erstens hatte Tannie Hettie, genau wie die anderen Gemeindemitglieder der Niederländisch-reformierten Kirche, gewusst, dass ihre Kirche die auserwählte Kirche des Herrn war, und deshalb billigte es eigentlich niemand, mit anderen Glaubensrichtungen gemeinsame Sache zu machen. Andererseits musste sie einräumen, dass es besser war, der ZCC anzugehören als überhaupt keiner Kirche. Und darin stimmte die Gemeinde voll und ganz mit ihr überein.

Zweitens war niemand töricht genug zu glauben, die Todesfälle wären in irgendeiner Weise geheimnisvoll. Noch nicht einmal Tannie Hettie, und sie wusste, dass sie gelegentlich leichtgläubig war. Was die Schwarzen umbrachte, war Aids, aber sie waren einfach zu abergläubisch, um die Krankheit beim Namen zu nennen. Und Aids war doch gewiss Gottes Geißel für Menschen mit mangelnder Moral? Oder etwa nicht?

Andererseits würde es, wie Mrs Joubert, die Witwe, während der allwöchentlichen Gebetsgruppe festgestellt hatte, Gott nichts ausmachen, wenn sie für die unschuldigen Kinder und schwangeren Mütter beteten, die an der Krankheit litten. Nach drei Wochen hitziger Debatte in ganz Klippiesfontein lenkte Pfarrer Andries endlich ein und rief seine Schäfchen dazu auf, die Frauen und Kinder, die an der

Krankheit litten, in ihre täglichen Gebete mit einzuschließen. Tannie Hettie hatte sich besser gefühlt, nachdem dieser Entschluss gefasst worden war.

Aber heute würde keine Mrs Joubert samt ihrer vernünftigen Sichtweise im Wohnzimmer des Pfarrers sitzen. Heute wären es nur Oom Marius und Tannie Hettie, die an ihrem Tee nippen und am Kuchen knabbern würden. Heute wären es nur ihre zwei schwachen Stimmen, die ihre ungeheuerliche Bitte vorbringen und dem christlichen Anstand und unberechenbaren Zorn des Pfarrers die Stirn bieten würden. Tannie Hettie straffte die Schultern und reckte das Kinn, während sie versuchte, eine tapfere Miene aufzusetzen, auch wenn sie sich alles andere als tapfer fühlte. Sie eilte am Arm ihres Mannes dahin und musste für jeden seiner Schritte fast zwei machen.

Zehn Minuten später, als sie nervös auf der Kante des geblümten Sofas im Wohnzimmer saß, beobachtete Tannie Hettie, wie Dalene, die Pfarrersgattin, vier Tassen Rooibostee in ihr Teeservice goss. Es war ein sehr hübsches Teeservice, und Tannie Hettie seufzte. Ihre Großmutter hatte fast genauso eines besessen, aber es war nicht Hettie vermacht worden. Stattdessen hatte es die Ehefrau ihres Bruders geerbt.

»Nun sagen Sie mir, Bruder Marius«, setzte Pfarrer Andries langsam an. Seine Stimme, die gewöhnt war, laut von der Kanzel zu schallen, dröhnte in diesem kleinen Raum. »Welches Anliegen führt Sie heute in mein Haus? Ich hoffe, Sie bringen gute Neuigkeiten.«

Tannie Hettie beugte sich vor, ergriff die feuchtkalte Hand ihres Ehemannes, die in seinem Schoß lag, und drückte sie leicht.

Am nächsten Morgen saßen Oom Marius und Tannie Hettie kerzengerade in ihrer üblichen Kirchenbank, vierte Reihe von vorn. Die Linienführung in der Kirche war schlicht, die Wände weiß, die Ausschmückung minimalistisch, im Einklang mit den calvinistischen Lehren der Kirche. Obwohl Tannie Hettie klar war, dass sie sich irrational benahm, malte sie sich aus, das Geflüster, das von den erwartungsvollen Kirchgängern zu ihnen drang, gälte ihnen. Dass ihr Geheimnis bekannt wäre, noch bevor der Pfarrer auch nur ein Wort gesagt hatte.

Ein vielstimmiges *Pssst* erhob sich von der Gemeinde, als Pfarrer Andries die Kirche durch die Seitentür betrat. Gefolgt wurde es von einem Rascheln von Sonntagskleidung, als sich alle erhoben. Tannie Hettie strich sich den Rock glatt und stand auf.

»*Goeie môre, kinders van die Here*«, begrüßte der Pfarrer seine Gemeinde.

»*Goeie môre,* Herr Pfarrer«, erscholl es im Einlang.

»Lasst uns den Gottesdienst heute Morgen mit einem Gebet beginnen.«

Es raschelte erneut, als die Menschen Platz nahmen und die Köpfe neigten.

»Wir beten gemeinsam, um unsere Zusammenkunft heute Morgen zu feiern und unser Schicksal in deine Hände zu legen, oh Herr. Wir bedanken uns von Herzen für die Gründung dieser kraftvollen Nation aus unterschiedlichen Völkern.«

Vereinzeltes Husten unterbrach das Gebet.

Dominie Andries hob die Stimme, als er fortfuhr. »Wir bedanken uns bei denjenigen und segnen die Seelen derer, die vor uns kamen und diese Nation vorbereitet haben, damit sie gehegt und bewahrt werde. Denn so viele gaben ihr Leben dafür hin, manche selbstlos und viele unnötigerweise. Wir bitten darum, dass der Heilige Geist Gottes nun die Herzen aller Bürger von Klippiesfontein mit Wohlwollen, Akzeptanz und Respekt gegenüber anderen erfülle. Auf diese Weise mögen wir von allen zerstörerischen Gedanken gereinigt werden. Unsere Herzen mögen ebenso von der Verurteilung anderer, Bigotterie, Rassismus und Intoleranz reingewaschen werden wie vom Blut unserer Vorfahren. Gesegnet seien unsere Kinder. Mögen unsere Gemüter erneuert werden. Möge jeder Einzelne von uns vom Geist des Allmächtigen, des Göttlichen erfüllt sein. Wir danken dir, Herr, dass du dir unser heutiges Gebet anhörst. Amen.«

»Amen«, sagte die Gemeinde im Chor, bevor alle Köpfe fragend hochschnellten, um den Pfarrer anzusehen.

Was in aller Welt war das für eine neue Botschaft, die er da predigte?

Tannie Hettie hatte das Gefühl, als bohrten sich hundert Augenpaare in ihren Rücken und den ihres Ehemannes. Natürlich konnte die Gemeinde nicht ahnen, was gleich enthüllt werden würde, aber das Gefühl ließ sich trotzdem nicht abschütteln. Sie kramte in ihrer Handtasche herum, zog ein Taschentuch heraus und tupfte sich die Schweißperlen von der Oberlippe. Sie sah, wie Oom Marius den Finger unter seinen Kragen schob und daran zupfte.

Pfarrer Andries' Predigt ging im gleichen Stil weiter und verkündete eine Art von Toleranz, von der man in ihrer Niederländisch-reformierten Kirche nicht oft zu hören bekam. Den Pfarrer im Rücken zu haben war die beste Waffe, die sie in dieser Stadt besitzen konnten, aber dennoch bezweifelte

Tannie Hettie, dass es angesichts der Kleinstadtgemüter von Klippiesfontein viel Wirkung zeigen würde.

Sie dachte an das Treffen im Wohnzimmer des Pfarrers tags zuvor zurück. Sie war ihm dankbar, dass er Oom Marius' Standpunkt schließlich eingesehen hatte. Selbst wenn zweieinhalb Stunden nötig gewesen waren, vier Tassen Tee, ein Schuss *brandewyn* für die Männer und, als letzter Ausweg, ein unkontrollierter Tränenausbruch Tannie Hetties, um ihn davon zu überzeugen, dass ihnen keine andere Wahl blieb. Petrus würde den Gemischtwarenladen führen. Es ließ sich nicht umgehen. Tannie Hettie hatte Krebs, und sie mussten zur Behandlung nach Kapstadt.

»Bis dass der Tod uns scheidet, wie es in der Bibel steht, Herr Pfarrer«, hatte Oom Marius ihm gesagt.

Und das war das Argument gewesen, dass den Pfarrer letztlich auf ihre Seite gezogen hatte.

Nun wusste Tannie Hettie: Wenn der Pfarrer seinen Segen dazu gab, dass ein Schwarzer den Laden eines Weißen führte, würde das eine große Hilfe dabei sein, die gutmütigen Bewohner von Klippiesfontein zu überzeugen. Aber vor den gutmütigen Leuten hatte sie keine Angst. Sondern vor Leuten wie Oom Hans und Herman und Karel, dem örtlichen Anführer der AWB, der Afrikaaner-Widerstandsbewegung. Es waren die Frikkies und Shawns dieser Stadt, die immer auf der Suche nach einem Anführer waren, ganz gleich, um wen es sich bei diesem Anführer handelte.

Sie hatte sie bemerkt, einen nach dem anderen, wie sie an diesem Morgen zwischen den Kirchgängern saßen, und sie wusste, dass es eine Auseinandersetzung geben würde. *Sie* wussten, dass es eine Auseinandersetzung geben würde, auch wenn sie noch nicht wussten, mit wem. Sie hörten wutschäumend zu, wie der Pfarrer weiter jene zutiefst verhasste Tugend predigte: Toleranz. Zwar wussten sie noch nicht über die Einzelheiten Bescheid, aber sie wussten, dass sie dagegen ankämpfen würden. Geduld war eine Eigenschaft, für die die Afkrikaaner bekannt waren, und sie legten sie an dem Morgen vorbildlich an den Tag. Die Details kämen, wie jeder wusste, in dem Teil der Predigt, in dem der Pfarrer seine Schäfchen dazu aufrief, verschiedene Gemeindemitglieder in ihre Gebete einzuschließen.

Nervös saß Tannie Hettie während der Lesung aus der Bibel da. Sie wusste, dass sich unter ihren Achseln große nasse Flecke gebildet hatten und sie nichts dagegen tun konnte. Der Pfarrer fuhr fort, indem er die gelesene Stelle zu einer moralischen Lektion deutete, die eigens auf die Einwohner von Klippiesfontein zugeschnitten war. Er bat sie, sich zu erheben und gemeinsam mit ihm zu singen.

»Nun danken wir alle dem Herrn. Mit Herzen und Händen und Stimmen …«

Tannie Hettie schmetterte den Text mit Nachdruck. Natürlich war heute nicht der richtige Tag, um mit ihrem Gesangstalent zu prahlen, aber das Lied half ihr dabei, die Anspannung, die sie empfand, ein wenig abzubauen.

»*Who woundrous things hath done, in whom his world rejoices …*«

Auf einmal spürte sie, wie der Druck an ihrer Brust nachließ. Ein Blick nach unten zeigte ihr, dass zwei Knöpfe aufgegangen waren. Das Gesangbuch vor der Brust, machte sie die Knöpfe rasch wieder zu und sang weiter, wenn auch nicht mehr ganz so inbrünstig.

»*Who from our mothers' arms, hath blessed us on our way* …«

Sie warf Oom Marius einen Blick zu, sah, dass er nicht sang, und stieß ihm diskret den Ellbogen in die Rippen. Er sah sie erbost an. Sie schaute zum Pfarrer auf, um zu sehen, ob er etwas mitbekommen hatte. Oom Marius öffnete den Mund und fing an, die Lippen zum Text zu bewegen.

»*With countless gifts of love* …«

Als sie auf das Gesangbuch starrte, sah sie, wie ein Schweißtropfen auf die Seite fiel.

»*And still is ours today.*«

»Danke. Nehmt nun wieder Platz«, sagte der Pfarrer.

Tannie Hettie wurde klar, dass es an der Zeit für die Segenswünsche war.

»Sollen wir uns nun einen Moment Zeit nehmen, Kinder des Herrn, um an die Menschen in unserer Gemeinde zu denken, die weniger vom Glück begünstigt sind als wir selbst? Ich rufe euch alle auf, diese Menschen diese Woche im Herzen zu tragen und für sie zu beten.«

Von der Menge erhob sich leises Gemurmel.

»Liebe Gemeindemitglieder, ich bitte euch, während dieser Zeit des Leidens an Schwester Babs und ihre Familie zu denken. Ihre Schwägerin ist in Prieska im Krankenhaus, wo sie sich einer Hüftoperation unterzieht. Dann sind da die beiden jungen Leute Dawid und Hester. Wie ihr alle wisst, hat es vergangene Woche in ihrer Scheune gebrannt, und sie haben den Großteil ihrer Farmgerätschaften verloren. Wir beten für sie und bitten den Herrn, die Menschen von der Versicherung die richtige Entscheidung treffen zu lassen. Außerdem möchte ich euch bitten, Bruder Marius und Schwester Hettie in unseren Gebeten dem Herrn anzuempfehlen …«

Etliche Matronen stießen ein leises Keuchen aus – gleich würde eine Neuigkeit enthüllt werden, die ihnen bisher irgendwie entgangen sein musste.

»Hettie ist an Krebs erkrankt und muss nach Kapstadt, wo sie sich fachärztlich behandeln lassen kann. Bruder Marius wird uns kurzzeitig verlassen, um während dieser schweren Zeit bei seiner Frau zu sein. Ich ersuche euch, für die beiden sowie für ihre Söhne Andre, Johan und Stefaan zu beten. Und da die Einwohner von Klippiesfontein essen müssen, selbst zu einer Zeit wie dieser, hat Marius beschlossen, den Laden den fähigen Händen von Petrus zu überlassen, den ihr ja alle kennt.«

Einige Sekunden lang war in der Kirche kein Laut zu vernehmen. Dann setzte das Geraschel ein, als die Leute die Köpfe drehten, um nachzusehen, wie die anderen reagierten.

»*Wat sê jy daar, Dominie?*«, erscholl eine Stimme.

Es war Oom Hans. Allseits bekannter Schafzüchter und regelmäßiger Spendengeber an die Kirche.

Oom Marius und Tannie Hettie drehten sich zu dem Sprecher um. Sie erblickten den kleinen stämmigen Mann, bei dessen Anblick jedem Betrachter unwillkürlich das Wort Bulldogge in den Sinn kam. Blonde Haare, sommersprossenübersäte Arme und eine Haut mit dem Aussehen und der Beschaffenheit von Leder. Er stand aufrecht da.

»Ich bitte die braven Einwohner von Klippiesfontein, Bruder Marius in dieser schweren Zeit zu unterstützen«, antwortete der Pfarrer.

Tannie Hettie drehte sich wieder nach vorn. Sie konnte sehen, dass dem Pfarrer Schweißperlen die ergrauten Schläfen hinabliefen.

»Ja, ich habe mir schon gedacht, dass Sie das gesagt haben. Sie bitten uns zu unterstützen, dass ein Kaffer den Laden in unserem Ort führt?«

Tannie Hettie blickte auf ihre weißen Stöckelschuhe hinab und bemerkte zu ihrem Missfallen, dass sie von einer roten Staubschicht überzogen waren. Neben ihr wand sich Oom Marius.

»Petrus ist ein gottesfürchtiger Mann, Bruder Hans, und ich möchte Sie bitten, ihn nicht mit diesem Wort zu bezeichnen. Sie wissen doch, dass es in diesem unserem Land nicht länger geduldet ist.«

»Es ist mir scheißegal, was in dieser neuen Bananenrepublik geduldet wird. Ein Kaffer ist ein Kaffer und wird immer ein Kaffer bleiben. Sie wissen das genauso gut wie ich, Herr Pfarrer, und trotzdem stehen Sie hier vor uns, im Haus des Herrn, und bitten uns, unsere Ehefrauen und Kinder zu ihm zu schicken, um unser täglich Brot bei ihm zu kaufen?«

Hier und da erhoben sich empörte Männer, um Oom Hans den Rücken zu stärken.

»Ganz ehrlich, Bruder Hans, Ihre Ehefrauen und Kinder kaufen jetzt schon seit vielen Jahren mehr als nur Brot bei ihm ein.«

»Nein!«, erklang eine neue Stimme. Es war Karel. Er stand ebenfalls aufrecht da. Alle Hälse machten gleichzeitig eine ruckartige Drehung, weil die Leute ihn ganz sehen wollten. »Wir kaufen unsere Lebensmittel bei Marius. Einem weißen Mann. Einem Bruder. Petrus ist Putzkraft, und so soll es auch sein. Er hat immer begriffen, wo er hingehört, und wir haben ihn akzeptiert. Aber wenn Leute anfangen, hoch hinauszuwollen, da hört unsere Akzeptanz auf. Nächste Woche erzählen Sie uns, dass irgendein *moent* aus der Township die Schule unserer Kinder leiten wird. Auf diese Weise werden die Dinge vielleicht in der Stadt gehandhabt, Herr Pfarrer, aber wir hier handhaben die Dinge anders.«

Oom Marius räusperte sich und stand auf. Tannie Hettie bemerkte, dass seine Hände zitterten. »Mal ganz ehrlich, Karel, das hier ist eine sehr schwere Zeit für uns. Hettie und ich brauchen eure Unterstützung. Wir können es uns nicht leisten, den Laden zu schließen, und es gibt sonst niemanden, der ihn übernehmen will. Frag Charlie. Frag Mister Scott. Frag Mrs Joubert. Ich habe mit ihnen allen geredet und sie gebeten, den Laden zu führen, aber sie konnten es nicht tun. Ich habe sogar Shawn gefragt, Herrgott noch mal. Mir bleibt keine andere Wahl.«

Tannie Hettie sah Shawn, der drei Bänke weiter hinten neben Patty saß. Seine Frau bedachte ihn mit einem fragenden Blick, und er lächelte entschuldigend.

»Und was ist mit einer dieser Arbeitsvermittlungen? Kannst du nicht bei einer anrufen und sie bitten, dir jemand Passendes zu schicken?«

»Das kostet mich ein kleines Vermögen. Und die stellen die Leute übrigens auch auf Basis einer Quotenregelung ein. Es gibt keine Garantie, dass sie mir einen Weißen schicken. Außerdem kennt keiner den Laden wie Petrus. Und es wird mindestens zwei Wochen dauern, bevor sie jemanden finden. Hettie muss sofort ins Krankenhaus.«

Tannie Hettie schniefte leise in ihr spitzenbesetztes Taschentuch.

Sie war so stolz auf ihren Ehemann, aber sie wusste, dass

jetzt nicht der rechte Zeitpunkt war, es zu zeigen. Andere könnten es als Angeberei deuten. Sie spürte Marius' Hand sachte auf ihrer Schulter.

»Dann bleibt mir auch keine andere Wahl, Marius. Ich werde meine Frau einmal in der Woche nach Springbok fahren, und wir werden dort unsere Lebensmittel einkaufen«, sagte Karel.

»Und ich auch«, war Oom Hans' Echo zu hören.

Ein *Ich auch* nach dem anderen hallte von den übrigen aufgestandenen Männern wider. Mehrere Frauenstimmen fielen mit ein.

»Du magst ein wichtiger Mann in Klippiesfontein sein, Oom Marius.« Jetzt sprach Bertie, der neben seinem Vater, Oom Hans, stand. »Aber das heißt nicht, dass du einfach anfangen kannst, die Art zu ändern, wie wir die Dinge seit Generationen handhaben.«

In Hetties Augen brannten Tränen, aber den Teufel würde sie tun, sie hier fließen zu lassen. In der Stimme ihres Ehemannes schwang ein leicht flehender Unterton mit.

»Unsere Krankenversicherung wird nicht sämtliche Behandlungskosten übernehmen. Ich werde deshalb also auf unsere Ersparnisse zurückgreifen müssen. Was sollen wir machen, wenn der Laden dichtmacht, Bertie?«

»Es ist unsere christliche Pflicht, unsere Glaubensbrüder in Zeiten der Not zu unterstützen«, versuchte es der Pfarrer erneut.

»Eure Schwierigkeiten tun mir leid, Marius«, unterbrach Oom Hans ihn, »aber du hast nicht das Recht, uns zu bitten, unsere Prinzipien über den Haufen zu werfen, weil deine Frau krank geworden ist.«

»Seit wann ist Rassismus ein Prinzip?«, fuhr Oom Marius ihn an.

»Was der eine Rassismus nennt, nennt der andere Selbsterhaltung, und so nenne ich es hier und heute. Selbsterhaltung!«, sagte Oom Hans.

Ein Chor der Zustimmung erhob sich von der Gemeinde.

Auf einmal stand Mrs Joubert auf. Die einzige Frau inmitten der stehenden Männer.

»Sie können es ganz nach Belieben mit sonst einem hübschen Wort bezeichnen, Hans, aber Sie sind ein Fanatiker. Marius, ich für meinen Teil werde morgen früh vor Ihrem Laden stehen, wenn er aufmacht, um mein Brot bei Petrus zu kaufen. Und ich werde tun, worum der Herr Pfarrer bittet. Ich werde jeden Abend für Sie und Hettie und die Jungen beten. Für Petrus werde ich auch beten und hoffe, dass diese Stadt vernünftig genug ist, Sie zu unterstützen.«

Auf Mrs Jouberts Worte hin erhoben sich ein paar anerkennende Stimmen, aber es waren bei Weitem nicht so viele wie bei den Anhängern der Gegenseite.

»Danke. Euch allen«, murmelte Oom Marius, bevor er sich wieder auf seinen Platz fallen ließ.

Mrs Joubert schob sich an den Knien in ihrer Kirchenbank vorbei, um zum Mittelgang zu gelangen. Andere folgten ihrem Beispiel und erhoben sich zum Gehen. Die Debatte draußen bei Tee und hausgemachten Kuchenstücken versprach viel interessanter zu werden als diejenige in der Kirche.

»Gehet hin in Frieden, Kinder des Herrn«, rief der Pfarrer seiner im Verschwinden begriffenen Gemeinde hinterher, bevor er hinter der Kanzel hervortrat und ebenfalls nach draußen eilte.

Nur Oom Marius und Tannie Hettie waren drinnen zurückgeblieben. Sie spürte, wie sich seine Hand über ihrer schloss. Die Hand zitterte noch immer.

6

Petrus saß auf einer Plastikkiste vor der Haustür seiner Mutter und ließ sich von der Sonne bescheinen, weil es gut für seine Knochen war. Er verbrachte jeden Tag viel zu viele Stunden in dem Gemischtwarenladen. Das sagte seine Mutter ihm, und Petrus hörte immer auf seine Mutter. Obwohl er ein erwachsener Mann war. Er nippte an einem Glas Koolaid, das sie ihm eingeschenkt hatte. Traube. Seine Lieblingssorte.

Die Sonne knallte gnadenlos vom Himmel, aber Petrus blieb dennoch sitzen. Schweiß floss von seinen Schläfen und rann seinen Rücken hinab. Er starrte das Rudel streunender Hunde an, das über die mit Schlaglöchern übersäte Straße vor dem Haus rannte. Wenn es regnete, war sie unpassierbar, ein Sumpf aus Schlamm, aber zum Glück kam das hier nicht allzu häufig vor. Auf der anderen Straßenseite befand sich ein kleines Haus, das ganz genauso wie ihr eigenes aussah, bloß dass es in einer anderen Farbe gestrichen war, und die paar traurigen Sträucher, die aus der steinharten roten Erde wuchsen, waren andere als die paar traurigen Sträucher in ihrer eigenen steinharten roten Erde. Ja, alle Häuser in seiner Straße, im Grunde in halb Rifilwe, waren völlig gleich. Von der Regierung erbaut, als Mandela an die Macht gekommen war, als er versprochen hatte, sich besser um sein Volk zu kümmern. Diese Reihen und Reihen an identischen kleinen Häusern waren der Beweis, dass es geschehen war, dass Mandela existiert und versucht hatte, sein Versprechen an sie zu halten. Beinahe zwanzig Jahre später hatte es den Anschein, als hätten die Politiker vergessen, dass es ihre Aufgabe war, sich um das Volk zu kümmern.

Petrus dachte über den wichtigen Ort nach, den Baas Marius und Missies Hettie am vergangenen Tag aufgesucht hatten. Er wusste, dass er wichtig war, weil Baas Marius in den Spiegel gesehen hatte und Missies Hettie, die hatte am Samstag einen Kuchen gebacken. Und zurückgekommen war sie ohne den Kuchen. Worum es sich bei dieser wichtigen Sache handelte, wusste Petrus nicht. Der Baas und die Missies, die erzählten ihm keine wichtigen Dinge. Aber wenn er hätte raten sollen, und Petrus war gut im Raten, dann hätte er sich gedacht, dass es etwas damit zu tun hatte, dass Missies Hettie krank war und Petrus den Laden führen sollte.

Das war nun eine wichtige Sache, den Laden zu führen. Und nicht bloß wichtig für Baas Marius und Missies Hettie und die ganzen Weißen in Klippiesfontein. Nein, für Petrus war es auch eine wichtige Angelegenheit. Sie war so wichtig, dass es ihm niemals auch nur im Traum eingefallen wäre, sie könnte wirklich ihm geschehen. Sie war so wichtig, dass er seiner Mutter davon erzählen musste.

Petrus war nervös, weil er sich nie sicher war, wie sie reagieren würde. Ihr Verhalten konnte gelegentlich sehr unberechenbar sein, auch wenn sich Petrus nie im Traum einfallen ließe, sie dafür verantwortlich zu machen. In der Hinsicht versuchte er, ein guter Sohn zu sein. Sie hatte viel durchgemacht, ermahnte er sich, und deshalb gab er sich Mühe, keine unrealistischen Erwartungen zu hegen.

Er begriff, dass andere Leute ihn nicht für wert erachteten, ihm wichtige Neuigkeiten mitzuteilen. Das akzeptierte er. Sogar seine eigene Mutter vergaß manchmal, ihm wichtige Neuigkeiten zu erzählen. Wie das eine Mal, als sie ihre Schwester besuchen fuhr, Petrus' Tante, eine Woche in Bloemfontein blieb und vergaß, ihm davon zu erzählen. Oder das eine Mal, als sie einen neuen Fernseher auf monatliche Raten kaufte, und obwohl Petrus derjenige war, der die Monatsraten zu bezahlen hatte, hatte sie trotzdem vergessen, ihm davon zu erzählen. Ja, die meisten Leute hielten es nicht für nötig, Petrus wichtige Neuigkeiten zu erzählen.

Aber Petrus war nicht so. Er teilte anderen seine wichtigen Neuigkeiten gern mit. Besonders seinem Freund Jacob, dem ein Esel gegen den Kopf getreten hatte, als er noch klein war, und von dem jeder behauptete, er sei simpel. Aber trotzdem war er Petrus' bester Freund. Sein einziger Freund. Ja, Petrus würde es Jacob am Nachmittag nach dem Kirchentreffen unter dem großen Baum in der Steppe erzählen. Aber zuerst würde er tapfer sein und es seiner Mutter sagen.

Er erhob sich von seiner Kiste in der Sonne und ging in das Backsteinhaus mit seinen drei Zimmern, das er ihr in der Anfangszeit des RDP – des *Reconstruction and Development Program* – gekauft hatte. Im Hausinnern war es dunkel, aber kühl. Da er den Fernseher in ihrem Zimmer laufen hörte, trat er ein.

»Mma?«, fragte Petrus.

Seine Mutter lag auf dem Doppelbett, das den Großteil des winzigen Schlafzimmers ausfüllte. Es gab nur noch genug Platz für einen Draht, der von einer Wand zur anderen gespannt war und an dem sie ihre Kleidung aufhängte, und für eine kleine Kiste in der Ecke, auf der der Fernseher stand. Platz für einen Stuhl gab es nicht, weshalb seine Mutter ihre Sendungen im Liegen ansehen musste.

»Ja, mein Sohn? Was gibt's?«

»Mma, ich möchte dir von etwas bei mir in der Arbeit erzählen.«

»Setz dich gefälligst und sei still, bis das hier fertig ist. Queen wird herausfinden, dass Ruby mit ihrem Mann schläft.«

Petrus seufzte und setzte sich behutsam auf die Bettkante. Ohne sonderliches Interesse betrachtete er den Bildschirm. Er begriff nicht, warum sich Leute Schauspieler ansehen wollten, die schlimme Dinge taten, wie mit den Ehemännern anderer zu schlafen, wenn man all das doch im richtigen Leben in Klippiesfontein mit ansehen konnte. Endlich lief der Abspann über den Bildschirm, und Petrus setzte sich aufrecht hin. Er hoffte, seine Mutter würde seine wichtigen Neuigkeiten nicht missbilligen.

»Ja, mein Sohn.« Endlich richtete sie die Aufmerksamkeit auf ihn. »Was gibt's? Mach schnell. Ich muss unser Mittagessen zubereiten.«

»Mma, Missies Hettie ist sehr krank.«

»Ja?«

»Der Baas muss ins Krankenhaus in der Stadt, um sich um sie zu kümmern.«

»Komm auf den Punkt, Petrus. Ich muss mich für die Kirche fertigmachen.«

»Ich werde den Laden führen, während sie fort sind.«

»Was? Du?«, spottete sie. »Du redest ja noch nicht einmal mit ihnen. Wie kannst du da den Laden führen?«

»Ich rede mit ihnen, Mma.«

»Was?«

»Ich rede mit Baas Marius. Mit den Kunden werde ich auch reden.«

»Nein. Nein! Ich kann nicht glauben, was meine Ohren mir da sagen. Soll das heißen, dass du dein Versprechen mir gegenüber gebrochen hast? Dein Versprechen, niemals mit einem Weißen zu reden?«

»Mma, es war an der Zeit, dass ich rede. Es war notwendig.«

Jene Nacht. Es war Petrus' erste Erinnerung. Manchmal war er sich nicht sicher, ob er sich tatsächlich an das Geschehnis erinnerte oder ob er es aufgrund der Fakten, die seine Mutter ihm immer wieder erzählt hatte, in Gedanken rekonstruiert hatte.

Er war vier Jahre alt und hatte fest geschlafen. Nach seiner Geburt war etwas im Krankenhaus schiefgelaufen, und seine Mutter konnte keine Kinder mehr bekommen. Deshalb durfte Petrus mehr als andere Kinder, die viele Brüder und Schwestern hatten. Deshalb lag er in der Nacht im Bett seiner Eltern.

Er erwachte von einem lauten Knall, wahrscheinlich dem Geräusch der Tür, die gegen die Wand geschmettert wurde, als sie gewaltsam in das Schlafzimmer seiner Eltern drängten. Kurzzeitig blendete ihn das heftige grelle Licht einer ihrer Taschenlampen, das ihm direkt in die Augen schien, bevor er spürte, wie seine Mutter ihn in die Arme nahm, und sein Gesicht zwischen ihre Brüste gedrückt wurde. An den süßen, moschushaften Geruch nach Holzfeuer und Brei in ihrem Schlafanzug erinnerte er sich bis heute. Er versuchte, den Kopf zu drehen, um die Männer anzusehen, aber sein Vater versperrte ihm die Sicht.

Als Nächstes hörte Petrus den Schrei seiner Mutter – ein Geräusch, das ihm mitten in die Knochen zu gehen schien und nach all den Jahren immer noch dort steckte. Er erinnerte sich so deutlich an jenen Schrei, als dränge er in dieser Minute immer noch aus ihrer Kehle, und bei der bloßen Erinnerung daran wurde ihm jedes Mal am ganzen Körper eiskalt. Er sah ausgestreckte Arme in blauer Uniform, die an den glänzend schwarzen Armen seines Vaters zerrten. Sein Vater wurde aus dem Bett gehoben. Petrus erblickte weitere blaue Beine, Arme, Oberkörper, eine Mütze, das Glitzern von Metall, als der Schein einer Taschenlampe auf ein Abzeichen fiel – alles seltsam zusammenhanglos. Sein Vater rief etwas, und dann hörte Petrus einen dumpfen Knall, und die Schreie seines Vaters verstummten.

»Rühr dich nicht und pass auf das Kind auf!«, blaffte einer der Männer Petrus' Mutter an.

Sie ließ ihn erstarrt im Bett liegen und eilte ihnen hinterher, wurde aber an der Tür aufgehalten. Eine weiße Faust traf sie mitten ins Gesicht, und ihr lief Blut aus dem Mund.

»Mach das hier nicht schwieriger, als es sein muss, Weib. Bleib hier bei dem Kind.«

Petrus' Mutter sackte auf dem Boden zusammen, und er starrte über sie hinweg ins Wohnzimmer, wo die Männer den schlaffen Körper seines Vaters aus der Haustür schleiften.

Das war das letzte Mal, dass Petrus seinen Vater zu Gesicht bekommen hatte.

Es war die einzige Erinnerung an ihn, die er besaß.

An den nächsten Tag erinnerte sich Petrus ebenfalls. Der Tag, nachdem sein Vater verschwunden war. Gedankenlos hatte seine Mutter ihn der Obhut einer Nachbarin anvertraut, die sieben Kinder und keinen Mann hatte, während sie selbst nach Springbok aufbrach, um herauszufinden, was mit ihrem Mann geschehen war. Spät am Abend kehrte sie zurück und holte ihren verängstigten, hungrigen Jungen ab. Sie hatte ihm nichts zu berichten.

Der nächste Tag lief genauso ab. Und der übernächste. Und der überübernächste. Petrus war hungrig und schmutzig und saß in der Ecke des Hofes ihrer Nachbarin, den Blick starr auf die staubige Straße gerichtet, die ihm seine Mutter zurückbringen würde, jeden Abend ein wenig gebrochener. Zwei Jahre lang fuhr sie immer wieder nach Springbok und gab jegliches Geld, das sie sich erschnorrte, für das Taxi aus. Petrus lernte, sich mit Essensresten zufriedenzugeben, die andere Mütter ihm zukommen ließen. Er hörte sie, die anderen Mütter, wie sie einander zuflüsterten, dass sein Vater längst tot sei, dass seine Mutter es aufgeben, es akzeptieren und sich stattdessen um ihren Jungen kümmern solle. Er beobachtete seine ehemaligen Spielkameraden, wenn sie von Fahrten nach Springbok zurückkamen, wo sie Schuluniformen gekauft hatten, um nach Neujahr in der ersten Klasse anzufangen. Er machte sich nicht die Mühe, seine Mutter zu fragen, wo seine Schuluniform war. Er wusste, dass es keine geben würde. Während sie einst eine schöne Frau gewesen war, war sie jetzt ein unordentlicher, schmutziger Strich in der Landschaft, mit tiefliegenden Augen und einer ausgestreckten Hand, die sich Münzen für das Taxigeld nach Springbok erbettelte.

Eines Tages wandte sie sich an Petrus, als wäre ihr unvermittelt eingefallen, dass er da war. Sie schloss ihn wieder in die Arme, wie sie es in der Nacht getan hatte, als man seinen Vater mitgenommen hatte. »Du wirst groß, mein Junge«, sagte sie.

Petrus nickte in ihren Busen, der gleichzeitig säuerlich und staubig roch. Er fragte sich, ob er je wieder Holzfeuer und Brei riechen würde.

»Versprichst du mir eines?«, wollte sie wissen.

Petrus nickte heftig in die Brust seiner Mutter. Er würde ihr alles auf der Welt versprechen, dachte er, solange sie ihn auf diese Weise festhielt.

»Versprich mir, dass du nie mit einem Weißen reden wirst. Niemals.«

»Warum, Mma? Warum darf ich niemals mit einem Weißen reden?«

»Dein Vater, das war einer, der den Mund nicht halten konnte. Musste sich darüber beklagen, wie man ihn bei der Eisenbahn behandelte. Musste davon reden, dass er sich ihnen widersetzen würde. Den Weißen. Und siehst du, was mit ihm passiert ist?«

Petrus nickte.

»Versprich es mir«, drängte seine Mutter.

»Ich verspreche es«, murmelte er.

»Lauter«, befahl sie.

»Ich verspreche, dass ich niemals mit einem Weißen reden werde, Mma.«

»Gut, gut.« Sie nickte geistesabwesend und ließ Petrus los. Er sah zu ihr hoch und erkannte, dass sich wieder die Entfernung in ihre Augen schlich. »Denn ich würde es nicht ertragen, dich so zu verlieren, wie ich deinen Vater verloren habe.«

»Ich würde es auch nicht ertragen, dich zu verlieren«, sagte er.

»Ich weiß. Ich weiß. Jetzt sei ein braver Junge und geh in der Steppe nach Feuerholz fürs Abendessen suchen. Vielleicht kann ich uns Brei kochen.«

Seine Mutter umklammerte ihre schwarzen Löckchen. Tränen strömten ihr das Gesicht hinunter. »Deine Mutter, Petrus. Eine hilflose Witwe. Die Frau, die ihr ganzes Leben der Sorge um dich gewidmet hat, die sich nie einen neuen Mann ins Bett geholt hat, nachdem dein Vater verschwunden war. Na schön, abgesehen von dem einen, aber es hat nicht lange gehalten, und du sitzt hier auf meinem Bett und sagst mir, du konntest ein kleines Versprechen, das du mir gegeben hast, nicht halten? Ein Versprechen. Ein Versprechen! Habe ich dich jemals um mehr als das gebeten?«

Petrus beugte sich vor und legte eine zitternde Hand auf den üppigen Oberschenkel seiner Mutter. »Mma, ich habe ein Leben jenseits dieser vier Wände. Ich arbeite im Gemischtwarenladen. Von dem Geld essen wir, bezahlen wir das Haus. Ich musste mit ihnen reden, Mma, um Baas Marius zu helfen.«

»Baas Marius. Missies Hettie. Das ganze Geld, das sie dir zahlen. Ja, ich verstehe, dass dir das wichtiger ist als deine arme Mutter, die jeden Tag mit einem gebrochenen Herzen lebt …«

Die sich jeden Tag um ihren einzigen Sohn kümmert – Petrus wusste, was als Nächstes käme. Es war eine Tirade, die er regelmäßig zu hören bekam. Eine Tirade, die er seit seiner frühesten Kindheit zu hören bekam. Dagegen wehren konnte er sich nicht. Konnte sich nicht gegen seine Mutter wehren. Er war nur dankbar, wenn sie jeden Abend bei seiner Rückkehr von der Arbeit zu Hause mit einem warmen Teller Essen auf ihn wartete. Er saß still da und wartete ab, bis ihre Worte und ihre Tränen versiegten.

Als sie nichts weiter zu sagen hatte, als weitere Anschuldigungen ausblieben, ergriff Petrus leise das Wort. »Es ist das Richtige, Mma. Baas Marius zu helfen, nachdem er uns so oft geholfen hat. Ich muss das tun.«

Seine Mutter brach erneut in Tränen aus. Er stand vom Bett auf und ging wieder nach draußen, um auf seiner Kiste in der Sonne zu sitzen. Vielleicht hatte er sie zu sehr aus der Fassung gebracht, sodass sie jetzt kein Mittagessen zubereiten konnte. Er würde ihnen etwas *pap* kaufen, einen Brei aus Maismehl, und Hühnchen von der Imbissbude um die Ecke. Danach würde er in die Kirche gehen. Dann würde er mit Jacob reden. Vielleicht würde der sich über Petrus' wichtige Neuigkeiten freuen.

Petrus stand in seiner Kirchenuniform aus Khakijacke und -hose unter dem ausladenden Feigenbaum. An sein Revers war ein kleiner silberner Stern geheftet, wie ein Sheriffsabzeichen, in den die Buchstaben *Z.C.C.* geätzt waren. Die Frauen im Gottesdienst trugen wadenlange gerade Röcke, narzissengelbe Tuniken mit runden Ausschnitten und ordentliche flaschengrüne Kopftücher. Die Zionist Christian Church war eine der größten Kirchen Afrikas, und Petrus war stolzes Mitglied. Nur Menschen, die über das Osterwochenende an der alljährlichen millionenfachen Pilgerschaft bis nach Moria teilgenommen, mit der Kirche den Feiertag begangen hatten und in das Wasser des Flusses getaucht worden waren, hatten ein Anrecht, diese Uniform zu tragen. Gemeinsam sangen und tanzten sie, beteten und lauschten den Lehren des Pfarrers.

Nach dem Gottesdienst gab es Gelegenheit, sich unter die übrigen Mitglieder zu mischen, aber gewöhnlich blieben Petrus und Jacob nicht so lange. Nein, Sonntag war Petrus' einziger freier Tag, abgesehen von Karfreitag, Weihnachten und Neujahr, sodass er nicht viele Stunden hatte, die er mit seinem Freund verbringen konnte. Stattdessen spazierten sie also zum Fußballfeld der Township – ohne Gras, nur trockene rotgebackene Erde und zwei flache Mulden vor den verwahrlosten Torpfosten –, um sich das Spiel am Sonntagnachmittag anzusehen.

Petrus kaufte Jacob und sich dann je eine Cola und einen leckeren Imbiss, zum Beispiel über dem offenen Feuer gebratene Maiskolben oder eine Tüte Mopane-Raupen. Dann genossen die beiden Männer das Spiel und tauschten sich darüber aus, was sich alles in der vergangenen Woche ereignet hatte. Jacob erzählte ihm, was alle in der Township getrieben hatten: wer sich von wem getrennt hatte, wer verliebt war oder schwanger, wer gestorben war … Im Gegenzug brachte Petrus seinen Freund auf den neuesten Stand dessen, was Jacob als die glamourösen Vorgänge der Stadtbewohner betrachtete – neu gekaufte Autos, Computer, die magische Dinge fertigbrachten, Handys, die schlauer als Menschen zu sein schienen. Er versuchte, seinem Freund jede Woche ein Geschenk mitzubringen: einen Schokoriegel, ein neues

Paar Schnürsenkel, eine Packung Space Dust, der auf Jacobs Zunge knisterte und ihn so heftig zum Lachen brachte, dass er sich beinahe in die Hose machte.

Heute saßen sie an ein altes Autowrack gelehnt auf dem roten Boden, zu weit von dem Fußballfeld entfernt, um dem Geschehen folgen zu können, aber einfach zufrieden mit der Gesellschaft des anderen. Sie leerten gerade eine große Tüte Nik Naks und leckten sich die orangefarbenen, nach Käse schmeckenden Krümel von den Fingern. Das war jedes Mal das Beste.

Als Petrus gerade Jacob von seinen guten Neuigkeiten berichtete, hörte er eine Horde Frauenstimmen näher kommen. Er sah nicht auf, weil er daran gewöhnt war, dass sich Frauen um das Fußballfeld versammelten, herausgeputzt in ihren Sonntagskleidern, und versuchten, so vielen anwesenden jungen Männern wie möglich ins Auge zu fallen. Aber niemals Petrus. Oder auch Jacob. Die beiden schienen für diese jungen Frauen Luft zu sein.

Doch dann hörte Petrus ein bestimmtes Geräusch, das seinen Kopf hochfahren ließ. Ein Geräusch, das ihm durchs Fleisch drang und seine Haut kalt werden ließ. Ein schönes Geräusch. Schallendes Gelächter, das soeben aus Precious' Kehle gedrungen war.

Petrus stand sofort kerzengerade da. Mit den Händen bearbeitete er seinen Hosenboden, um die rote Staubschicht abzuklopfen, die an ihm klebte. Das hatte man davon, wenn man wie ein Paar Tunichtgute auf dem Boden herumhockte. Er streckte seinem Freund die Hand entgegen.

»Steh auf!«

»Was?«, fragte Jacob.

»Steh auf«, beharrte Petrus, in dessen schwarzem Gesicht das Weiße seiner Augen vor Dringlichkeit hervorquoll.

»Warum?«

Sie kamen näher. Eine Gruppe von vier oder fünf Frauen mit klirrenden Ohrringen, geplapperten Wörtern. Und mittendrin befand sich Precious. Eine Vision. Ihre Wangen glänzten, ihre Wimpern klimperten. Ihre schwarzen Locken waren geglättet und nach hinten gebürstet, sie glänzten dank irgendeines Öls, von dem Petrus wusste, dass es wunderbar röche, wenn er nahe genug herankäme. Sie trug einen rosafarbenen Faltenrock, der beim Gehen tanzte, und obwohl er sie nur herankommen sah, wusste er, dass der Rock hinten ganz besonders fröhlich tanzen würde.

»Steh auf, du Idiot!«, drängte er, packte den verwirrten Jacob bei der Hand und zerrte ihn nach oben. Sein Freund starrte ihn verletzt an, aber Petrus hatte heute keine Geduld für diese Miene.

»Sehe ich okay aus?«

Jacob musterte ihn von Kopf bis Fuß, ohne recht zu wissen, was er auf einmal sehen sollte, das vorher nicht da gewesen war. Er nickte unsicher.

Da waren sie. Die Frauen hatten sie erreicht. Blicke wurden gewechselt. Höfliches Begrüßungsnicken. Und da war sie. In der Mitte. Ihre Lippen verzogen sich zu einem Lächeln.

»Guten Tag, Bruder«, sagte sie.

Petrus war zu nichts in der Lage, als im Gegenzug zu nicken, und selbst das kostete ihn übermenschliche Anstrengung.

Precious hatte Petrus gegrüßt.

Precious hatte Petrus gegrüßt!

7

Um vier Uhr kam Precious' Boss auf sie zu. »Würde es dir etwas ausmachen, heute ein wenig länger zu bleiben? Früher hat mir meine Frau bei der Steuererklärung geholfen, aber jetzt, wo es ihr nicht gut geht, weißt du …«

Precious willigte ein. Was blieb ihr schon anderes übrig? Ihm hatte sie es zu verdanken, dass sie ihren Abschluss in Buchhaltung hatte, also gehörte es mit dazu, länger zu bleiben. Normalerweise hätte es ihr nichts ausgemacht, aber heute war sie schon früh gekommen und völlig erledigt. Anmerken lassen würde sie es sich natürlich nicht.

Als Precious endlich fertig war, schleppte sie sich müde in das wartende Minibus-Taxi. Sie nahm die rosafarbenen Reifohrringe ab und steckte sie in ihre kleine weiße Handtasche. Zwar liebte sie die Ohrringe, aber nach einem Tag wie diesem waren sie einfach zu schwer. Da hörte sie das vertraute Piepsen ihres Handys, das verkündete, dass sie eine neue SMS hatte.

Precious' Vater war vor sieben Jahren verschwunden, als sie sechzehn war. Bis dahin waren ihre Eltern eine Familie mit doppeltem Einkommen gewesen und hatten schwer dafür gearbeitet, ihrem intelligenten ältesten Kind das Schulgeld der vormals weißen Highschool in Springbok zu bezahlen. Doch der Reiz von Alkohol und morallosen Frauen hatte sich für ihren Vater als unwiderstehlich erwiesen, und er hatte sich davongemacht und ihre Mutter mit fünf Kindern, das nächste schon unterwegs, sitzen gelassen.

Precious' Mutter hatte darauf bestanden, dass ihre Tochter ihren Highschool-Abschluss in Springbok machte. Ihren Söhnen würde sie nicht die gleichen Möglichkeiten bieten können, da nun ihr Ehemann fort war, aber so oder so würde sie dafür sorgen, dass ihre Tochter einen guten Schulabschluss bekam. Precious hatte mit der Schule angefangen, sie würde sie beenden, auch wenn sie ein Mädchen war. Ihre Mutter übernahm zusätzliche Bügelarbeiten, und am Ende eines jeden Monats gab es Tage, an denen sie nichts zu essen hatten, aber Precious' Schulgeld wurde immer bezahlt.

Mit siebzehn begann Precious, an den Wochenenden und in den Schulferien in den Häusern von Weißen zu arbeiten, um ihrer Mutter bei den Kosten ihrer Schulausbildung unter die Arme zu greifen. Ihren Schulabschluss machte sie mit achtzehn und gehörte zu den Klügsten ihres Jahrgangs, und sie hätte ohne Weiteres an die Universität gehen können, wenn das Geld dazu da gewesen wäre. Selbst wenn sie ein Stipendium erhalten hätte, wurde doch ihre Hilfe zu Hause benötigt. Folglich suchte sich Precious eine Stelle als Kassiererin in dem Laden an der Shell-Tankstelle draußen am Highway.

Nach einem Jahr schlug ihr Chef vor, sie solle sich an der Unisa, einer Fernuniversität, einschreiben und einen Studiengang in Buchhaltung belegen. Seine eigene Frau war erkrankt und konnte die Buchführung nicht mehr erledigen. Er würde monatlich einen Betrag von ihrem Gehalt abziehen, als Zuschuss zu ihren Studiengebühren.

Obwohl es Precious nie in den Sinn gekommen war, Buchhalterin zu werden, stimmte sie dem Vorschlag ohne das geringste Zögern zu. Es wäre lächerlich gewesen, sich die Chance, etwas zu lernen, entgehen zu lassen.

Precious brauchte vier Jahre für das Diplom. Man lud sie zur Abschlussfeier an der Universität in Pretoria ein, aber sie konnten es sich einfach nicht leisten, einen so großen Teil ihres Familienbudgets auf die Reisekosten zu verwenden. Denn obwohl sich Precious' ältester Bruder, der siebzehnjährige Given, damit hatte zufriedengeben müssen, die Highschool in der Township zu besuchen, hatten Precious und ihre Mutter es geschafft, genug Geld zusammenzukratzen, um ihren zweitältesten Bruder, den vierzehnjährigen Blessing, auf dieselbe Highschool zu schicken, auf die Precious gegangen war. So war es eben: Familienmitglieder erbrachten Opfer füreinander, damit die anderen vorankamen. Letztlich würde die ganze Familie davon profitieren.

Precious ergatterte in dem Taxi einen Fensterplatz, von dem aus sie bis zu ihrer Ankunft in Rifilwe auf das endlose Meer aus Gras starren und an nichts denken konnte. Sie holte ihr Handy heraus, um die SMS ihrer Mutter zu lesen: Sie hatte kein Brot, um den Jungen am nächsten Tag etwas mit in die Schule zu geben. Könnte Precious welches mitbringen?

Wenn sie doch bloß zehn Minuten früher gesimst hätte, hätte Precious in der Arbeit Brot kaufen können. Jetzt würde sie in Klippiesfontein aus dem Taxi steigen müssen, um dort welches zu kaufen, dabei war sie sowieso schon erschöpft. Ihre Füße schmerzten in den Schuhen, die sie von ihrer Cousine bekommen hatte. Sie waren so gut wie nagelneu – ihre

Cousine hatte sie nur einmal getragen, doch sie waren ihr zu klein gewesen. Die Cousine wiederum hatte sie von der weißen Frau bekommen, bei der sie arbeitete – anscheinend passten sie farblich nicht ganz zu einem Outfit der Frau. Precious spürte, dass Kopfschmerzen im Anmarsch waren, und konnte kaum die Augen offen halten. Sie hoffte nur, dass der Laden bei ihrer Ankunft noch geöffnet sein würde. Es war beinahe acht Uhr.

Als Precious in der Stadtmitte ausstieg, starrte sie matt dem Taxi hinterher, das seine müden Fahrgäste nach Hause zu ihren Familien fuhr. Zu ihrem *pap* mit Bratensoße, zu einer Stunde vor dem Fernseher, um sich eine Soap anzusehen, zu ihren Betten … Heute würde es spät werden. Sie hoffte nur, dass ihre Mutter früh genug nach Hause gekommen war, um das Abendessen zuzubereiten. Precious war ausgehungert, und bei der Vorstellung, erst noch das Abendessen kochen zu müssen, wurde ihr ganz flau vor Hunger.

»Ich werde zwei Brotlaibe kaufen«, überlegte sie. »Auf diese Weise können wir Brot mit Marmelade essen, falls Mutter noch nicht mit dem Abendessen angefangen hat. Das wird den Jungen gefallen.«

Zufrieden mit ihrer Voraussicht erklomm sie die erste der drei Holzstufen, die auf die Veranda des Gemischtwarenladens von Klippiesfontein führten.

Genau als Precious die letzte Stufe erreichte, hörte sie, wie sich ein Schlüssel im Schloss drehte. Sie blickte auf ihre kleine weiße Armbanduhr und beinahe gleichzeitig zu der Glasscheibe in der Ladentür. Von der anderen Seite starrte ihr Petrus' dunkles Gesicht entgegen.

Wenn es sich in der Glasscheibe nicht um Petrus' Gesicht

gehandelt hätte, wenn es das von Baas Marius gewesen wäre, dann wäre sie in vom Hunger noch verstärkte Panik geraten. Die dünne Schweißschicht an ihrem Körper wäre kalt geworden, Precious hätte kehrtgemacht, wäre die drei Stufen zur Straße hinuntergestiegen und hätte auf das nächste Taxi gewartet, die ganze Zeit über in Gedanken an ihre hungrigen Brüder und ihre leeren Lunchboxen am nächsten Tag. Aber es war nicht Baas Marius. Es war Petrus. Also blieb Precious ruhig.

Sie blickte auf, klimperte ein paarmal mit den Wimpern und schenkte ihm ein Lächeln, von dem sie wusste, dass es einnehmend war. Auch wenn sie nicht gerne allzu oft auf weibliche Listen zurückgriff, gab es Zeiten, zu denen sie nützlich waren, und dies war so eine Zeit. Sie hegte keinen Zweifel daran, dass sie den Schlüssel wieder im Schloss hören würde, und sie hatte recht. Precious kannte Petrus vom Sehen, vom Fußballfeld an den Wochenenden. Sie kannte ihn aus der Township und auch aus dem Laden. Er war ein guter, liebenswürdiger Mann. Sie hatte die Leute schon oft von der Hingabe reden gehört, mit der er sich um seine gelegentlich nicht ganz zurechnungsfähige Mutter kümmerte. Mit ihren dreiundzwanzig Jahren kannte Precious die Männer außerdem gut genug, um zu wissen, dass die Art, wie Petrus sie anlächelte, ihn dazu veranlassen würde, diese Tür aufzumachen.

»Du hast etwas vergessen, Schwester?«, fragte er, als er den Kopf durch die Tür steckte.

»Ich habe nicht gewusst, dass es schon so spät ist. Ich brauche zwei Laibe dunkles Brot für zu Hause.«

»Ich werde den Baas fragen gehen.« Petrus' Kopf verschwand wieder hinter der Tür.

Precious wartete. Würde diese Tür sich öffnen, damit sie hineingehen und sich rasch zwei Laibe besorgen konnte? Wäre ein einfaches schwarzes Mädchen Baas Marius wichtig genug, dass er wieder seine Kasse einschaltete? Mochte Petrus sie genug, um darauf zu bestehen, oder wäre er zu fügsam? Sie wartete. Warum hatte ihre Mutter nicht einfach zehn Minuten früher simsen können?

Nachdem sie eine gefühlte Ewigkeit dagestanden hatte, wurde ihr schließlich klar, dass man sie nicht hereinlassen würde. Petrus schämte sich wahrscheinlich zu sehr, um ihr gegenüberzutreten, um ihr zu sagen, dass Baas Marius Nein gesagt hatte, also hatte er sich hintenherum weggeschlichen und war bereits auf der Straße.

»Hoffentlich lande ich im selben Taxi wie er«, dachte sie, als sie mit schweren Schritten die Treppe hinabstieg. »Dann kann ich ihm meine Meinung sagen.«

Ebenda tauchte er neben ihr auf. Er war von hinten um das Haus gekommen. In den Händen trug er zwei Brotlaibe und im Gesicht ein Grinsen. »Da, Schwester«, strahlte er und hielt ihr das Brot entgegen, als wäre es sein erstgeborener Sohn. Erleichtert nahm sie es entgegen.

»Danke. Wie viel schulde ich dir?«

»*Mir* schulden? Es ist nicht mein Brot, Schwester. Es gehört Baas Marius.«

»Ja, das weiß ich. Wie viel schulde ich ihm?«

»Nichts.« Er strahlte immer noch.

»Nichts? Wie ist das möglich?« Sie runzelte die Stirn.

»Als ich hineingegangen bin, um den Baas um zwei Brote zu bitten, ist mir eingefallen, dass du all diese Gelddinge gelernt hast und auch, wie man alles, was mit Geld zu tun hat, aufschreibt. Jacobs Mutter hat mir das erzählt. Manchmal arbeitet sie mit deiner Mutter zusammen. Sie hat gesagt, du hast Briefe an die Universität geschickt, und sie haben dir Briefe zurückgeschickt, in denen stand, was zu tun war, und so hast du diese Gelddinge gelernt.«

»Das stimmt, Bruder. So habe ich es gelernt. Es heißt Fernstudium. Aber was hat das mit der Bezahlung meines Brots zu tun?«

»Ich werde dir etwas erzählen, das ich nicht vielen Leuten erzählt habe. Ich habe es meiner Mutter erzählt, und ich habe es Jacob erzählt. Kennst du Jacob?«

»Deinen Freund? Dem ein Esel gegen den Kopf getreten hat, als er noch klein war?«

»Ja, der Jacob.«

»Was hast du Jacob erzählt, das du mir erzählen möchtest?«

»Baas Marius wird für ein paar Wochen nach Kapstadt fahren. Er wird mich den Laden führen lassen, Schwester, weil kein Weißer es tun will.«

»Das sind gute Neuigkeiten. Du musst sehr stolz sein. Du arbeitest jetzt schon lange für Baas Marius.«

»Zweiundzwanzig Jahre«, sagte Petrus, als wäre die Zeitspanne an sich schon eine Errungenschaft.

»Aber ich verstehe immer noch nicht, was das mit dem Brot zu tun hat?«

»Baas Marius hat mich gefragt, ob ich jemanden kenne, der schlau genug ist, um mir im Laden zu helfen, wenn er weg ist. Ich habe Nein gesagt, denn als er mich gefragt hat, ist mir keiner eingefallen, der schlau genug ist. Ich habe an Jacob gedacht. Ich habe an meine Mutter gedacht. Aber sie sind nicht schlau genug, um mir zu helfen, also habe ich Baas Marius Nein gesagt.«

»Und dann?« Precious kämpfte den Drang nieder, die Augen zu verdrehen. Warum konnte dieser Mann nicht einfach sagen, was er sagen wollte?

»Dann habe ich dein Gesicht auf der Veranda gesehen, und mir ist eingefallen, dass ich sehr wohl jemanden kenne, der schlau genug ist. Also bin ich hineingegangen und habe Baas Marius um zwei Laib dunkles Brot gebeten und ihm gesagt, dass ich ein Mädchen aus Rifilwe kenne, das all die Gelddinge gelernt hat.«

»Was hat er gesagt?« Auf einmal war Precious ganz aufgeregt, denn ihr Kopf war auf der Stelle voll von den Möglichkeiten, die ein Zweitjob eröffnen würde. Lächeln wollte sie eigentlich nicht – sie wusste, was man über das Verkaufen des Fells des Bären sagte, ehe man ihn erlegt hatte –, aber sie lächelte trotzem.

»Er hat gesagt, du musst das Brot nicht bezahlen, und gefragt, ob du morgen in den Laden kommen kannst, um dich mit ihm zu unterhalten. Das hat er gesagt, Schwester.«

»Das kann ich machen, Bruder. Das kann ich machen.«

Precious hakte sich bei Petrus ein und marschierte los, um das nächste Taxi zu nehmen.

8

Es war ein großer Tag. Die Sonne war noch nicht aufgegangen. Keine dünne Lichtlinie am Horizont, es war erst fünf Uhr morgens. Oom Marius schwang die Koffer hinten auf den Pick-up, der vor dem Laden parkte. Wahrscheinlich war es das Beste, früh aufzubrechen, dachte Petrus, während er Missies Hetties Kosmetikkoffer hochreichte. Es war weniger wahrscheinlich, dass man bemerkt wurde.

Oom Marius hatte Petrus gestattet, die Nacht im Lagerraum zu schlafen. »Man weiß nie, was sie dir auf dem Weg von Rifilwe antun«, hatte seine Erklärung gelautet.

Tja, Schlaf war ein großes Wort angesichts einer Nacht wie dieser. Petrus glaubte nicht, dass sein Baas auch nur ein Auge hatte zutun können, genau wie er.

Oom Marius ging wieder ins Haus, um zusammen mit Missies Hettie ein frühes Frühstück zu sich zu nehmen. Petrus setzte sich auf die Veranda und aß den *pap* mit Milch und Zucker, den die Missies ihm zubereitet hatte. Das hier war seine liebste Tageszeit, bevor es der Sonne gelang, ihre Krallen in alles zu schlagen, aber an diesem besonderen Morgen war einfach zu viel los, als dass er es hätte genießen können. Selbst sein *pap* schmeckte nach nichts, dabei liebte Petrus *pap*.

Da sah er sie: Silhouetten vor den dunklen Geschäften von Klippiesfontein, die die Straße entlangschlenderten, als würden sie einen Sonntagsspaziergang im Grasland machen. Angeleuchtet von der einsamen Straßenlaterne, die an der Kreuzung Main Street und Church Street stand. Alle nebeneinander, sodass sie die ganze Straße der Breite nach einnahmen. Dreizehn, zählte Petrus. Trugen zwei Holzpfähle mit Fahnen an den Enden. Obwohl die Fahnen eingerollt waren, wusste Petrus genau, worum es sich handelte. Die rote würde, sobald sie entrollt war, das dreizackige schwarze Hakenkreuz der AWB zeigen. Die andere, mit den orangefarbenen, weißen und blauen Streifen, war die alte südafrikanische Flagge, die manche weißen Männer so sehr liebten, dass sie sich weigerten, sie aufzugeben. Diese Fahnen hatten nur eines zu bedeuten, das wusste Petrus. Ärger.

Er sprang von der Stufe auf, sodass er seinen Teller mit *pap* und Milch umwarf, und rannte in den Laden.

»Baas, Baas!«, rief er.

Er hörte, wie im Innern des Hauses ein Stuhl scharrte, und die Tür wurde aufgerissen, sodass sie gegen das Regal knallte und die Spirituosenflaschen klirrten. Oom Marius starrte Petrus an. Sein Kinn war vorgereckt, die Augen wild.

»Was gibt's?«

Petrus bewegte den Kopf ruckartig in Richtung Tür. Oom Marius stürzte nach draußen auf die Veranda. Er sagte nichts. Petrus lugte hinter den Dosen mit Kondensmilch hervor und beobachtete, wie sein Baas im offenen Türrahmen stand, breitbeinig und mit verschränkten Armen. Er konnte sehen, dass Oom Marius die Augäpfel aus dem Kopf quollen.

Petrus atmete tief ein, während er zusah, wie die Männer wortlos die Stufen hochstiegen. Männer, die sein Baas schon das ganze Leben lang kannte. Sie sahen ihn noch nicht einmal an. Frikkie versuchte, Oom Marius unauffällig zuzunicken, als er glaubte, keiner würde hinsehen, aber Oom Hans warf ihm einen wütenden Blick zu, und Frikkie sah rasch wieder zu Boden. Oom Marius starrte schweigend die Verräter an, die sich auf seiner obersten Stufe breitgemacht hatten.

Die Männer hatten eine Rolle rot gestreiftes Absperrband, die Baas Piet wahrscheinlich von der Arbeit im Amt für Straßenbau mitgenommen hatte. Gelassen, als wäre Oom Marius gar nicht da, banden sie ihr Band zwischen die zwei Holzpfosten zu beiden Seiten der Stufen. An einen Pfosten lehnten sie die Flagge der Afrikaaner-Widerstandsbewegung, an den anderen die ehemalige Kolonialflagge. Sie stellten sich längs der Veranda auf, die Beine breit, die Arme verschränkt, und schauten auf das gerade erwachende Klippiesfontein hinaus. Erst da drehte sich Karel zu Oom Marius um.

»Wir haben deinen Laden geschlossen, Marius. Wir meinen es gut mit allen Bewohnern dieser Stadt. Eines Tages, wenn die ganze Sache mit Hettie und dem Krebs hinter dir liegt, wirst du einsehen, dass wir es nur gut gemeint haben. Eines Tages wirst du dich für das hier noch bei uns bedanken.«

»*Julle bliksems*«, sagte Oom Marius nur. Ihr Mistkerle.

Oom Marius drehte sich um und ging wieder hinein. Hinter dem Ladentisch griff er wütend nach dem Hörer und wählte.

Petrus lauschte nervös, wie sein Baas der Polizei erzählte, was gerade vor sich ging. Er fragte sich, ob es so eine gute Idee war, dort anzurufen. Jeder wusste, dass die bei der Polizei *skelms* waren. Andererseits, dachte Petrus, waren sie vielleicht nur Gauner, wenn schwarze Männer bei ihnen anriefen. Vielleicht würden sie helfen, wenn sie die Stimme eines Weißen hörten.

Langsam ging Oom Marius zu der Stelle, wo Petrus hinter dem Regal kauerte. »Du bist dir sicher, dass Precious heute herkommt?«

Bei der bloßen Erwähnung ihres Namens wurde Petrus ganz warm. Er schob den Finger unter den Hemdkragen und zog daran. Schon bald würde sie hier sein, und er würde an ihrer Seite arbeiten. Er bräuchte sie nur anzusehen, um ihre Haut, vom gleichen Farbton wie ein Ochse nach dem Regen, auf sich wirken zu lassen oder ihren wunderbaren runden Hintern und ihren Duft nach Parfum, wie Rosen. Das würde ihn für all seine Mühsal entschädigen.

»Sie kann morgens eine Weile helfen, bevor sie zu ihrer anderen Arbeit fahren muss«, erklärte er noch einmal.

»Um wie viel Uhr wird sie hier sein?«

»Sie hat acht Uhr gesagt, Baas.«

»Gut. Gut.« Oom Marius nickte. »Jetzt hör mir mal zu, Petrus, das hier wird nicht lange andauern. Sie haben alle Farmen, um die sie sich kümmern müssen, oder eine Arbeit, zu der sie fahren müssen. Nach einer Woche wird sich die Aufregung legen, und alle werden wieder in den Laden kommen. Wir müssen nur Geduld haben. Abwarten. Kein Geschrei. Kein Streit. Diese Männer bloß nicht anfassen, denn dann gerät es außer Kontrolle. Und sprich nicht mit ihnen. Hörst du?«

Petrus nickte eifrig.

»Und nun wieder an die Arbeit. Vergiss nicht, den Lieferanten anzurufen. Bestell nicht zu viele leicht verderbliche Waren. Diese Woche werden wir nicht viel verkaufen. Wenn im Krankenhaus alles gut läuft, versuche ich, Freitagabend herzufahren, um nach dem Rechten zu sehen. Jetzt müssen wir los, Petrus. Die Fahrt nach Kapstadt ist lang, und ich will nicht, dass Missies Hettie zu spät zu ihrem Termin kommt.«

»Ja, Baas.«

Oom Marius ließ den Blick langsam durch seinen Laden schweifen, wo er schließlich auf das leise summende blaue Aquarium fiel. »Und kümmere dich um die verfluchten Hummer. Herrgott, ich werde die verdammten Dinger selbst essen, wenn die ganze Sache vorüber ist.«

Er ging zur Rückseite des Ladens und verschwand durch die Tür.

Petrus richtete den fiebrigen Blick wieder auf die offene Tür vorne. Starr auf die Männer. Ein paar Minuten später sah er seinen Baas draußen auf der Straße. Er öffnete die Motorhaube seines Pick-ups und überprüfte den Ölstand. Dann knallte er sie wieder zu, zog einen *lappie* aus der Gesäßtasche und wischte die toten Insekten von der Windschutzscheibe, ohne auch nur einmal zu den Männern aufzuschauen, die seine oberste Treppenstufe in Besitz genommen hatten.

Tannie Hettie folgte ihrem Ehemann hinten herum auf die Straße. Sie stand mit weit aufgerissenen Augen hinter ihm und hielt ihre Handtasche und einen Tupperbehälter mit ihren belegten Broten für die Fahrt umklammert. Sie tupfte sich mit einem kleinen Spitzentaschentuch die Augen.

Petrus sah, wie sich Oom Marius zu seiner Frau umdrehte und ihr zunickte. »Es ist Zeit zu fahren, *vrouw.*«

Oom Marius machte Missies Hettie die Beifahrertür auf und half ihr in den Wagen. Auf dem Weg zu seiner eigenen Tür blieb er unvermittelt stehen und sah auf die gegenüberliegende Straßenseite. Petrus' Herz wurde eiskalt. Er schob sich vorsichtig vor, um erkennen zu können, was der Baas anstarrte. Da sah er sie: Mrs Joubert. Stand da in den ersten Sonnenstrahlen, die Arme verschränkt, und sah Baas Marius schweigend an. Er sah, wie sie ihm zunickte, und sein Baas erwiderte das Nicken. Petrus wusste nicht genau, was das Nicken zu bedeuten hatte, aber er wusste, dass die Nickenden auf ihrer Seite waren. Mrs Joubert war wahrscheinlich die schlaueste Frau in ganz Klippiesfontein, und wenn sie so wissend nickte, dann standen die Dinge vielleicht nicht ganz so schlecht, wie Petrus befürchtete. Er nickte ebenfalls, auch wenn ihn niemand sehen konnte.

Und mir nichts, dir nichts war es vorbei. Baas Marius kletterte in den Pick-up und ließ den Motor an. Sie fuhren los. Petrus sah zu, wie ihre Hinterköpfe immer kleiner wurden. Oom Marius' Kopf blieb hoch erhoben. Er drehte sich kein einziges Mal um, um zurückzublicken.

»Kommen Sie bald zurück«, sagte Petrus laut, weil die Stille im Laden unerträglich war.

Als er wieder über die Straße hinweg zu der Stelle sah, an der Mrs Joubert gestanden hatte, war sie schon nicht mehr da. Ihre steife Gestalt ging die Main Street entlang auf ihr Haus zu. Er hoffte, sie würde zurückkehren.

Würde Precious früher kommen, fragte er sich. Angst hatte er eigentlich keine, aber wenn er noch jemanden bei sich im Laden hätte, würde ihm das Mut einflößen. Mehr Mut, als er jetzt empfand, da ihm nur die üblen Hummer Gesellschaft leisteten. Er stellte sich hinter den Ladentisch, wo gewöhnlich sein Baas stand, öffnete die Kasse und zählte das Geld. Der Geruch der Münzen stieg ihm in die Nase. Immer noch besser als der ewige Geruch nach Staub.

9

»Wie funktioniert dieses verfluchte Ding?«, fauchte Oom Marius, bevor er seiner Frau das Handy in den Schoß schleuderte. Er legte den ersten Gang ein, lockerte die Handbremse und schlingerte vom Straßenrand, sodass der Pick-up eine rote Staubwolke hinterließ.

Tannie Hettie griff nach dem Gegenstand des Anstoßes und musterte ihn sorgfältig. »Die Tastensperre ist eingeschaltet, Marius. Damit du nicht versehentlich jemanden anrufst, wenn du draufkommst, ohne es zu merken.«

»Ich habe noch nie im Leben jemanden versehentlich angerufen und werde bestimmt nicht jetzt damit anfangen.«

»Soll ich ihn anrufen, Marius?«

»*Ag*, ich weiß nicht, Hettie. Wir sind noch nicht lange unterwegs. Dass ich ihn wie ein verfluchtes Weib alle fünf Minuten anrufe, ist das Letzte, was er braucht.«

»Soll ich ihn anrufen?«, fragte sie mit mehr Nachdruck.

Oom Marius presste die Lippen zusammen und nickte.

Er sah zu, wie Tannie Hettie leicht auf die Tasten drückte. »Du erinnerst mich an die Teenager, die nachmittags draußen auf meiner Veranda herumhängen, Hettie.« Er lächelte. Manchmal, nur ganz selten, schlich sich dieses alte Lächeln, das am Anfang ihrer Ehe da gewesen war, in sein Gesicht zurück. Dies war so eine Gelegenheit.

Sie erwiderte das Lächeln.

»Hier spricht Missies Hettie, Petrus. Ich rufe im Namen von Baas Marius an, um zu hören, wie es läuft.«

Ihr Mann sah sie an, die Lippen ganz schmal vor Konzentration, die Stirn gerunzelt.

»Schau nach vorn, Marius«, schalt sie und streckte die Hand aus, um sein Kinn zu berühren und in Richtung Straße zu drehen. Sie sah, dass sich sein Blick wieder auf das glänzende schwarze Band richtete, das sich bis zum Horizont erstreckte. Von der Oberfläche stieg eine Luftspiegelung auf, sodass eine dürre braune Kuh, die am Straßenrand graste, verschwamm.

»Und sind sie noch nicht eingetroffen?«, fragte sie.

Sie lauschte auf Petrus' Antwort.

»Aber wir haben vor zweieinhalb Stunden bei ihnen angerufen?«

Erschrocken riss Tannie Hettie den Kopf hoch, als der Wagen nach rechts schwenkte. Oom Marius hatte das Lenkrad zur Seite gerissen und brachte den Wagen wieder schlitternd zum Stehen. Er schaltete die Zündung ab und hielt seiner Frau die offene Hand hin. Seufzend reichte sie ihm das Handy.

»Wer ist gerade im Laden, Petrus?«, blaffte Oom Marius.

Tannie Hettie sah ihren Mann an. Sie erblickte den Schweiß an seinen grauen Schläfen, die Falten an seiner Stirn. »Dreh um und fahr nach Hause, Marius«, seufzte sie.

»Moment, Petrus.« Oom Marius wandte sich seiner Frau zu.

»Fahr nach Hause«, wiederholte sie. »Ich werde den Arzt anrufen und ihm sagen, dass wir es heute nicht schaffen. Wir fahren, wenn sich der ganze Ärger gelegt hat.«

»Nein, Hettie, wir haben die Sache hier so lange hinausgezögert, wie es ging. Dein Termin ist um zwei, und ich werde dich pünktlich dort hinbringen, und wenn es das Letzte ist, was ich tue. Ich will nichts mehr davon hören. Ist das klar?«

Er wartete ihr Nicken nicht ab. Seine Aufmerksamkeit galt wieder dem Handy, und er konzentrierte sich auf die Einzelheiten, die Petrus weitergab. Oom Marius stieß ein kurzes, bitteres Lachen aus. »Nur Mrs Joubert ist da gewesen. Sie hat das Absperrband mit ihrer Nähschere zerschnitten und ist einfach an ihnen vorbeispaziert. Sie haben es nicht gewagt, ihr gegenüber den Mund aufzumachen.«

Tannie Hettie erkannte einen Hoffnungsschimmer in seinem Augenwinkel.

»Und was ist mit Patty? Hat sie sich ihre Zigaretten besorgt, bevor sie in den Bus gestiegen ist?«, fragte er Petrus. Oom Marius nickte, während Petrus antwortete, die Gesichtszüge hart wie Stein.

»Sag mir wenigstens, dass sie die Kinder reingelassen haben, damit sie sich ihre Süßigkeiten kaufen konnten, bevor sie in die Schule sind!« Er schüttelte den Kopf. »Okay, Petrus, ich muss jetzt weiter. Ich melde mich später wieder.«

Tannie Hettie griff nach dem Tupperbehälter neben ihren Füßen. Sie ließ den Plastikdeckel mit ihren ordentlich gefeilten Fingernägeln immer wieder auf- und zuschnappen, und jedes Mal drang schwefliger Eiergeruch hervor. Da sie nicht daran gewöhnt war, Enttäuschung im Gesicht ihres Mannes zu sehen, wagte sie nicht, ihn anzuschauen.

Oom Marius saß ein paar Augenblicke schweigend da, bevor er nach dem Schlüssel griff und den Wagen wieder anließ.

Tannie Hettie starrte im Vorüberfahren auf eine Gruppe Blechhütten. Sie sah ein glänzendes schwarzes Kleinkind, das im Staub vor einer Hütte spielte. Endlich zog sie den Deckel vom Behälter und wandte sich an ihren Mann. »Sandwich, Marius? Ich habe Hühnchen mit Mayonnaise gemacht.«

»Jetzt nicht, Hettie. Ich kann nichts essen.«

Auf dem letzten Schild, an dem sie vorüberfuhren, stand, dass es nur noch fünfundzwanzig Kilometer bis nach Kapstadt waren. Die gewaltigen landwirtschatlich genutzten Flächen wiesen häufiger vereinzelte Farmhäuser, Verkaufsbuden und Gruppen aus Blechhütten auf. Tannie Hettie hoffte, dass sie bald am Straßenrand ein Geschäft sehen würden. Sie würde Marius bitten anzuhalten, damit sie kalte Getränke kaufen konnten. Vielleicht ein paar schöne, reife Pfirsiche. Sie war noch nicht ganz bereit dafür, dass diese Fahrt zu Ende ging.

Im Radio kam ein Lied, bei dem sie gewöhnlich gern mitsang. Heute jedoch nicht. Es war kein Tag zum Singen, sosehr sich das Radio auch anstrengte. Aus dem Handy, das in ihrem Schoß lag, drang ein schriller Piepton. Sowohl Oom Marius als auch Tannie Hettie zuckten zusammen.

»Es ist Precious«, erklärte Tannie Hettie ihrem Mann. »Schalt das Ding aus.« Sie deutete auf das Radio. Rasch kam er ihrem Befehl nach.

Tannie Hettie hörte aufmerksam zu, während die junge Frau sprach. Sie sah, dass der Blick ihres Mannes starr auf die Straße gerichtet war, voller Konzentration.

»Die Polizei ist eben hier gewesen, Missies Hettie«, fing Precious an.

Da war kaum eine Spur des starken Akzents, der charakteristisch für die Aussprache vieler Schwarzer war, ein Zeichen, dass sie weit über die Grundschule hinaus zur Schule gegangen war. Und auch nicht bloß in eine Township-Schule, stellte Tannie Hettie fest, sondern etwas weiter weg, wo sie vielleicht sogar von weißen Lehrkräften unterrichtet worden war. Das war nicht unbedingt ein Nachteil, zu einer Zeit wie dieser war jemand, der seinen Verstand beisammenhatte, genau das Richtige. Petrus war ein braver Mann, sicher, aber ein intelligentes Mädchen wie Precious war nicht zu unterschätzen.

»Sie haben Petrus wie einen Idioten behandelt«, fuhr Precious fort. »Sie haben ihn angeschrien, haben ihn ausgelacht, haben ihm Stöße gegen die Schulter versetzt, bis er so verwirrt war, dass er nicht mehr wusste, was er sagen sollte. Ich wusste auch nicht, was ich tun sollte, um ihm zu helfen, Missies, also bin ich hinten hinausgelaufen und zum Haus von Mrs Joubert. Sie ist mir zurück zum Laden gefolgt und hat mit der Polizei gesprochen. Anfangs wollten sie nicht auf sie hören. Sie sagten, sie würden bloß mit dem Besitzer sprechen. Dann hat Mrs Joubert etwas von Verletzung der Dienstpflicht gesagt, und die Polizisten wurden nervös, weil sie lange Wörter aus ihren Ausbildungshandbüchern verwendete. Am liebsten hätte ich losgelacht, als ich ihre Mienen sah, aber das hielt ich für keine gute Idee. Sie wissen schon, die bekommen ohne Weiteres heraus, wo ich wohne, Missies Hettie, und ich möchte meiner Mutter keinen Ärger einhandeln.

Aber dann sind sie nach draußen gegangen. Sie haben den Männern gesagt, dass es ein Privatgrundstück ist, dass sie nicht ohne Genehmigung auf Baas Marius' Veranda stehen können. Also haben die Männer ihr Band und ihre Flaggen unten auf die Straße geräumt und haben dort gestanden.

Die Polizisten sind wieder reingekommen und haben Mrs Joubert gesagt, dass sie jetzt nicht gegen das Gesetz verstoßen würden. Sie sind in ihren Wagen gestiegen, sind ein Stück weiter gefahren und haben geparkt. Dort stehen sie immer noch. Unter dem kleinen Baum gleich vor Baas Bothas Metzgerei. Sie beobachten den Laden, aber ich glaube nicht, dass es sie wirklich interessiert.«

»Moment mal, Precious. Lass mich dem Baas ausrichten, was du gesagt hast.« Tannie Hettie deckte das Handy mit der Handfläche ab und gab weiter, was Precious ihr erzählt hatte.

Oom Marius murmelte einen Fluch vor sich hin und schlug mit der Faust auf das Lenkrad. »Ich hätte wissen sollen, dass sie niemals gegen Hans vorgehen würden. Der Polizeichef in Springbok ist der Cousin seines Schwiegersohns. Ich habe erst letzte Woche mit jemandem darüber gesprochen. Wer war es? Ich glaube Dawid.«

Tannie Hettie nickte und hielt sich wieder das Handy ans Ohr.

»Precious hatte eine gute Nachricht«, sagte sie, nachdem sie aufgelegt hatte. »Sarie ist im Laden gewesen, und du weißt doch, dass sie nie selbst vorbeischaut. Schickt immer Agnes zum Einkaufen. Sie ist wegen Mehl und Eiern gekommen und wegen dieses besonderen Kakaopulvers, das du ihr letzte Woche bestellt hast …«

»Wirst du Saries Einkaufszettel durchgehen, Frau, oder wirst du mir sagen, was passiert ist?«

Tannie Hettie warf ihrem Mann einen strengen Blick zu. »Möchtest du sie selbst anrufen?«, fuhr sie ihn an.

Oom Marius schüttelte den Kopf. »Jetzt nicht, Hettie. Ich bin fertig mit den Nerven. Erzähl mir einfach, was ist passiert?«

»Nachdem sie bezahlt hatte, ist sie mit den Plastiktüten in den Händen direkt durch die Eingangstür gegangen. Koos und Herman und Bertie haben ihr den Weg versperrt. Sie achtete nicht auf sie und drehte sich zu Frikkie herum, hat ihn gefragt, was seine Ma dazu sagen würde, wenn sie ihn hier herumstehen sähe, ohne dass er sich die Mühe machte, einer alten Dame mit ihren Einkäufen zu helfen.

Frikkie hat diese verwirrte Miene aufgesetzt, die er immer aufsetzt, wenn jemand seine Ma erwähnt. Ohne die anderen auch nur anzusehen, hat er die Hand nach Saries Tüten ausgestreckt und ist wortlos mit ihr mitgegangen. Die Leute, die sich draußen versammelt hatten, haben ihnen den Weg freigemacht, damit sie durchkonnten. Und das Beste: Frikkie ist nicht zurückgekommen.«

Sie sah Oom Marius erwartungsvoll an und hoffte, diese gute Nachricht würde ein paar der Falten auf seiner Stirn glätten.

»Heute vielleicht nicht, aber morgen wird er wieder da sein. Du weißt doch, dass Frikkie nicht eigenständig denken kann. Sie werden heute Abend mit ihm reden, und er wird ihnen morgen früh zurück zum Laden folgen, weil er eben ein Schaf ist. Sie brauchen ihre Schafe, Hettie. Vergiss das nicht. Ohne Schafe wären da bloß Karel und Oom Hans auf dieser Veranda. Vielleicht Bertie. Mehr nicht.«

Oom Marius schüttelte den Kopf. Tannie Hettie sah, dass

er einen Blick auf die Uhr auf dem Armaturenbrett warf: eine Stunde und zehn Minuten bis zu ihrem Termin bei dem Onkologen.

»Weißt du, wie man das Ding ausschaltet?«, fragte ihr Mann. »Es gibt nichts mehr, was wir wegen Klippiesfontein unternehmen können, und ich möchte nicht, dass es losklingelt, wenn wir dich ins Krankenhaus bringen.«

10

Precious schnüffelte in dem Gemischtwarenladen herum. Na ja, eigentlich war es kein richtiges Herumschnüffeln, eher ein Erkunden. Natürlich war sie schon viele, viele Male dort gewesen, aber als Kundin, nicht als Angestellte. Man fand praktisch alles in dem Laden, und was man dort nicht bekam, fand man nirgendwo sonst in ganz Klippiesfontein. In den letzten beiden Jahren war Baas Marius sogar dazu übergegangen, Kosmetikprodukte für Schwarze im Sortiment zu führen, sodass sie jetzt nicht mehr den ganzen Weg bis nach Springbok zurücklegen musste, wenn ihr das Glättungs-Shampoo ausging.

»Was machst du da, Schwester?«, rief Petrus, der hinter dem Ladentisch stand.

»Schaue mir bloß die Sachen an, die ihr hier verkauft«, antwortete sie träge.

Als Angestellte konnte sie sich mehr herausnehmen, selbst als Teilzeit-Angestellte, die Montag bis Freitag von acht bis ein Uhr arbeitete und samstags den ganzen Tag.

»Habt ihr Stifte?«, fragte sie.

»Stifte?«

»Ja, ich muss welche für meine Brüder mitnehmen.«

»Da drüben bei den Schreibwaren. Nein, nein, weiter links. Gleich beim Kühlregal.«

Precious betrachtete die Produkte in dem sanft summenden Kühlregal. So viele Joghurtsorten. Nicht gerade etwas, das häufig auf dem Einkaufszettel eines Schwarzen auftauchte, da diese stattdessen lieber *amasi* tranken, traditionelle Sauermilch. Aber da sie nun einen Kühlschrank zu Hause hatten, den gebrauchten, den Precious vor zwei Monaten ihrem Boss abgekauft hatte, beschloss sie, ihren fünf jüngeren Brüdern als Leckerei ein paar Fruchtjoghurts mitzubringen.

»So viele Geschmacksrichtungen«, staunte sie laut, halb zu sich selbst, halb zu Petrus. »Hast du sie alle ausprobiert?«

Petrus war nicht sonderlich interessiert, die Warenpalette zu diskutieren, die sie im Laden hatten. »Möchtest du mal etwas wirklich Besonderes sehen?«

Er trat hinter dem Ladentisch hervor, durchquerte das Geschäft und stellte sich neben sie. »Da! Da drüben.« Er deutete auf einen Pappaufsteller für das Waschpulver Surf.

»Was, Bruder? Ich sehe nichts.«

»Hier, hinter dieser Reklame.«

Was führte er im Schilde, fragte sie sich. »Schau da nach, hinter dem Ding.«

Als Precious hinter den Aufsteller trat, erblickte sie eine Art Aquarium, das blau glänzte. Es sonderte einen starken Fischgeruch ab. Wofür war es? Und was waren diese … Precious trat näher heran. Dann blieb sie ruckartig stehen. »*Hauw!*«, kreischte sie. »*Hauw*. Was in aller Welt!?«

Als sie einen Blick über die Schulter warf, sah sie Petrus, der drei Schritte hinter ihr stand, leise hinter vorgehaltener Hand lachen. »Hässliche Teufel, nicht wahr?«, fragte er.

Precious trat näher an das Aquarium. »Was sind das? Langusten oder Hummer?«

»Hummer«, antwortete Petrus fachkundig, wobei er insgeheim froh war, die Antwort zu kennen. »Der Baas bezeichnet sie als Hummer.«

»Und kaufen die Leute sie, wenn sie in der Ecke versteckt sind?«

»Niemand kauft sie, Schwester. Sie sind zu hässlich.«

»Die Leute essen etwas nicht, weil es schön oder hässlich ist. Sie essen etwas, weil jemand anderes es zuerst gegessen hat und ihnen sagt, dass es gut schmeckt. Wir essen die Innereien von Schafen nicht, weil sie gut aussehen, Bruder.«

»Dann sagt keiner in Klippiesfontein den anderen, dass diese Dinger gut schmecken, denn keiner kauft sie.« Petrus lächelte, weil er sich über seine scharfsinnige Beobachtung freute.

Precious trat sogar noch näher heran und bückte sich auf Augenhöhe mit dem Aquarium, das Gesicht dicht an der Scheibe. Sie klopfte mit ihren langen, pinkfarbenen Fingernägeln dagegen. Hinter sich hörte sie Petrus die Luft einsaugen.

»Hast du Angst vor ihnen, Bruder?« Lächelnd drehte sie sich um.

»Ich habe keine Angst«, erklärte er nüchtern, aber das Weiße seiner Augen stand groß und rund in seinem Gesicht.

Precious drehte sich wieder zum Aquarium um und fummelte am Deckel herum. Sie hörte ein Klicken und hatte das Ding in der Hand. Gebannt starrte sie auf das blaue Wasser und die dunklen Rücken der Geschöpfe. »Traust du dich näher ran?«

»Wie glaubst du, füttere ich sie jeden Tag, wenn ich doch nicht näher ran will?«, fragte er, ohne einen Schritt vorzutreten.

»Ja, wie fütterst du sie, Bruder?« Precious grinste ihn an. »Stehst du hier, wie ich es jetzt tue, und lässt ihr Futter ins Wasser fallen?«

Petrus schüttelte den Kopf.

»Wie dann?«

Er ging zu einem kleinen Tisch an der rückwärtigen Wand. Darauf lagen ein Hackbrett, ein langes Messer und ein Haufen schleimiger weißer Dinger. Er hob eines hoch. Es hatte die Form eines großen Rings. Am Tisch lehnte ein Besenstiel. Petrus griff danach und schob das weiße Ding auf das Ende. Er schob noch zwei weitere darauf. Dann fasste er den Besenstiel vorsichtig am anderen Ende und hob ihn hoch, sodass er knapp über dem Aquarium schwebte. Er schlug mit dem Besenstiel ein paarmal fest auf die Kante der Scheibe, sodass sich die weißen Ringe lösten und ins Wasser fielen.

Mittlerweile hatte fieberhafte Aktivität von den Hummern Besitz ergriffen. Verschreckt vom Klopfen krochen sie hektisch übereinander. Gleichzeitig war ihnen mittlerweile auch klar geworden, dass dieses Klopfen Nahrung bedeutete. Die weißen Ringe sanken langsam auf den Boden des Aquariums, wo die Hummer sie mit den Mäulern in Angriff nahmen, da ihre Scheren mit Klebeband umwickelt waren.

»So füttere ich sie«, sagte Petrus, offensichtlich mit sich selbst zufrieden. Er lehnte den Besenstiel wieder an die Wand.

Precious konnte nicht anders, als zu lachen. Petrus sah sie unsicher an, und seine Lippen umzuckte lediglich ein Lächeln, da er nicht völlig überzeugt war, dass sie sich nicht lustig über ihn machte.

»Von jetzt an werde ich dir helfen«, erbot sie sich. »Ansonsten kriegen diese Tiere noch einen Herzinfarkt.«

Petrus nickte, jetzt überzeugter, dass ihre Absichten wohlwollend waren. »Ja, das wäre gut.«

»Aber warum? Kannst du mir verraten, warum du sie nicht magst, Bruder?«

Sein Lächeln war verschwunden, und seine Augen waren wieder groß. »Es ist der *tokoloshe*. Ich glaube, es könnte sein, dass er sich in diesen Geschöpfen versteckt.«

»Du glaubst immer noch an den *tokoloshe*?« Ihre Stimme war sanft. Sie verstand seine Angst, selbst wenn sie längst aufgehört hatte, an den bösen kleinen Zwerg zu glauben. Er wartete unvermutet unter Betten, um nachts hervorzukriechen und unschuldige Jungfrauen zu vergewaltigen oder Männer zu terrorisieren und ihnen Pech zu bringen. Und der *tokoloshe* konnte sich verwandeln und Tiergestalt annehmen.

»Meine Mutter sagt, dass es stimmt«, meinte Petrus beharrlich.

»Deine Mutter ist noch von der alten Schule. Meine Mutter auch. Das sind Ammenmärchen. Daran darfst du nicht glauben, Bruder. Sie stimmen nicht.«

»Wenn du meinst«, räumte er ein, aber nichts an der Art, wie er dort stand, wie er Precious beobachtete, sagte ihr, dass er ihr Glauben schenkte.

Nachdem sie den Deckel des Aquariums wieder geschlossen hatte, kam sie hinter dem Pappaufsteller hervor. Petrus folgte ihr. »Was isst du hier gewöhnlich zu Mittag?«, fragte sie.

11

Frikkie war ein zweiundzwanzigjähriger afrikaanischer Mann. Bis vor Kurzem hätte das bedeutet, dass er zu den mächtigsten und am höchsten geschätzten Menschen gehörte, bloß ein paar Stufen unter Gott, aber jetzt machte es ihn zu einem Mitglied der am wenigsten geliebten aller Gattungen. Es fiel Frikkie nicht leicht, sich an diese Tatsache im neuen Südafrika zu gewöhnen, und aus diesem Grund fand er sich wieder auf der Main Street vor dem Laden von Oom Marius ein.

Wenn er ehrlich gewesen wäre, hätte er zugeben müssen, dass ihm das mehr als ein bisschen peinlich war, nachdem Tannie Sarie so beschämend mit ihm von dort wegmarschiert war. Aber da Ehrlichkeit nicht seine Devise war, schlenderte er beiläufig mit übertrieben ausladenden Schritten und vom Körper abgewinkelten Ellbogen auf seine Kumpel zu. Der Gang eines echten Mannes – jedenfalls hoffte er das.

»Hey, wieso trägst du die Baseballkappe? Sag bloß nicht, dass du jetzt einen auf Amerikaner machst, Frik?«, rief Bertie beim Anblick seines Freundes.

Frikkie fluchte leise vor sich hin. Er hatte gehofft, dass keiner etwas zu der Kappe sagen würde. Eine Art Verkleidung für den Fall, dass eine der Freundinnen seiner Ma die Main Street entlangkommen und ihn sehen würde. Aus der Entfernung natürlich. Aus der Nähe würden sie ihn alle erkennen, das war ihm klar.

»*Ag*, das alte Ding«, antwortete Frikkie, nahm sie von seinem hellbraunen Haarschopf und schleuderte sie in die Ecke der Veranda. »Mein Gel war alle, und da wir den Laden boykottieren, kann ich mir kein neues kaufen.« Er lachte nervös. Frikkie fuhr sich mit Daumen und Zeigefinger über den dünnen braunen Schnurrbart.

»Wir boykottieren gar nichts, du Idiot«, blaffte Karel.

Frikkie war sich nicht bewusst gewesen, dass Karel ihnen zuhörte. Ansonsten hätte er seine Worte mit mehr Bedacht gewählt. Als er den Blick senkte, bemerkte er den Revolver, der an Karels Hüfte glänzte.

Er hatte das Ding schon einmal in Händen gehalten. Genau wie er die Waffe seines Dads gehalten hatte, als er noch klein war. Damals hatte es ihm nicht behagt, und jetzt behagte es ihm auch nicht. Waffen machten ihn nervös. Aber Karel hatte darauf bestanden, dass er das Ding anfasste. Kalt und schwer und bereit für den Tod. Frikkie hasste die Vorstellung, dass etwas einzig und allein zu dem Zweck erschaffen wurde, Tod zu bringen. Doch er hatte keinen Ton gesagt. Genau wie er heute nichts sagen würde.

»Etwas zu boykottieren bedeutet, dass man sich weigert, dorthin zu gehen, die dortigen Dienste in Anspruch zu nehmen«, fuhr Karel fort. »Boykott ist was für Schlappschwänze. Für Frauen. Wir blockieren den Laden. *Offensiv*, kapiert? Nicht *defensiv*. Wir zeigen allen, dass Klippiesfontein nicht wie der Rest dieser Bananenrepublik enden wird. Pass also auf, was du sagst, oder ich bringe dich dazu, dass du deine Worte zurücknimmst.«

»Tut … tut mir leid, Mann, Karel«, stammelte Frikkie und errötete. »Du kennst mich doch. Ich hab's nicht so mit diesen langen Wörtern. Für mich ist das alles mehr oder weniger das Gleiche.«

»Tja, dann wach auf und gib acht. Wir können es uns nicht leisten, dumm zu bleiben wie die Schwarzen. Gebildet. Clever. Aktionsbereit – wie Soldaten, so müssen wir sein. Und warum ist das so, Frikkie?«, blaffte Karel wie ein echter *komandant* bei der Armee.

»Weil wir uns im Krieg befinden, Karel. Wie du gesagt hast, neulich. Wir verteidigen, wie wir leben wollen, unsere Lebensweise.«

»Gut. Gut. Ich bin froh, dass du zugehört hast, Frikkie, mein Junge. Jetzt stell dich hier neben mich, damit wir dem Tag die Stirn bieten können.«

Frikkie stellte sich zwischen Karel und Bertie. Wenigstens war Oom Hans nicht da, dachte er, denn der hätte ihm ernsthaft die Leviten gelesen, weil er tags zuvor seinen Posten verlassen hatte, um Tannie Saries Einkaufstaschen zu tragen. Ehrlich gesagt wurde er es allmählich ein wenig leid, dauernd die Leviten gelesen zu bekommen.

Petrus sah, wie sich die Männer draußen in einer geraderen Linie aufstellten, wie eine Peitsche, die man soeben hatte knallen lassen. Rasch trat er vom Schaufenster zurück, bevor eines ihrer weißen Gesichter sein schwarzes erblickte. Er wusste, dass sie das bloß aufbringen würde, und wenn es eines gab, das Petrus unbedingt vermeiden wollte, dann, genau diese Männergruppe zu provozieren. Selbst wenn er wie gerade zu ihnen sah, durch die untere Ecke des verstaubten Fensters, führte es dazu, dass er flach atmete und seine Handflächen schweißnass waren.

Der Schlimmste war ihr Anführer, dieser Baas Karel. Er stand da draußen in seinen Khakishorts, das Khakihemd an der Taille festgesteckt, ein Paar lederne *veldskoene* an den Füßen und die Strümpfe hochgezogen bis fast zu den Knien. Sein Bauch wölbte sich unter dem Hemd von all den Mahlzeiten, die sein armes schwarzes Dienstmädchen für ihn kochte, sein Mund war zu einer permanenten Grimasse verzogen, während er die Welt nach vermeintlichen Ungerechtigkeiten dem weißen Mann gegenüber durchforstete. Wahrscheinlich hatte er in seinem ganzen Leben noch kein einziges Mal gelächelt, dachte Petrus, wahrscheinlich noch nicht einmal als dickes kleines Baby, als ihn seine alte schwarze *ousie*, seine Tagesmutter, gekitzelt hatte.

Petrus mochte ihn überhaupt nicht. Ja, wenn es nicht gegen das verstieße, was der Pfarrer sonntags unter dem wilden Feigenbaum predigte, hätte Petrus gesagt, dass er ihn hasste. Er wechselte nicht nur die Straßenseite, wenn er Baas Karel auf sich zukommen sah, er versteckte sich hinter dem erstbesten Haus oder duckte sich hinter dem nächsten Busch, bloß um dem Grauen zu entgehen, diesem Mann über den Weg zu laufen. Petrus beobachtete Baas Karel, als dieser die anderen Männer verärgert anblaffte und dann seinen Platz in der Mitte der Reihe einnahm.

Neben ihm stand Kleinbaas Bertie, der kleine Boss, Oom Hans' Sohn. Er schien noch nicht allzu schlimm zu sein, aber Petrus hatte schon sein ganzes Leben lang mit angesehen, wie junge weiße Männer wie er alt wurden, und er wusste, dass er schlimmer werden würde. Jung zu sein ließ sie irgendwie weicher wirken, verbarg die Merkmale ihrer Väter, die sie tief im Innern trugen. Doch sobald sie älter wurden, ihre eigenen Söhne hatten, wurden sie genauso gemein wie der *groot* Baas, der große Boss, wie ihre Väter. Nein, dem hier traute er nicht, dem Kleinbaas Bertie.

Die Männer, die heute Morgen vor Baas Marius' Laden standen, waren so ziemlich die schlimmste Gruppe Männer in ganz Klippiesfontein. Ja, ohne Zweifel. Baas Herman und Baas Koos und alle anderen waren zwar vielleicht nicht so böse wie ihr Anführer, aber in einer Sache war sich Petrus sicher: Sie wünschten sich alle, es zu sein. Jeder Einzelne von ihnen strebte danach, ein Herz zu haben, das so kalt wie Baas Karels war, wenn er einen schwarzen Mann erblickte. Und allen schwarzen Männern in Klippiesfontein wurde es kalt ums Herz, wenn sie einen dieser Männer erblickten.

Petrus wandte sich dem Mann am Ende der Reihe zu, demjenigen, der gerade zu ihnen gestoßen war. Als er sein Gesicht betrachtete, schüttelte er den Kopf, als wollte er etwas von sich abschütteln. Er sah weg und wieder hin, um sicherzugehen, dass er richtig gesehen hatte. Der Schweiß, der Petrus' Rücken hinablief und sein Hemd am Körper kleben ließ, war kalt wie die Eisschicht in der Truhe für das Speiseeis geworden. Das passierte jedes Mal, wenn er ihn erblickte. Kleinbaas Frikkie. Selbst nach all den Jahren gelang es Petrus nicht, diese Reaktion zu unterdrücken, sosehr er sich auch anstrengte.

»Hey, hast du mal eine Zigarette für mich?«, fragte Frikkie seinen Freund.

»Nein, ich hab meine letzte gestern Abend geraucht«, antwortete Bertie, holte einen grünen Kamm aus dem Strumpf und fuhr sich damit zweimal durch die Haare.

Frikkie starrte über die leere Straße. Aus Mister Scotts Hühnerhof waren wieder zwei Hühner entkommen. Sie pickten lose Kieselsteine vom Straßenbelag auf. Schon bald wären alle unterwegs, dachte Frikkie. Und sie würden ihn alle sehen. Wie er dort stand, in Habtachtstellung, neben diesen Männern mit ihren extremen Ansichten. Lenny würde ihn sehen. Und Shawn und vielleicht auch der Pfarrer. Ganz zu schweigen davon, was geschehen würde, falls Tannie Sarie heute wieder zum Laden kam …

Gestern hatte sie ihn mit sich fortgeschleift wie einen ungezogenen Schuljungen, der am Ohr zum Büro des Direktors gezogen wurde – aber selbst damals, zu seiner Schulzeit, war es nicht der Zorn des Direktors, den er am meisten gefürchtet hatte. Es war der seiner Ma gewesen. Und heute war es immer noch so. Wenn man Karels Hass und Oom Hans' Starrköpfigkeit in einem Menschen vereinen würde, könnte es der noch immer nicht mit Frikkies Ma aufnehmen. Aber das Hauptproblem bestand darin, dass Tannie Sarie und seine Ma gut miteinander befreundet waren.

Na ja, die meisten Frauen in einem gewissen Alter schienen gut miteinander bekannt zu sein. Frauen liefen gerne in Rudeln herum. Männer aber wohl auch. Was sonst machte er hier?

Tannie Hettie und seine Ma waren Cousinen – er hatte dieselben Großeltern gehabt wie ihre Söhne, natürlich bevor sein *oupa* und seine *ouma* starben. Und da Tannie Sarie die beste Freundin von Tannie Hettie war, kam sie oft zu Tee und Kuchen zu seiner Ma nach Hause. Deshalb kannte er sie so gut, dass sie das Gefühl hatte, ihn zurechtweisen zu dürfen, wie sie es gestern getan hatte. Außerdem war da der Umstand, dass er mit ihrer Tochter Henriette in die gleiche Klasse gegangen war. Und er war auf den Hochzeiten von all ihren drei Kindern gewesen.

Ja, Frikkie war seit Jahren in den Genuss des Privilegs gekommen, am Tisch der berühmtesten Bäckerin der Gegend zu sitzen. Letztes Jahr hatte sie ihm zu seiner Feier zum einundzwanzigsten Geburtstag diese dreistöckige Torte gebacken – eine Lage mit Milchschokolade, eine mit weißer Schokolade und die letzte mit dunkler. Während er so dort draußen auf der brütend heißen Straße stand und mit knurrendem Magen die Luftspiegelung bloß zwei Meter weiter betrachtete, hätte er alles für nur einen Bissen von dieser Torte gegeben …

»Warum stehst du da rum und beobachtest sie, Bruder? Du machst dich bloß nervös«, rief Precious, die mit baumelnden Beinen auf dem Ladentisch hockte und in einer Zeitschrift voller berühmter Weißer blätterte.

»Hast du gesehen, wer da draußen ist?«, fragte Petrus mit kalter, gestelzter Stimme.

»Die gleichen Männer wie gestern. Ich brauche nicht wie ein verängstigtes Kind aus dem Fenster zu lugen, um das zu wissen«, fuhr sie fort.

»*Er* ist da draußen bei ihnen.«

»*Wer* ist da draußen bei ihnen, Petrus?«, fragte sie und blätterte die nächste Seite um.

»Sein Sohn steht dort.«

»Wessen Sohn, Bruder? Und warum sprichst du heute in Rätseln?«

»Der zu uns nach Hause kam, als ich noch ein Junge war. Der Polizist.«

Precious' Hand erstarrte mitten in der Luft, und sie schenkte Petrus ihre ganze Aufmerksamkeit. »Als sie deinen Vater mitgenommen haben?«

»Ja, schau. Das ist *sein* Sohn da draußen. Kleinbaas Frikkie.«

Precious ließ sich vom Ladentisch auf den Boden gleiten. Sie legte ihre Zeitschrift beiseite und ging zu Petrus. Mit einer Hand auf seiner Schulter zog sie ihn vom Schaufenster weg. »Komm mit mir nach hinten, Bruder. Ich werde uns beiden eine feine Tasse Tee kochen.«

Wie ein Gespenst folgte Petrus ihr.

»Karel, hast du eine Zigarette für mich?«

»Nein«, versetzte Karel unwirsch.

»Was machen wir wegen Zigaretten, Mann? Wir können hier nicht den ganzen Tag rumstehen, ohne was zu rauchen.«

»Hör mit dem Gejammer auf, Frikkie, sonst verliere ich noch die Geduld.«

»Tut mir leid, Karel.«

Seine Eltern hatten sechs Kinder gehabt. Frikkie war der jüngste von allen. Er hatte eine strenge calvinistische Erziehung genossen (wenn *genießen* der richtige Ausdruck war), bei der nicht mit dem Rohrstock gespart wurde und die Kinder alles andere als verwöhnt wurden. Sonntage wurden morgens auf harten Kirchenbänken und nachmittags bei der Bibelstunde verbracht. Furcht vor Gott, Furcht vor seinen Eltern, Furcht vor seinen älteren Brüdern – daraus bestand Frikkies Kindheit. Ja, die einzigen Menschen, die zu fürchten er sich nicht die Mühe gemacht hatte, waren das Dienstmädchen, das seit beinahe vierzig Jahren für die Familie gearbeitet hatte, und dessen Ehemann, der alte grauhaarige Gärtner-Boy. Schwarze waren nicht zum Fürchten da, hatte er von Kindesbeinen an gelernt, sie waren zum Dienen da, und deshalb mochte Frikkie sie insgeheim gerne. So viele Menschen zu fürchten ging ihm manchmal auf die Nerven.

Sein Dad war fünfunddreißig Jahre lang Polizeiinspektor in Springbok und Umgebung gewesen, bevor er aufgrund eines Herzinfarkts tot umgefallen war, aber sein Dad hatte genauso viel Angst vor seiner Ehefrau gehabt wie seine Kinder. Frikkie malte sich oft aus, dass seine Ma seinen Dad bei etwas Verbotenem erwischt hatte und sein Herz deshalb versagt hatte. Doch das war nicht die Art von Frage, die er ihr stellen konnte. Wenn er ehrlich war, musste er zugeben, dass es nicht allzu viele Fragen gab, die er ihr stellen konnte, außer: »*Hoe gaan dit met, Ma?*« – der Standardfrage danach, wie es ihr ging.

Wenn Tannie Sarie also ihre Drohung wahrmachte und seiner Ma am Telefon die Neuigkeiten erzählen würde, dass er mit Typen wie Karel und Oom Hans herumhing und den Weg zu Oom Marius' Laden versperrte, sodass keiner etwas bei dem armen schwarzen Bastard Petrus kaufen konnte, bekäme er eine Menge Ärger. Zweifellos würde seine Ma seinen älteren Bruder dazu bringen, sie auf der Stelle zurück nach Klippiesfontein zu fahren, damit sie sich um ihren jüngsten Sohn kümmern könnte – ob sie nun gerade zum sechsten Mal Großmutter geworden war oder nicht. Und Frikkie wollte nicht der Grund sein, warum seine Ma auf der Stelle zurück nach Klippiesfontein fuhr. Niemals.

»Hat jemand eine Cola? Ich verdurste noch in dieser verfluchten Hitze«, sagte Frikkie.

Es kam keine Antwort. Die Männer starrten entschlossen auf die Straße.

»Fanta? Hat jemand eine Fanta?«, drängte er.

Wieder keine Antwort.

»Werden wir den ganzen Tag hier stehen, ohne etwas zu trinken oder zu rauchen zu haben?«

Bertie beugte sich herüber. »Halt's Maul, Mann, Frik«, flüsterte er eindringlich.

»Aber es ist einfach so verdammt heiß …«

»Bist du bescheuert? Karel wird herkommen, und du fängst dir einen *klap* ein, wenn du weiter rumjammerst wie ein Weib.«

Frikkie war nicht glücklich. Wieso wurde von ihnen erwartet, dass sie sich wie Soldaten benahmen, ohne dass sie wie diese verköstigt wurden? Wieder schweiften seine Gedanken in der unerbittlichen Hitze ab.

Es war ja nun nicht so, dass Frikkies Ma die Kaffern liebte wie Mister Scott oder Mrs Joubert oder gar Charlie. Er hatte sie sagen gehört, sie wisse wie jeder andere, dass es wissenschaftlich erwiesen sei, dass Schwarze im Vergleich zu Weißen minderwertig seien. Aber genau wie Tiere, fügte sie dann mit ihrer Sonntagsstimme hinzu, musste man sie getrennt halten und mit einem gewissen Maß an Güte behandeln. Waren sie schließlich nicht auch Geschöpfe Gottes, fragte sie. Und Frikkie nickte dann immer voll überschwänglicher Zustimmung.

Doch sie stimmte nicht mit Leuten überein, die sie als *Radikale* bezeichnete, und er hegte keinen Zweifel daran, dass sie die Kampagne von Oom Hans und Karel als genau das einschätzen würde. Und obwohl er es ihr niemals ins Gesicht sagen, es vielleicht noch nicht einmal an ihrem Grab erwähnen würde, wenn sie diese Erde eines Tages verlassen hätte und zum Herrn emporgefahren wäre, gab es Dinge, die sie einfach nie begreifen würde.

Beispielsweise wie es gewesen war, die ganze Schulzeit hindurch mit Bertie, Oom Hans' Sohn, zur Schule gegangen zu sein. Sie waren unzählige Male gemeinsam vom Direktor mit dem Rohrstock gezüchtigt worden, hatten während der Schulversammlung hinter der Aula geraucht, hatten diesen Frosch in Lanas Schulranzen gesteckt, woraufhin diese so laut geschrien hatte, dass sie sich in die Hose gemacht hatte, und sie hatten darüber gelacht, bis sie beide nachsitzen mussten. Diese Art Freunde wartete einfach nicht an jeder Straßenecke auf einen. Besonders nicht jetzt, da sie erwachsen waren und er einfach keine Freundin fand, von einem Job ganz zu schweigen.

Frikkie hatte als Kind immer Polizist werden wollen, genau wie sein Dad. Die blaue Uniform, das Abzeichen, das so im Sonnenschein funkelte – nichts anderes hatte ihn interessiert. Er hatte etliche Male versucht, bei der Polizei unterzukommen, war aber jedes Mal abgelehnt worden. Passte nicht in ihr Profil, erklärten sie ihm, hätte die Zulassungsprüfung nicht bestanden, aber er glaubte ihnen nicht. Glaubte ihnen kein bisschen! Es hatte mit seiner Hautfarbe zu tun, weil sie nicht dunkel genug war, dessen war er sich sicher, auch wenn es natürlich keine Möglichkeit gab, das zu beweisen. Es würde ihnen noch leidtun, beschwichtigte er sich selbst nach jedem gescheiterten Versuch. Er hätte den idealen Polizisten abgegeben und sie hatten einfach keine Ahnung. Es war ihr Verlust. Ja, ihr Verlust.

Vielleicht war es einfach nur logisch, dass er in dieser Reihe stand, dachte er. Jemanden aufgrund seiner Hautfarbe zu beurteilen war einfach nur unmenschlich. So nannte er das, unmenschlich.

»Wo sind die anderen?«, erkundigte sich Frikkie rasch bei Bertie, als Karel zu einem der anderen Männer ging, um sich mit ihm zu unterhalten.

»Gestern Abend hatten wir ein Treffen, nachdem der Laden zugemacht hat«, erwiderte sein Freund.

»Warum hat mich keiner geholt, Mann?«

»Mein Dad hat mich losgeschickt, damit ich dich hole, aber dann habe ich gesehen, dass Tannie Sarie bei Tannie Rita auf der anderen Straßenseite zu Besuch war und sie draußen auf der Veranda Tee tranken. Du weißt schon, um aufzupassen, dass du nicht wieder zu uns zurückgelaufen kommst. Also bin ich einfach direkt an ihnen vorbeigegangen …«

»Was haben sie bei dem Treffen gesagt?«

»Dass wir Schichten einlegen werden. Die Männer, die in der Arbeit oder auf ihrer Farm sein müssen, die können ihren Geschäften nachgehen, aber um fünf Uhr, wenn sie nach Hause kommen, müssen sie herkommen und uns ein paar Stunden lang ablösen. Ach ja, samstags auch. Auf die Weise wird immer jemand vor dem Laden sein.«

»Und du? Musst du deinem Vater nicht auf der Farm helfen?«

»Nein, er hat gesagt, das hier ist wichtiger. Jemanden aus der Familie hier zu haben, der zeigt, dass wir diesen liberalen Schwachsinn nicht tolerieren werden.«

»Und glaubst du …«, setzte Frikkie an.

»Glaube ich was?«, fragte Bertie.

»Nein, nichts.«

»Nein. Sag schon.«

»Glaubst du alles, was dein Vater sagt, Bertie?«

»*Ag*, du weißt doch, wie es ist? Besser den Mund halten und tun, was er sagt. Abgesehen davon denke ich, dass er meistens recht hat. Du willst mir doch nicht erzählen, dass wir und diese *moents* aus der Township gleich sind?«

»Nein, nein, da stimme ich dir zu. Wir sind definitiv nicht gleich. Es ist bloß manchmal …«

»Manchmal was?«

»*Ag*, nichts, Bertie. Sag mal, wird uns jemand was zum Frühstücken bringen? Ich bin am Verhungern.«

»Du fängst nicht an, an der Sache zu zweifeln, oder?«

»Sag so was nicht! Du weißt doch, dass ich das nicht tue. Ich stehe hundertprozentig hinter der Sache. Aber ehrlich gesagt gefällt mir diese Vorstellung von Gewalt nicht, von der Karel ständig redet. Ich meine, auch wenn Petrus ein dreckiger alter Kaffer ist, ist er doch auch einfach ein Mensch. Als Kinder haben wir unsere Süßigkeiten bei ihm gekauft. Ich möchte nicht, dass ihm etwas zustößt.«

»Du kennst doch Karel. Der hat eine große Fresse. Tut so, als wäre er in irgendeinem Film. Aber das hier ist Klippiesfontein, Mann. Hier passiert nie irgendetwas Interessantes. Noch nicht einmal ein Kaffer, der eine *paksla* kriegt, wenn er sie verdient hat. Mach dir also keine Sorgen deswegen.«

»Nein, nein, ich mach mir keine Sorgen. Du kennst mich ja, Bertie. Ich labere bloß Scheiße, um mir die Zeit zu vertreiben.«

»Natürlich. Natürlich.«

»Erzähl den anderen nichts von unserem Gespräch, okay?«

»Hey, schau, Karels Frau kommt die Straße runter. Er hat gesagt, sie würde uns frischen Kaffee und *vetkoek* bringen«, sagte Bertie.

»Das wird aber auch Zeit. Wo jetzt meine Mutter nicht zu Hause ist, habe ich nichts außer den verfluchten Cornflakes zu essen.«

Petrus nippte an dem heißen Rooibostee.

»Pass auf, Bruder. Du verbrühst dich noch«, warnte Precious.

Petrus war nicht aufgefallen, wie heiß der Tee war. Da sie es nun erwähnte, wurde ihm klar, dass er sich die Zungenspitze verbrannt hatte. Er blickte auf seine Tasse, als hätte er noch niemals etwas derart Deplatziertes gesehen. Ja, es fühlte sich noch nicht einmal real an, mit Precious im Laden zu sein. Er konnte nur daran denken, dass Kleinbaas Frikkie draußen stand, dass er das Versprechen seiner Mutter gegenüber gebrochen hatte, das Versprechen sich selbst gegenüber. Er hatte mit einem Weißen geredet – und das war es, was es ihm gebracht hatte. Sosehr er auch versucht hatte, dem Schicksal seines Vaters zu entgehen, jetzt schien es ihn einzuholen.

12

Wo ist Petrus heute?«, fragte sich Precious laut.

Auf dem Weg aus dem Lagerraum, wo sie erwartet hatte, den gerade erwachenden Petrus vorzufinden, schlich sie auf Zehenspitzen in den Laden. Doch dort war er auch nicht.

Drinnen war alles dunkel. Sie wartete ab, bis sich ihre Augen an das schwache Licht gewöhnt hatten, und sah sich um, aber sie konnte ihn nirgends entdecken. Wahrscheinlich draußen beim Waschen, dachte sie.

Precious entschied, die Seife zu besorgen, um die ihre Mutter sie gebeten hatte. Sie ging in den hinteren Teil des Ladens und erblickte zu ihrer Überraschung Petrus, der reglos vor dem Hummeraquarium stand. Sie stieß ein leises Kreischen aus. Petrus drehte sich zu ihr um.

»*Hauw!*«, sagte er.

»Was machst du da, Bruder?«, wollte sie wissen.

»Nachdenken«, antwortete er matt.

Sie wusste, dass etwas nicht stimmte. Gewöhnlich schäumte Petrus' Stimme vor freudiger Erregung über, wenn er sie frühmorgens begrüßte.

»Worüber? Ist mit Missies Hettie alles in Ordnung?«

»Ihr geht es gut.«

»Was ist denn dann los?«

»Baas Marius hat mich gestern Abend angerufen.«

»Er ruft dich jeden Abend an, Petrus«, fuhr sie ihn an. Sie war nicht in der Stimmung, ihm jede Einzelheit aus der Nase zu ziehen.

»Er war in einem Restaurant in Kapstadt essen.«

»Ja? Red weiter.«

»Baas Marius hat gesagt, in dem Restaurant gab es eines von diesen Dingern hier.« Er deutete auf das leise summende Aquarium. Eines der Tiere hob langsam eine Schere, als würde es ihnen zuwinken. Sie erschauderten beide.

»Und?«, drängte sie.

»Und man muss das Wasser alle zwei Wochen wechseln, Precious, und weißt du, wer laut Baas Marius das Wasser wechseln soll? Ich. Ja, ich. Ich arbeite nun schon seit vielen Jahren für den Baas und ich habe immer getan, worum er mich gebeten hat. Er hat mich von der Straße geholt, als ich ein kleiner Junge war. Ich konnte Geld verdienen, sodass ich mich um meine Mutter kümmern konnte. Er ist ein guter Mann. Er ist gütig zu mir gewesen. Als er mich also gebeten hat, diese, wie heißen sie doch gleich, Tintenfische zu zerschneiden, die der Lieferant jede Woche bringt, habe ich mir gesagt, dass es in Ordnung ist. Dass es nicht so schlimm sein wird, wenn ich die Augen schließe und mir einrede, dass es Ochsenleber ist. Also mache ich es. Jede Woche zerhacke ich diese schleimigen Geschöpfe und werfe sie hier rein und verfüttere sie an diese schrecklichen Dinger, und Baas Marius gegenüber sage ich nichts.«

Petrus verstummte. Precious betrachtete ihn mit großen Augen. Sie sah, wie er eine Weile nachdachte und tief Atem holte, bevor er fortfuhr. »Aber jetzt will er, dass ich das Wasser wechsle, Precious. Das geht zu weit. Ich glaube, ich würde lieber zurück auf die Straße gehen, als diese Dinger anzufassen. Ich sage dir, die haben den bösen Blick. *Hauw*, er bittet mich um diese Sache, als wäre es das Gleiche, wie die Veranda zu fegen.«

Precious starrte Petrus an. Sie hatte noch nie zuvor so viele Wörter auf einmal aus seinem Mund kommen hören. Als sie sah, dass die Oberfläche seiner Augen vor Tränen glänzte, streckte sie die Hand aus und berührte ihn am Arm. »Wir werden Mrs Joubert fragen, was zu tun ist, Bruder. Und dann werden wir es gemeinsam tun. Es wird nicht so schlimm sein, wie du denkst. Ja, sie haben Knopfaugen, aber ich finde nicht, dass ihre Augen böse sind, Petrus. Schau noch mal hin. Es liegt bloß daran, dass sie so dunkel sind. Aber dass etwas dunkel ist, heißt doch noch lange nicht, dass es unbedingt böse sein muss. Das weißt du.«

»Baas Marius sagt, ich muss es heute machen. Ich glaube nicht, dass ich es heute machen kann, Schwester. Ich glaube nicht, dass ich die Kraft für die Männer da draußen auf der Straße habe und für diese Sache hier. Beides am gleichen Tag – das ist zu viel verlangt. Ich glaube, ich würde lieber zurück auf die Straße gehen, als …«

Behutsam legte ihm Precious den Arm um die Schultern und lenkte ihn von dem Hummeraquarium fort. »Komm, Bruder, lass uns jetzt nicht an diese Sache denken. Lass uns den Wasserkocher anmachen, für eine gute Tasse Tee, ja?«

Eine Stunde später hatten Precious und Petrus dicke dunkle Brotscheiben mit Wassermelonenmarmelade gefrühstückt. Sie hatten den Boden gefegt und die Regale abgestaubt. Da ihnen ihre Verantwortung immer noch nicht ganz geheuer war, schalteten sie die Kasse zusammen ein. Sie bezogen Stellung hinter dem Ladentisch und beobachteten, wie frische Staubpartikel in einem Lichtstrahl tanzten, der durchs Fenster fiel.

Als es an der Hintertür klopfte, schreckten sie auf. Fragend starrten sie sich an.

»Ich hoffe, dass die Männer nicht an die Hintertür gekommen sind«, sagte Petrus, das Weiße seiner Augen groß in dem dunklen Gesicht.

Obwohl Precious ebenfalls nervös war, wollte sie es sich nicht anmerken lassen. »Die Männer sind es nicht, Bruder. Glaubst du, die würden derart höflich anklopfen?«

Sie wusste, dass er darauf angewiesen war, dass sie tapfer wirkte. Selbst wenn er innerlich der Starke war, derjenige, der jede Nacht allein in diesem Haus schlief, brauchte er trotzdem jemand anderen, der eine furchtlose Miene aufsetzte. Also ging sie mit einer Zuversicht, die sie eigentlich nicht empfand, an die Hintertür.

»Baas Alan?«, sagte sie überrascht, als sie Tannie Hetties Friseur auf der Stufe unter ihr stehen sah.

»Nenn mich einfach Alan, Precious. Du weißt doch, dass ich diesen Baas- und Missies-Unsinn nicht mag. Sieh mal, lass mich schnell rein, bevor mich diese Affen da draußen sehen und Ärger machen. Du kennst mich, ich lasse mir sonst nie eine Gelegenheit entgehen, im Rampenlicht zu stehen, aber ich glaube, diese hier lasse ich aus.«

Precious trat zurück und ließ ihn eintreten.

Mit seinem schlurfenden Gang und wiegenden Hüften stolzierte Alan in den Laden und ging direkt zu dem Regal mit den Kosmetikartikeln. Er hinterließ einen furchtbar süßlichen Aftershavegeruch.

»Oh, mein Wertester, guten Morgen«, sagte er, als er sah, dass Petrus ihn verblüfft anstarrte. »Alle sagen, dass du heutzutage sprichst? Ich wollte meinen Ohren nicht trauen, also habe ich beschlossen, vorbeizukommen und es mir anzusehen. Nein, ich mache nur Spaß. Ich bin hier, weil ich Oom Marius gebeten habe, mir mit seiner Lieferung letzte Woche Haarspülung zu besorgen. Weißt du, ob sie schon da ist?«

Petrus nickte und ging nach hinten in den Lagerraum. Er holte eine Plastiktüte mit ein paar Flaschen darin, die sein Baas mit *Alan* beschriftet hatte. Dann kehrte er zurück in den Laden, stellte sich hinter den Ladentisch und wartete ab, dass Alan damit fertig würde, Cremes und Puder in den Einkaufskorb an seinem Arm fallen zu lassen.

»Oh, da bist du ja. Hör mal, hast du etwas von Oom Marius und Tannie Hettie gehört? Rufen sie an, um zu hören, wie die Dinge laufen? Wie geht es Hettie? Geht es ihr schlecht wegen der Behandlung? Sag mir, Petrus, wie geht es ihr?«

Precious sah, dass Petrus ganz benommen wirkte. Alan ratterte einfach zu viele Fragen auf einmal herunter, und Petrus wusste nicht, wo er mit seinen Antworten anfangen sollte. Als sie gerade den Mund aufmachen und ihm zu Hilfe kommen wollte, vernahm sie seine Stimme, tief und langsam. »Die Missies ist krank, Baas Alan.«

»Ja, ich weiß, dass sie krank ist, Petrus, ansonsten säßen wir ja gar nicht so in der Patsche, mit diesen Neandertalern da draußen. Aber wie spricht sie auf die Behandlung an?«

»Diese Behandlung, sie lässt Missies Hetties Krebs klein aussehen. Sie macht sie sehr krank und sehr schwach. Baas Marius sagt, sie schläft nur und weint. Der Baas macht sich Sorgen.«

»Genau das habe ich befürchtet.«

Alan trat an den Ladentisch und machte sich daran, seine Einkäufe aus dem Korb zu holen. Precious eilte neben ihn, um sie in eine Plastiktüte zu packen, während Petrus sorgfältig den Preis eines jeden Artikels in die Kasse tippte.

»Ich habe gestern Abend mit Tannie Sarie gesprochen, und sie sagt, sie hat versucht, Hettie auf dem Handy anzurufen, aber dass das Ding immer ausgeschaltet ist. Sie hat sogar versucht, Stefaan anzurufen, um etwas über seine Mutter in Erfahrung zu bringen, aber keiner ist ans Telefon gegangen. Ich finde es absolut schrecklich, solche Neuigkeiten hören zu müssen. Richte Oom Marius aus, dass wir an sie denken. Nein, sag ihm, dass wir für sie beten. Nicht jeder in Klippiesfontein ist …«

»Ich werde es dem Baas ausrichten, wenn er heute Abend anruft«, sagte Petrus, in dessen Stimme ein Hauch Endgültigkeit mitschwang. »Das macht dann zweihundertundsechsunddreißig Rand und zweiundvierzig Cent, Baas Alan. Muss ich es ins Buch schreiben?«

»Nein, nein. Ich gehe einmal davon aus, dass Oom Marius sämtliches Bargeld braucht, das er kriegen kann, um den Laden hier weiter zu betreiben. Ich werde meine Rechnung und alles, was noch offen ist, begleichen. Möchtest du ins Buch sehen, Petrus, und mir sagen, was ich schuldig bin?«

Nachdem er bezahlt hatte, ging er auf die Hintertür zu. »Stimmt es, dass Mrs Joubert ihr Band durchgeschnitten hat und durch die Eingangstür gegangen ist?«

Precious nickte.

»Ich wünschte, ich hätte den Mumm, das zu tun, meine

Liebe. Aber diese Kerle machen mir das Leben schon schwer genug.«

»Ja, Baa… einfach Alan?« Precious lächelte.

Obwohl sie theoretisch auch der Meinung war, dass es einer längst vergangenen Ära angehörte, Weiße mit *Baas* und *Missies* anzureden, musste sie sich in der Praxis erst noch daran gewöhnen, nur den Vornamen zu verwenden.

»Wenn ich euch einen kleinen Rat geben darf: Entfernt diese Mülltonnen von der Hintertreppe. Sie stinken wie die Pest. Ich vermute, dass das hier die nächsten paar Wochen euer Haupteingang sein wird. Vielleicht ein oder zwei Geranien. Es kann nie schaden, einen Laden etwas zurechtzumachen. Ich habe meine erst gestern eingetopft. Wunderbarer Rosaton. Ich finde sie sogar noch hübscher als letztes Jahr. Soll ich euch ein oder zwei Töpfe rüberschicken?«

Überwältigt von dem schieren Wortschwall, der sich aus dem Mund dieses Mannes ergoss, nickten Precious und Petrus gleichzeitig. So freundlich er war, waren sie doch erleichtert, ihn verschwinden zu sehen.

»Was sind Gera… Geramie… Ger…?«, fragte Petrus.

»Blumen, Bruder. Wie die, die meine Mutter im Garten vor dem Haus hat.«

»Meinst du, die Hintertreppe wird mit Blumen besser aussehen?«, fuhr er skeptisch fort.

Precious nickte.

»Ich weiß nicht so recht, ob Baas Marius die Idee gefallen würde.«

»Es kann nicht schaden, Petrus. Und abgesehen davon führen wir den Laden jetzt.«

Sie sah sich im Laden nach einer Beschäftigung um. Sie

wünschte, irgendwo in der Ecke stünde ein Fernseher, damit sie wenigstens ihre Soaps schauen könnte. Es würden lange Tage werden, während sie sich in dem Laden verkroch, ohne etwas zu tun zu haben, als mit dem Mann zu reden, der für seine Einsilbigkeit bekannt war.

Nach einer Weile ergriff Petrus das Wort. »Wann glaubst du, wird Mrs Joubert vorbeischauen?«

»Ich weiß es nicht, Petrus.«

Er schwieg.

»Machst du dir immer noch Sorgen um die Hummer?«

Er nickte.

»Wir werden abwarten. Sie wird kommen. Du wirst schon sehen.«

Wieder nickte er. Voller Vertrauen. Precious hoffte, dass sie dieses Vertrauen verdient hatte. Und vor allem hoffte sie, dass sie recht hatte. Denn wenn Mrs Joubert nicht vorbeischaute, hatte sie keinen Alternativplan, was die Reinigung des Aquariums betraf.

13

Allmählich machte sich Panik breit.

Um sechs Uhr abends war Mrs Joubert noch immer nicht in den Laden gekommen. Andere Leute, ja, aber nicht der eine Mensch, den sie unbedingt hatten sehen wollen. Brauchte sie etwa nichts? Vielleicht frische Milch? Ihr Brot ging doch gewiss zur Neige, dachte Precious.

Obwohl sie ihr Bestes taten, das Problem mit dem Hummeraquarium zu ignorieren, wurde es immer größer. Es ragte bedrohlich vor ihnen auf wie Henk Coetzees großer Schäferhund mit seiner heraushängenden Zunge. Doch aufgrund einer Art stillschweigender Übereinkunft weigerten sich Precious und Petrus, es anzusprechen. Sie waren erleichtert über jeden der vereinzelten Kunden, die durch die Hintertür kamen und das Problem kurzzeitig verscheuchten.

Patty hatte den Kopf durch die Hintertür gesteckt, um Zigaretten für sich und ihren Mann zu besorgen. Sie hatte sich nach Tannie Hetties Gesundheitszustand erkundigt und Bestürzung geäußert, als Precious ihr sagte, dass sie schlecht auf die Behandlung reagiere. Sie wollte wissen, wie es Oom Marius gehe, und fragte sich, wann er nach Hause komme, aber Precious hatte ihr keine Auskunft erteilen können.

Die Pfarrersfrau, Dalene, war auch da gewesen. »Habt ihr nicht wunderschöne Geranien dort draußen auf der Hintertreppe, Petrus?«, verkündete sie. »Ist das Hetties Werk?

Weißt du, ich habe sie nie für eine sonderlich gute Gärtnerin gehalten, aber das dunkle Rosa in der Mitte neben diesen hellrosa Blütenblättern, ich muss schon sagen, das ist reizend. Das würde so gut in den Körben vor der Kirche aussehen. Meinst du, es würde ihr etwas ausmachen, wenn ich später den Gärtner-Boy vorbeischicke, damit er ein paar Ableger holt?«

»Sie haben recht«, setzte Petrus langsam an. »Missies Hettie hat diese Blumen nicht angepflanzt. Baas Alan hat sie uns gegeben. Wenn Sie Ihren Gärtner schicken wollen, dann können Sie ihn bitten, wegen der Ableger zu Baas Alan zu gehen.«

»Das werde ich wohl tun. Nun sei ein braver Mann, Petrus, und hol mir rasch dieses Zeug hier auf meinem Einkaufszettel. In letzter Zeit habe ich schreckliche Schmerzen in den Füßen. Der Arzt sagt, es ist eine Wassereinlagerung. Außerdem müsst ihr doch den Verstand verlieren, den ganzen Tag hier, ohne Kundschaft.«

»Wir haben Kundschaft«, erwiderte Precious brüsk. »Sie kommt hinten herum, genau wie Sie.«

»Oh«, lautete die einzige Erwiderung.

Precious hegte den Verdacht, dass die Pfarrersfrau nicht sehr davon angetan war, mit *Sie* anstatt des üblichen *Aunty* oder *Missies* angeredet zu werden. Dalene war älter als sie, noch dazu eine Weiße. Es gehörte sich tatsächlich überhaupt nicht, aber Precious war das gleich.

Petrus griff nach dem Einkaufszettel und eilte durch den Laden, um die Waren einzusammeln. Precious blieb hinter dem Ladentisch und starrte Dalene an, während es in ihr brodelte. Dafür gab es zwei Gründe: Erstens war Dalene die Einzige, die an dem Tag in den Laden gekommen war und sich nicht nach Tannie Hetties Gesundheitszustand erkundigt hatte – und das als Pfarrersfrau! Zweitens war ihr Gärtner-Boy, wie sie ihn genannt hatte, tatsächlich überhaupt kein Junge. Er war ein Mann Mitte fünfzig, der mit der Cousine von Precious' Mutter verheiratet war, was ihn zu so etwas wie ihrem Onkel machte. Der Umstand, dass er mindestens zehn Jahre älter als Dalene selbst war, sollte ihn doch wohl gewiss dazu berechtigen, nicht als *Boy* bezeichnet zu werden? Doch selbstverständlich konnte Precious ihrem Widerwillen gegen diesen uralten Begriff nicht Ausdruck verleihen. Sie musste schweigen und ihn hinunterschlucken, weil Dalene eine mächtige Frau in Klippiesfontein war, und angeblich war sie auf ihrer Seite. Precious war dankbar, als ihr Dalene den Rücken zukehrte und den Laden verließ.

Den ganzen Tag lang warteten sie auf Mrs Joubert. Es war Samstag, und da Precious nicht zu ihrem anderen Job in der Tankstelle musste, gab es nichts, womit sie sich hätte ablenken können. Und ihr waren die Möglichkeiten ausgegangen, ihren Freund von dem Hummeraquarium abzulenken. Sie hatte ihm ein paar sehr grundlegende buchhalterische Dinge gezeigt. Nachdem sie den Regler am Radio auf ihren liebsten Radiosender eingestellt hatte, hatte sie eine gute halbe Stunde damit verbracht zu versuchen, ihm das Tanzen beizubringen. Schließlich hatte sie entnervt aufgegeben – Petrus war möglicherweise der einzige Schwarze, den sie kannte, der nicht das geringste Rhythmusgefühl besaß.

»*Hauw*«, hatte er ihr erklärt. »Ich bin dreißig. Ich kann nicht mehr tanzen wie ihr jungen Leute.«

»Dreißig ist ja wohl kein Alter, Bruder«, erwiderte sie.

Es schien ihn zu freuen, als sie das sagte. »Nein, vielleicht ist es gar nicht so alt im Vergleich zu deinen dreiundzwanzig Jahren.«

Mittags war sie nach hinten gegangen und hatte ihnen einen einfachen Eintopf aus Hühnerfüßen mit Tomaten und Zwiebelsaft und *pap* gekocht. Danach hatten sie die Hintertreppe mit Bleichmittel geschrubbt, das Regal mit den Kurzwaren neu sortiert und die Gläser mit den Süßigkeiten poliert, bis der bunte Inhalt wie Juwelen leuchtete.

Precious sah zur Eingangstür und wünschte sich, Mrs Joubert würde auf ihre stolze, autoritäre Art hindurchmarschieren, damit sie ihre Fragen bezüglich der Pflege eines Hummeraquariums stellen und etwas gegen die Angst in Petrus' Gesicht tun könnten. Wenn sie nicht selbst so zimperlich wäre, hätte sie versucht, es allein in Angriff zu nehmen, bloß damit er endlich aufhörte, immer wieder verstohlen zu den vier Tieren zu gucken, die aus ihrem nassen Gefängnis zu ihnen herüberstarrten. Doch auf keinen Fall würde Precious eines dieser Dinger anfassen. Ganz gleich, was Oom Marius sagte.

Es überraschte die beiden nicht, als erneut an die Hintertür geklopft wurde. Es kam immer häufiger vor.

Charlie trat ein. »Ich habe eine Liste mit Dingen, die ich für meine Mom besorgen soll.« Er griff nach einem Korb und spazierte durch den Laden.

Für einen Weißen sah er gar nicht übel aus, dachte Precious. Er hatte, was die Zeitschriften als kantige Kieferpartie bezeichneten, und das hatte etwas Starkes und Machtvolles, aber andererseits, wie um dies abzumildern, waren seine Augen hellblau und seine Haare irgendetwas zwischen hellbraun und blond – wahrscheinlich gab es genau eine solche Haarfarbe in einer der Flaschen im Kosmetikregal zu kaufen. Beinahe golden, aber nicht ganz. Gegensätzliche Züge, das gefiel ihr an einem Mann. Das ließ ihn interessanter wirken, nicht so eindimensional.

Während Precious dastand und ihn beobachtete, hörte sie sein Handy klingeln und sah, wie er es aus der Tasche zog. Das war kein gewöhnliches Handy, stellte sie fest. Wenn sie hätte raten sollen, hätte sie darauf getippt, dass es eines dieser Blackberry-Dinger war. Precious hatte eine Idee.

»Entschuldigen Sie, Charlie«, fragte sie, als er es wieder in der Tasche verstaut hatte. »Haben Sie da drauf Internet?«

»Nein.«

Sie setzte eine enttäuschte Miene auf.

»Mobiles Internet gibt es hier draußen nicht. Warum? Gibt es etwas, das du wissen möchtest?«

Sie nickte, erfreut, dass das Angebot so spontan erfolgte.

»Ich kann es ja zu Hause im Internet für dich nachsehen«, fuhr er fort.

»Das wäre großartig ...«

Petrus beobachtete, wie Precious und Baas Charlie beim Illovo Golden Syrup die Köpfe zusammensteckten. Er fragte sich, worum es bei ihrer Unterhaltung ging. Endlich trennten sie sich, und Charlie kam auf ihn zu, um seine Einkäufe zu bezahlen. Precious eilte neben Petrus hinter den Ladentisch, die Augenbrauen hochgezogen, als wollte sie ihm etwas sagen, aber er hatte keine Ahnung, was.

Als Charlie die Hand nach seiner Plastiktüte ausstreckte, stieß Precious Petrus auf einmal an. »Wie wäre es mit einem kleinen Zeichen der Dankbarkeit unserem treuen Kunden gegenüber?«

Petrus sah sie fragend an.

Sie beugte sich zu ihm und flüsterte ihm ins Ohr. »Gib ihm etwas.«

»Was? Umsonst?«

»Jaaa«, zischte sie.

Offensichtlich musste sie den Verstand verloren haben. »Der Baas will nicht, dass wir Dinge umsonst hergeben, Precious. Das hier ist ein Laden. Wir sind hier, um Profit zu machen.«

»Er wird uns helfen«, sagte sie eindringlich. »Hör einfach auf mich und gib dem Mann etwas.«

Petrus und Precious richteten den Blick wieder auf Charlie und schenkten ihm jeweils ein unbehagliches Lächeln.

Petrus hatte keine Ahnung, was in diese normalerweise besonnene Frau gefahren war, aber er wusste, dass ihm nichts anderes übrig blieb, als ihr zu gehorchen. Während er sich umsah, fiel ihm auf dem Ladentisch eine Schachtel mit Feuerzeugen ins Auge. Auf den Feuerzeugen waren Frauen mit großen Brüsten und kleinen Bikinis abgebildet. Wenn die Flamme des Feuerzeugs brannte, verschwanden die Bikinis, und dann saßen die Frauen da und trugen nur noch ihr Lächeln zur Schau. Baas Lenny mochte diese Feuerzeuge so sehr, dass er sich eines mit jeder der verschiedenen Damen darauf gekauft hatte. Sogar Petrus hatte eines zu Hause neben seinem Bett. Bei Stromausfall benutzte er es, um seine Kerze anzuzünden. Er nahm eines aus der Schachtel und schob es über den Ladentisch auf Charlie zu.

Charlie starrte auf die kleine Plastikgabe, die vor ihm lag.

Er blickte zu Petrus auf, der nicht wusste, was er machen sollte, außer zu lächeln. Charlie räusperte sich und wartete ab. Auf einmal zuckte Petrus zusammen. Er hatte einen dumpfen Schmerz im Arm verspürt. Precious hatte ihn geboxt. Verwirrt starrte er sie an. Was hatte er falsch gemacht?

»Charlie raucht nicht, Petrus.« Sie versuchte, ihrer Stimme einen fröhlichen Klang zu geben, aber es funktionierte nicht. Es hörte sich bloß noch panischer an. Wie das eine Mal, als Petrus in seiner neuen Hose und seinem neuen Hemd nach Springbok gefahren war, aber unten seine durchlöcherten Schuhe hervorsahen, sodass jeder sehen konnte, wie arm er war. Wenn er nur seine normalen Kleider getragen hätte, wäre niemandem etwas aufgefallen und man hätte ihn im Taxi nicht ausgelacht. So klang Precious' Stimme, während sie sich den Anschein gab, als spräche sie normal mit Baas Charlie.

Heute verstand Petrus rein gar nichts an Precious. »Du hast doch gesagt, ich soll ihm etwas kostenlos geben?«

Er sah sie an. Sie lächelte ihn an, aber er sah, dass sich etwas hinter diesem Lächeln verbarg. Petrus war sich sicher, dass er nicht herausfinden wollte, worum es sich bei diesem Etwas handelte. Sie streckte die Hand aus und nahm einen Bar-One-Schokoriegel aus der Schachtel neben sich und schob ihn über den Ladentisch auf Charlie zu. »Wie schon gesagt, für unsere treuen Kunden.«

Charlie blickte unbehaglich drein. »Ach … danke, aber das ist nicht nötig.«

»Ich weiß«, sagte Precious und bedachte ihn mit einem ganz anderen Lächeln als dem, das sie eben für Petrus übrig gehabt hatte. »Aber wir tun es gern. Ich hoffe, Sie mögen Schokolade.«

Charlie sah verwirrt aus. »Tue ich. Danke.« Er nickte den beiden zu und ging.

»Warum hast du das gemacht, Schwester?«, wollte Petrus wissen. »Fängst du an, mit einem Weißen zu flirten?«

»Oh, hör auf, so dumm zu sein, Petrus«, fuhr sie ihn an. »Ich habe dir doch gesagt, dass er uns helfen wird, nicht wahr?«

Petrus nickte. Ja, das hatte sie ihm gesagt, aber was hatte das mit dem Feuerzeug und der Schokolade zu tun?

»Er wird auf seinem Computer nachsehen und schauen, wie man Hummeraquarien reinigt.«

»*Hauw!* Der Computer kann das Aquarium reinigen?« Petrus war völlig verblüfft.

»Nein, Bruder. Er wird Charlie verraten, wie man das Aquarium reinigt, und der wird es uns sagen.«

»Oh«, sagte er ernüchtert. »Und inwiefern hilft es uns, das gesagt zu bekommen?«

»Dann wissen wir wenigstens, was zu tun ist.«

»Ich weiß, was zu *tun* ist, Schwester. Ich putze ständig die Schaufenster im Laden. Man nehme die Hummer aus dem Aquarium und tue sie in den Eimer. Man reinige die Scheiben mit Windowleen und lasse sauberes Wasser einlaufen. Man setze die Hummer wieder hinein. Beim Wissen brauche ich keine Hilfe, Schwester, sondern beim *Anfassen* der Hummer.«

»Aber Petrus, du kannst das Aquarium nicht mit Windowleen putzen.«

»Warum nicht?«

»Die Hummer werden eingehen.«

»Warum?«

»Weil sie keine Seife im Wasser haben dürfen.«

»Ich werde die Seife ausspülen, Schwester. Ich bin nicht blöd.«

»Petrus, diese Hummer leben doch nicht in Leitungswasser. Sie leben im Meer.«

»Ich weiß, Schwester. Die Flüsse und Seen sind auch nicht voller Leitungswasser. Sie sind voller Regenwasser.«

»Aber das Meer ist voller Salzwasser.«

»Salzwasser? Wozu? Wer kann schon Salzwasser trinken?«

»Die Fische im Meer. Die Hummer. Die Tintenfische.«

»Aber wir haben Salz im Laden, Schwester.«

»Ja, ich weiß. Aber Charlie muss im Internet nachsehen, wie viel Salz wir ins Wasser tun müssen, damit wir die Hummer nicht umbringen.«

»Einen Teelöffel.«

»Warum einen Teelöffel?«

»Meine Mutter sagt immer, ein Teelöffel ist mehr als genug.«

»Ehrlich, Bruder, manchmal weiß ich nicht, was ich mit dir anfangen soll.«

Etwas später kehrte Charlie zurück. Petrus ließ ihn skeptisch herein.

»Wissen Sie, wie viel Salz?«, fragte er.

»Was meinst du, wie viel Salz?«

»Für die Hummer, damit aus dem Leitungswasser Meerwasser wird?«

»Oh, das. Es ist viel komplizierter. Sieh mal, ich habe es ausgedruckt. Soll ich es euch vorlesen?«

Precious kam von hinten auf Charlie zu. »Setzen wir uns irgendwohin. Dann können wir Ihnen unsere ganze Aufmerksamkeit schenken. Möchten Sie etwas zu trinken?« Sie legte ihm kurz die Hand mit ihren rosa lackierten Fingernägeln auf den Arm.

Petrus warf ihr einen zornigen Blick zu, aber entweder sah sie es nicht oder sie tat so. Petrus war unzufrieden mit ihr. Er würde Baas Marius sagen, er solle ihr das Geld für die Getränke und für den Bar-One-Schokoriegel von ihrem Lohn abziehen, entschied er entschlossen. Der Baas hatte sie beide nicht im Laden zurückgelassen, damit sie anfingen, Dinge gratis zu verteilen.

Charlie saß auf dem Ladentisch und ließ lässig die Beine baumeln, während er die Anleitung vorlas. »Zur äußeren Reinigung des Aquariums nehme man eine Essig-Wasser-Lösung im Verhältnis drei Esslöffel Essig zu einem halben Liter Wasser. Man verwende stets ein sauberes Putztuch. Man verwende nie chemische Reinigungsmittel, Seifen oder Reinigungssprays an irgendeinem Teil des Aquariumsystems. Innere Reinigung des Aquariums: Man entferne Algenwuchs mit einem vom Hersteller empfohlenen Acrylschwamm oder einem nicht scheuernden Aquarium-Schaumstoffschwamm am Stil.« Charlie sah auf, den Blick auf Precious gerichtet. Er schenkte ihr ein Lächeln und fuhr fort. »Hey, das klingt klasse. Wollt ihr, dass ich euch dabei helfe?«

Precious und Petrus nickten eifrig.

Vielleicht hatte Precious doch recht damit gehabt, Baas Charlie die Schokolade zu schenken, dachte Petrus.

14

Charlie trottete die Hintertreppe von Oom Marius' Gemischtwarenladen hinunter. Jetzt würde er den ganzen Weg bis zur Church Street gehen müssen, um zu seinem Auto zu gelangen. Sahen sie denn nicht, dass sie nichts erreichten, als jeden in der Stadt zu verärgern? Glaubten sie wirklich, mit ihren kleinen Flaggen und ihrem militärischen Auftreten zurück in die Vergangenheit reisen zu können, als der weiße Mann Gott war? Man sehe sie sich bloß an in ihren Shorts, den dicken bis zu den Knien hochgezogenen Strümpfen. Herrgott noch mal, aus Berties Strumpf ragte sogar ein Kamm hervor. Lächerlich.

»Hey, Charlie!«, rief jemand aus der Blockadereihe. Wahrscheinlich Frikkie.

Er nickte kaum merklich und hoffte, dass das Mädchen im Laden, Precious, nicht am Fenster stand. Es wäre ihm nicht recht, wenn sie mit ansah, wie er diese Idioten grüßte. Sie schien ein nettes Mädchen zu sein. Nett war vielleicht nicht das richtige Wort. Besonders. Ja, das war eine bessere Art, sie zu beschreiben. Es war nicht zu viel, oder? Besonders?

»Hey, Charlie!«, rief Frikkie wieder, diesmal mit mehr Nachdruck in der Stimme. »Was ist los, Mann?«

Charlie steckte die Hände in die Taschen, starrte auf den Gehsteig und tat so, als hörte er es nicht. Er erreichte sein Auto, sperrte die Tür auf und ließ sich auf den Fahrersitz fallen. Er drehte den Schlüssel, um den Wagen anzulassen. Der Motor gab ein-, zweimal ein mattes mechanisches Schnurren von sich und verstummte dann ganz. Verdammtes Auto! Der Techniker, der es vor ihm benutzt hatte, hatte es zu Schrott gefahren. Es gehörte dringend ersetzt, aber Charlies Vorgesetzter bei der Arbeit wollte nichts davon hören. Verdammte Telcom!

Es ließ sich nicht leugnen: An der Universität in Kapstadt hätte er mehr Zeit mit dem Studium und weniger Zeit damit verbringen sollen, sich die große Stadt zu Gemüte zu führen und sich zu benehmen wie irgendein *moegoe*-Junge vom Land. Bei seinem Antritt hatte er gewusst, dass er nicht der Klügste war, dass er sich mehr als die anderen ins Zeug legen musste, um etwas zu erreichen, und dennoch ... Er hatte es vorgezogen, in Studentenbars abzuhängen statt über seinen Büchern, und was hatte ihm das gebracht? Dass er bei jeder einzelnen Prüfung durchgefallen war, weiter nichts.

»Ich warne dich, Charlie«, hatte seine Mutter gesagt, bevor er ging. »Ich habe bloß das Geld, um dir diese eine Chance zu ermöglichen. Wenn du es vermasselst, wirst du nach Hause kommen und dir Arbeit suchen müssen.«

Es stimmte, sie hatte es ihm gesagt. Als er zur Universität aufgebrochen war, hatte er das alles gewusst. Charlie war bei seinem Abschluss an der Highschool in Springbok unter den besten dreißig Prozent seines Jahrgangs gewesen. Okay, dreißig Prozent war nicht gerade die obersten fünf oder auch nur die obersten zehn Prozent, aber es war etwas. Und auf dieses Etwas war Charlie aus. Etwas mehr. Etwas mehr als ein Leben in Klippiesfontein. Und er hatte gehofft, die Universität in Kapstadt wäre die Antwort auf seine Suche nach *etwas mehr*. Seine Mutter, die seit zehn Jahren geschieden war, keinen Unterhalt von seinem Vater bekam und seit zwanzig Jahren als Empfangsdame arbeitete, hatte nicht das Geld, um sich seine Fehler leisten zu können. Und dennoch hatte er es nicht hinbekommen. Die Selbstdisziplin aufzubringen. Sie stolz auf ihn zu machen. Etwas mehr zu tun. Also saß er jetzt in diesem verflixten Auto in diesem verflixten Job fest, um den seine Mutter ihren verflixten Vorgesetzten bei der Telcom hatte bitten müssen.

»Du kannst die Zeit nicht zurückdrehen, Charlie«, verhöhnte er sich selbst bitter und schlug mit der Faust auf das Lenkrad, sodass ihm sein blonder Pony über die Augen fiel.

Als er den Schlüssel noch einmal drehte, erwachte das Auto auf einmal glucksend zum Leben. Er grinste in sich hinein, legte einen Gang ein und fuhr die Straße entlang. Vielleicht war es gar nicht *so* schlimm, dachte er. Diese Precious, die sah gar nicht so übel aus.

»Narr!«, schalt er sich laut. »Idiot!« Precious war schwarz. Er war weiß. Sie lebten beide in Klippiesfontein. Damit war das Thema erledigt.

Charlie hielt in der Einfahrt ihres kleinen, ordentlichen Hauses, in dem er sein ganzes Leben lang gewohnt hatte. Die ersten fünfzehn Jahre mit seinem Dad, die nächsten zehn ohne ihn. Eines war sicher: Wenn Charlie heiratete, wenn er Kinder bekam, würde er sie auf keinen Fall sitzen lassen. Und ganz bestimmt nicht für ein blondes Dummchen wie Shelley mit ihren Leggings im Leopardenmuster und den falschen Wimpern. Er begriff noch immer nicht, wie sein Vater sie seiner Mutter vorziehen konnte. Würde es auch in hundert Jahren noch nicht begriffen haben.

Charlie stieg aus dem Auto und betrat das Haus durch die Seitentür. »Ma, ich bin wieder da!«, rief er. Er ging zum Kühlschrank, zog die Tür auf, griff nach der Milch und trank die kühle Flüssigkeit gleich aus der Tüte.

»Wo bist du gewesen?«, erklang ihre Stimme aus dem Wohnzimmer.

Er konnte den Fernseher hören. Sah sich wahrscheinlich ihre Soap an. »Drüben im Laden von Oom Marius«, rief er zurück. »Ich habe seinen Verkäufern geholfen, das Hummeraquarium zu reinigen. Ehrlich gesagt glaube ich, dass sie ein wenig Angst vor den Dingern haben.«

»Ja, von dem Aquarium hab ich gehört«, rief sie träge zurück. »Antoinette hat mir erzählt, sie haben, seit es eingetroffen ist, nichts als Ärger mit dem Ding. Und jetzt hat er es diesen beiden mit all ihrem vermaledeiten Aberglauben überlassen, sich darum zu kümmern. Oom Marius kann bloß dankbar sein, dass sie noch nicht weggelaufen sind.«

Charlie stellte die leere Milchtüte in den Kühlschrank zurück, nahm sich eine Scheibe Salami und schob sie sich in den Mund, bevor er ins Wohnzimmer ging. »Hast du jemals Hummer gegessen, Ma?« Er ließ sich neben sie aufs Sofa plumpsen.

»Habe ich«, sagte sie. »Vor langer Zeit. Noch ehe du auf der Welt warst. Als dein Vater und ich noch …« Sie verstummte.

»Wie hat es geschmeckt?«, fragte Charlie.

»Es war wunderbar. Eines der besten Essen in meinem ganzen Leben.«

Charlie lächelte vor sich hin. Er hatte eine Idee … In zwei Tagen hatte sie Geburtstag …

»Dein Teller ist in der Mikrowelle, falls du Hunger hast«, sagte sie und tätschelte ihm sanft den Oberschenkel.

Es war Feierabend nach einem weiteren beschissenen Arbeitstag bei der Telcom. Er war zum dritten Mal im Haus dieses Idioten gewesen, nur um angebrüllt zu werden, dass das Internet nicht richtig funktionieren würde, obwohl der Kerl einfach nur zu dämlich war, eine E-Mail zu verschicken. Doch irgendwie war der Tag erträglicher gewesen als sonst. Er hatte zwei Ereignisse im Kopf gehabt, die dafür sorgen würden, dass sein Tag ein gutes Ende nahm.

Das erste war der Umstand, dass er Precious sehen würde, wenn er in Oom Marius' Laden vorbeischaute. Na schön, so sollte er nicht empfinden, das war ihm klar. Das hier war immer noch Klippiesfontein. Sie war immer noch schwarz. Er war immer noch weiß. Das sollte ausreichen, um sich die Sache sofort aus dem Kopf zu schlagen. Aber das konnte er nicht. Musste einfach jedes Mal, wenn er an sie dachte, vor sich hin grinsen. Ihre glänzenden braunen Wangen, diese langen Wimpern, ihr wohlgeformter, runder Hintern, der beim Gehen so hübsch wackelte, ihre Stimme, die immer so klang, als stünde sie um Haaresbreite davor, in Gelächter auszubrechen …

»Nicht sehr clever, Charlie«, ermahnte er sich streng, aber seine Lippen spotteten seinen Gedanken Hohn und verzogen sich trotzdem zu einem Grinsen.

Das zweite Ereignis, das seine Stimmung hob, war die Aussicht, seine Mutter zu ihrem Geburtstag zu überraschen. Dieses Jahr hatte er sich wirklich etwas Originelles einfallen lassen, wenn er sich mal selbst loben durfte. Er hatte das Rezept ausgedruckt und gefaltet in der Tasche, und jetzt musste er nur noch seine Einkäufe erledigen …

Vierzig Minuten später spazierte Charlie zu Hause in die Küche, die Manschetten seines Hemds verdächtig nass, und trug eine weiße Styroporschachtel in den Armen. »Alles Gute zum Geburtstag, Ma!«, rief er stolz.

Seine Mutter kam aus dem Wohnzimmer, die roten Haare fielen ihr müde ums Gesicht, an den Wurzeln lugte Grau hervor, wo sie sie noch nicht nachgefärbt hatte. Die weiße Bluse, die sie bei der Telcom trug, hing aus ihrem Bleistiftrock, der Reißverschluss an der Seite stand offen, damit sie es sich auf dem Sofa bequemer machen konnte. Die Schuhe hatte sie von den Füßen mit der Feinstrumpfhose gestreift.

»Was hast du da?« Sie kam her, um es sich genauer zu betrachten.

Charlie beugte sich zu ihr und küsste sie auf die Wange, bevor er die Schachtel vorsichtig auf den Küchentisch stellte. »Für dich«, sagte er strahlend.

Sie trat behutsam einen Schritt vor und streckte die Hand aus, um den weißen Deckel zu berühren. Rasch zog sie sie wieder zurück. »Was ist da drin?« In ihrer Stimme schwang fast ein Kichern mit.

Er beglückwünschte sich erneut dazu, wie clever er war, ihr dieses Geschenk besorgt zu haben. Dann trat er vor und zog den Deckel von der Schachtel. Darin lagen zwei Hummer, Seite an Seite, ohne sich zu regen, und warteten darauf, von Charlies Mutter beäugt zu werden.

Sie schlug sich die Hand vor den Mund, um ein scheues Lächeln zu verbergen. »Das hast du doch nicht …«.

»Habe ich wohl, und ich habe sogar eine Flasche Sekt im Wagen. Heute Abend feiern wir mit Stil.«

»Und was ist mit dem Nudelauflauf, den ich gekocht habe?«

»Stell ihn in den Kühlschrank. Wir essen ihn morgen«, sagte Charlie, drehte sich um und ging wieder zur Tür.

»Warum sind deine Ärmel so nass?«, rief seine Mutter.

Er wandte sich ihr wieder zu. »Ich musste die Hummer selbst einfangen. Petrus hatte zu große Angst, sie anzufassen. Ich habe versucht, sie mit einer Zange zu packen, aber es sind rutschige kleine Biester. Schließlich musste ich sie mit den Händen jagen.«

»Du weißt doch, wie wir diese Dinger töten müssen, nicht wahr?«, fragte seine Mutter.

Charlie nickte. »Darauf freue ich mich nicht.«

Charlie und seine Mutter standen vor einem Topf mit kochendem Wasser auf dem Herd, und Schweiß und Dampf rannen ihre roten Gesichter hinunter. Hinter ihnen war der Küchentisch sorgfältig mit kristallenen Champagnergläsern gedeckt, die vor vielen Jahren ein Hochzeitsgeschenk gewesen waren. In der Mitte stand eine flackernde Kerze, und zwei steif gestärkte Servietten waren zu kleinen Schwänen gefaltet.

»Versuch es noch mal«, drängte Charlies Mutter.

»Aber wir haben es schon zwanzigmal probiert«, seufzte er.

»Noch ein Mal. Komm schon. Diesmal wird es funktionieren.«

Charlie holte tief Luft und tauchte die Hand in die mit

kaltem Wasser gefüllte Spüle, in der die beiden Hummer apathisch warteten. Er packte einen an seinem dunkelbraunen Rücken und trat rasch vor den Topf mit dem kochenden Wasser. Der Hummer, der auf einmal von Dampf umhüllt war, begann, in seiner ausgestreckten Hand zu zappeln.

»Ich kann es nicht«, kreischte Charlie geradezu, während seine Mutter neben ihm von einem Fuß auf den anderen hüpfte.

»Lass einfach los!«, kreischte sie zurück. »Lass los!«

»Sieh doch, wie er mich anschaut, Ma. Als wüsste er, dass er sterben wird.« Seine Stimme war schrill und voller Panik.

»Lass einfach los!«, schrie sie weiter.

»Ich versuche es ja.«

»Öffne die Finger.«

»Schrei nicht so, Ma! Du machst mich nervös.«

»Lass los, habe ich gesagt!«

»Ich kann nicht.« Seine Stimme hatte etwas Endgültiges, als er vom Herd zurücktrat. »Es tut mir leid. Ich kann es einfach nicht, Ma.« Charlie ließ den Arm an die Seite sinken. Der Hummer baumelte immer noch in seiner Hand.

Seine Mutter trat ebenfalls einen Schritt zurück und stellte sich neben ihren Sohn. Das Lächeln war aus ihren Gesichtern verschwunden, und beide blauen Augenpaare waren zu Boden gesenkt.

»Willst du es versuchen, Ma?«, fragte Charlie matt, denn er kannte die Antwort natürlich.

»Ich kann noch nicht einmal eine Spinne töten. Wie glaubst du, soll ich dieses Tier zu Tode kochen?«

Sie standen da. Seite an Seite. Der vergessene Hummer hing zwischen den beiden.

Auf einmal stieß Charlies Mutter einen lauten, gellenden Schrei aus. »Nimm das Ding weg von mir!«, brüllte sie.

Er wirbelte zu ihr herum, wobei er mit der Hand einen weiten Bogen beschrieb, sodass der überraschte Hummer durch die Luft geschwungen wurde. »Was denn, Ma? Was ist los?«

Ihre Lippen waren so gespannt, dass die durch jahrelanges Rauchen entstandenen Falten um ihren Mund noch unterstrichen wurden. »Nimm es weg von mir!«

»Ma, was ist passiert?«, hakte er streng nach.

»Er hat mich gestreichelt. Er hat meinen Oberschenkel angefasst.«

»Er hat was?«, fragte Charlie ungläubig.

»Ich schwöre es, er hat meinen Oberschenkel gestreichelt«, sagte sie.

Charlie stand da und starrte sie an. Er versuchte, sie ernst zu nehmen, wirklich, denn ihr war anzusehen, dass sie aufrichtig Angst hatte, aber … es ging nicht. Ein Lächeln durchkreuzte seine ernste Miene und breitete sich auf seinem ganzen Gesicht aus. »Er hat deinen Oberschenkel gestreichelt, Ma?«, fragte er gedehnt.

»Ja, er hat meinen verdammten Oberschenkel gestreichelt.« Sie erwiderte sein Lächeln. Er sah, wie sich ihre Schultern lockerten, während sie ihren eigenen Worten lauschte. »Ich muss inzwischen ganz schön verzweifelt sein, wenn sich jetzt schon Hummer an mich ranmachen.«

»Ich bin froh, dass du das gesagt hast – dann muss ich es nicht tun.« Charlie lachte. »Wir müssen dir wirklich ein Date organisieren, Ma.«

Seine Mutter lachte ebenfalls. »Willst du damit sagen, dass der Hummer nicht mein Date ist?«

Charlie hielt das Tier dicht an ihr Gesicht. »Gib ihm einen Kuss, Ma. Komm schon, gib ihm einen Kuss.«

»Ich meine es ernst, Charlie!« Ihr Tonfall war streng, auch wenn sie immer noch lächelte. »Halt ihn weg von mir, sonst schreie ich.«

Charlie steckte die Hand in das kalte Wasser im Spülbecken und ergriff den zweiten Hummer. »Warum denn, Ma, ziehst du den hier vor?« Er führte die Hände zusammen und hielt sie ausgestreckt, Seite an Seite, und bewegte die Handgelenke, als würden sie einen Tanz veranstalten. Auf die unvermittelte Bewegung hin schwenkten die Hummer ihre Scheren von einer Seite zur anderen. Das Gelächter von Mutter und Sohn hallte von den kargen weißen Küchenwänden wider. Ein Augenblick puren Glücks. Ein paar Sekunden später versiegte es wieder. Das Grinsen verschwand nicht aus ihren Gesichtern.

»Was werden wir jetzt mit diesen verdammten Dingern anstellen?«, fragte seine Mutter schließlich.

»Du kannst einen schick anziehen und mit ins Kino nehmen.« Charlie lächelte.

»Nein, im Ernst. Was machen wir?«

»Wir könnten sie in die Tiefkühltruhe stecken?«

»Sie erfrieren lassen, anstatt sie zu Tode zu kochen?«, fragte sie und stemmte die Hand in die Hüfte. »Ich werde kein Auge zutun können, während ich im Bett liege und daran denke, wie sie vor Kälte zittern, bevor sie schließlich … Nein, Charlie, das können wir nicht machen.«

Charlies Blick huschte hin und her, während er die Möglichkeiten erwog. »Wie viel Uhr ist es?«, fragte er schließlich.

Seine Mutter wandte den Kopf, um auf die Küchenuhr zu

sehen. »Zehn vor acht. Warum?« Der letzte Rest des Lächelns war aus ihrem Gesicht verschwunden.

»Wenn ich mich beeile, kann ich sie immer noch in den Laden zurückbringen.« Er wurde rasch aktiv und ließ beide Hummer in die Schachtel fallen, suchte den Deckel, der einsam in der Ecke lag, und brachte ihn wieder an.

»Muss es heute Abend sein?«

»Wenn ich bis morgen warte, sind sie tot.«

»Meinst du, sie nehmen sie zurück?«

»Solange ich ihnen nicht erzähle, dass sie meiner Mutter gegenüber zudringlich geworden sind«, sagte er, um ihr wieder ein Lächeln zu entlocken.

»Pass bloß auf, oder du schläfst heute Nacht im Freien!«

Er war schon halb aus der Tür, da rief seine Mutter ihm hinterher. »Soll ich uns den Nudeleintopf aufwärmen?«

»Klingt gut«, sagte er, und die Wettertür knallte hinter ihm zu.

Immer noch das Lächeln im Gesicht, starrte seine Mutter ihrem verschwindenden Sohn nach. Drei Sekunden später flog die Tür erneut auf, und Charlie steckte den Kopf herein. »Ich werde dich in ein Restaurant ausführen, Ma, in dem frischer Hummer serviert wird. Okay?«

»Klingt wunderbar, mein Junge.« Sie sprach sanft. »Wenigstens werden sie in einem Restaurant nicht so zimperlich sein wie wir zwei.«

Und damit verschwand Charlies Kopf wieder.

Charlie klopfte heftig an der Hintertür des Ladens, die Styroporschachtel auf einem Arm balancierend. Gerade als er die Klinke drücken wollte, um einzutreten, schwang die Tür auf.

Über ihm, am Kopfende der geraniengeschmückten Treppe, stand Precious.

Sein Atem entwich sanft aus seiner Lunge, und er vergaß, wieder Luft zu holen. An ihren Ohrläppchen hingen pinkfarbene Plastikohrringe, ein unglaublich pinkfarbener Rock blähte sich um ihre weichen, runden Hüften, weiße hochhackige Sandalen an den Füßen und eine weiße Bluse mit rundem Ausschnitt, der nichts entblößte, sondern lediglich das wogende Fleisch darunter andeutete. Es war wirklich erstaunlich, sagte er sich, wie gut sich das Pink und das Weiß von ihrer Schokoladenhaut abhoben. Er war sich nicht sicher, ob er jemals eine derart schöne schwarze Frau gesehen hatte.

»Charlie!«, rief sie aus und schenkte ihm ein Lächeln, das perfekt zu ihrer weißen Bluse passte. Er holte tief Luft.

»Ich wollte gerade gehen«, sagte sie.

»Das geht nicht!«, widersprach er panisch.

»Ich kann nicht gehen?« Precious wurde langsamer. »Warum? Was ist los, und warum haben Sie diesen …«

»Wir haben es nicht fertiggebracht«, erklärte Charlie mit einem verlegenen Blick auf die Schachtel. »Wir konnten sie nicht töten, also bin ich … habe ich gehofft … gehofft, dass ihr sie, na ja, zurücknehmen könntet, bevor sie uns eingehen?«

Precious lächelte. »Euch Weiße werde ich nie begreifen. Ihr wollt all euer Fleisch ordentlich quadratisch in Plastik verpackt, damit ihr so tun könnt, als käme es nicht von einem lebenden Tier. Ich wette, Sie haben noch nicht einmal ein Huhn getötet?«

»Natürlich habe ich noch kein Huhn getötet«, erwiderte Charlie empört. »Warum sollte ich ein Huhn töten?«

»Sehen Sie, das meine ich. Wie lautet gleich noch einmal das Wort, mit dem man solche Leute bezeichnet?«

Charlie zuckte die Schultern. »Tierfreunde?«

»Waschlappen«, stellte sie tonlos fest.

Charlie sah weg.

»Das war bloß ein Scherz. Ich könnte auch keines von diesen Tieren töten. Mrs Joubert hat gesagt, man muss sie zu Tode kochen. Stimmt das?«

Er nickte. Precious drehte sich um und ging wieder in den Laden zurück. »Na, kommen Sie!«, rief sie über die Schulter. »Bringen wir sie zurück ins Wasser.«

»Bist du sicher, dass Petrus nichts dagegen haben wird?«, fragte er und folgte ihr die Treppe hinauf. Hinter ihr wehte eine Fahne ihres Parfums. Etwas Blumiges. Ja, Rosen. Sie roch nach Rosen. Charlie sog tief die Luft ein.

»Ich werde mit ihm reden«, antwortete sie selbstbewusst.

Ein paar Minuten später standen alle drei vor dem Aquarium – Charlie, Precious in der Mitte und dann Petrus – und sahen den beiden übrig gebliebenen Hummern zu, wie sie ihre zurückgekehrten Kameraden begrüßten. Es wurde viel mit den Scheren gewunken.

»Sie haben Glück, dass ich heute Abend nicht den Baas angerufen habe«, stellte Petrus fest. »Ich wollte ihm erzählen, dass wir zwei Hummer verkauft haben. Ich wusste, dass ihn diese Nachricht freuen würde. Jetzt werde ich ihm nichts sagen, und er wird nicht traurig darüber sein müssen, dass die Hummer wieder da sind.«

»Nochmals vielen Dank, Mann«, sagte Charlie. »Ich weiß nicht, was zum Teufel wir getan hätten, wenn ihr sie nicht zurückgenommen hättet.«

»Es ist schon gut, Baas Charlie. Sie haben uns auch geholfen, das Aquarium zu reinigen. Da können wir auch Ihnen helfen, wenn Sie die hässlichen Hummer nicht töten können.«

Es war Precious, die sich aus ihrer besinnlichen Reihe löste. »Kommt schon, es ist nach acht. Sperren wir ab und gehen nach Hause.«

Die beiden Männer folgten ihr. Charlie und Precious warteten auf der Hintertreppe, bis Petrus abgesperrt hatte. Sobald es erledigt war, nickte er zufrieden, und sie gingen im Slalom die schmale Treppe hinunter, um keine Pflanzen umzuwerfen.

»Tschüss«, murmelte Charlie matt, als sie unten angekommen waren.

»Vielleicht bis morgen?«, sang Precious mit ihrer melodiösen Stimme.

Precious und Petrus gingen gemeinsam davon. Charlie starrte ihnen trostlos hinterher. »Precious!«, rief er auf einmal. Er ertrug es nicht, sich diese Stimme entgleiten zu lassen. Was würde er sagen? Denk nach, Charlie, denk nach. Schnell. »Ich ... Ich ... Ich kann euch fahren. Ich habe Zeit.«

»Nach Rifilwe?«, fragte sie.

»Ich setze euch kurz vor der Township ab, wenn das in Ordnung geht?«

»Sicher?«

Er nickte eifrig.

»Das würde uns das Geld fürs Taxi sparen, danke. Wo parken Sie?«

Charlie machte eine ruckartige Kopfbewegung in Richtung der Straße. »Da vorne, an der Seite. Diese Idioten vor dem Laden sind mittlerweile bestimmt nach Hause gegangen.«

Precious schlug die neue Richtung ein und folgte Charlie. Petrus stand reglos da und sah ihnen stumm nach.

»Komm schon, Bruder!«, rief Precious. »Willst du nicht in Charlies Wagen mitfahren?«

Petrus sagte nichts. Sein Gesichtsausdruck blieb unverändert. Er setzte einen Fuß vor den anderen und folgte ihnen langsam zum Auto.

15

Oom Marius' beigefarbener Pick-up fuhr vor dem Laden vor und hielt genau vor den Männern. Er drehte den Kopf, um den Laden zu betrachten, und sah Precious und Petrus, die ihn durchs Schaufenster beobachteten. Dann sah er zu den Blockadekämpfern und lachte: Sie glaubten, dass sie wie Soldaten aussahen, aber keine Armee der Welt würde den Haufen haben wollen. Sie lagen ausgestreckt auf den Stufen, ließen Zigaretten herumgehen und riefen einander etwas zu. Karel und Oom Hans waren nirgends zu sehen, was wahrscheinlich der Grund dafür war. Oom Marius wusste aus seinen abendlichen Telefonaten mit Petrus, dass die Einwohner angefangen hatten, den Hintereingang des Ladens zu benutzen. Da sich auf der Straße so wenig tat, war den Männern der Blockadebewegung langweilig geworden.

Als also der Inhaber des Geschäfts, das sie blockierten, auf einmal in einer roten Staubwolke vor ihnen hielt, nahmen sie Hals über Kopf eine verlegene Habtachthaltung an.

»Seid ihr Bastarde immer noch hier?«, rief er, als er aus dem Pick-up stieg.

Frikkie und Bertie, die von Kindesbeinen an dazu erzogen worden waren, ältere Menschen zu grüßen, erröteten und antworteten ihm sofort: »*Môre*, Oom.«

Oom Marius wandte angewidert den Kopf von den jungen

Leuten ab, und auf einmal schien ihnen wieder einzufallen, dass er der Feind war. Sie setzten stoische Mienen auf und starrten zum Horizont, soldatenhaft. Er ging die Stufen hoch und durch die Eingangstür. Wahrscheinlich der Einzige, abgesehen von Mrs Joubert, der diesen Weg in den letzten zehn Tagen eingeschlagen hatte.

Er sah, wie sich Precious und Petrus, die auf dem Fensterbrett gelehnt hatten, hastig aufrichteten. Das Radio lief, und eine schwarze Stimme redete lebhaft.

»Petrus!«, rief Oom Marius.

Er blieb vor den beiden stehen und musterte sie fragend von Kopf bis Fuß, als wäre er überrascht, sie im Laden vorzufinden. Sie starrten schuldbewusst zurück.

»Wie läuft das Geschäft?«, blaffte er.

»Das Geschäft geht langsam, Baas. Leute kommen hintenrum rein, um einzukaufen, aber viele fahren jetzt zum Einkaufen nach Springbok.«

»Wer kommt in den Laden?«, fragte Oom Marius.

»Mrs Joubert, Missies Sarie, Missies Patty, Baas Charlie…« Beim letzten Namen warf Petrus Precious einen boshaften Blick zu.

Sie sah weg und Oom Marius fragte sich, was genau hier vor sich ging.

Leise vor sich hin murmelnd marschierte er zum Ladentisch. Während er die Kasse öffnete und schloss, hustete er verbittert angesichts der wenigen Banknoten, die er dort erblickte. Er schlug gewaltsam das Buch zum Anschreiben auf und fuhr mit dem Finger die Spalte mit Leuten hinunter, die ihm Geld schuldeten. Unvermittelt sah er wieder zu Petrus und Precious auf. Sie standen Seite an Seite ein paar Meter vor dem Ladentisch und beobachteten ihn mit großen Augen.

»Wie geht es den Hummern?«, wollte er wissen.

Ohne sich die Mühe zu machen, eine Antwort abzuwarten, durchquerte Oom Marius den Laden und ging zu dem frisch gereinigten Aquarium. Sie hatten ihre Sache gut gemacht, stellte er fest. Jetzt schien es mit ein wenig mehr Stolz zu summen. Oom Marius bückte sich zu den Hummern herunter. Er tippte mit dem Finger an die Scheibe. »Ich weiß noch immer nicht, was wir mit euch machen sollen«, sagte er zu ihnen. Ungerührt starrten sie ihn an.

Hinter Oom Marius räusperte sich Precious, bevor sie das Wort ergriff. »Wie geht es Missies Hettie?«

Er senkte den Blick auf die Füße und fluchte laut, antwortete ihr aber nicht. Er streckte den Arm nach oben und strich mit den Fingern über ein Regal, um zu sehen, ob sich dort Staub befand, eher aus Gewohnheit als aus sonst einem Grund. Er sah sie quer durch den Raum hinweg an, während er sprach. »Karien verbringt das Wochenende bei ihr im Hotel. Deshalb bin ich hier.«

Er hätte so einiges hinzufügen können. Er hätte ihr sagen können, dass man ihn verdammt noch mal in ein Irrenhaus hätte sperren müssen, wenn er noch einen Tag länger in dem Hotel hätte bleiben müssen. Er hätte ihr sagen können, dass es nur eines gab, was noch schlimmer war als das Hotel: neben seiner Frau im Krankenhaus zu sitzen und zuzusehen, wie sie ihr Dreck in die Adern pumpten, von dem ihr schlecht wurde, und nichts tun zu können, um ihr zu helfen. Er konnte diesen Krankenhausgeruch nicht ausstehen, der einem entgegenschlug, sobald man durch die Tür trat. Er wollte jede Krankenschwester ohrfeigen, die mit dieser widerlich süßlichen Stimme, die sie sich anscheinend alle antrainiert hatten, zu ihm sprach. Er wollte die Ärzte mit seiner Flinte abknallen, und er wollte, dass seine Frau ihn nicht so sehr brauchte. Ja, das wollte er am allermeisten. Dass seine Frau ihn nicht so brauchte. Doch diese Dinge konnte er kaum sich selbst eingestehen, geschweige denn mit Hettie darüber reden, folglich schien es ziemlich lächerlich, sie Precious gegenüber zu erwähnen.

Er hatte das schwarze Hauptbuch aufgeschlagen und vertiefte sich in Precious' ordentliche Aufzeichnungen über Soll und Haben. »*Bliksem!*«, rief er.

Petrus zuckte zusammen, rührte sich aber nicht von seinem Platz in der Nähe des Hummeraquariums. Vielleicht war Baas Marius in Fluchstimmung, schloss er. Vielleicht ging es Missies Hettie nicht sehr gut. Manchmal reichten eine aufmerksame Schwiegertochter wie Karien und ein elegantes Hotel nicht aus, um den schlechten Neuigkeiten Einhalt zu gebieten.

»Wie lange schläfst du jetzt schon im Laden, Petrus?«, fragte Oom Marius.

»Fünfzehn Tage«, erklärte Petrus. »Ich bin bloß Sonntag vor einer Woche nach Hause gefahren, um meine Mutter zu besuchen und ihr Essen zu bringen.«

»Heute ist Freitag. Ich werde Sonntagabend zurückfahren. Geht nach Hause, beide, und nehmt euch das Wochenende frei. Seid auf jeden Fall Montagmorgen wieder hier. Oh, und Petrus, nimm deiner Mutter eine Schachtel Pralinen mit. Und du, Precious? Wohnst du noch bei deiner Mutter?«

Sie nickte.

»Nimm ihr auch eine Schachtel mit.«

Sie starrten ihn verwirrt an, ohne sich zu rühren. In der einen Minute sah er aus, als würde er sie gleich umbringen, und in der nächsten verteilte er Pralinenschachteln?

»Kommt schon, verschwindet, bevor ich es mir noch anders überlege!«, fuhr er sie an.

Sie setzten sich in Bewegung. Petrus ging nach hinten und kämmte sich die Haare vor dem kleinen Spiegel. Precious ging zu dem Stuhl, auf dem ihre Handtasche lag, und griff halbherzig danach. Beide warfen Oom Marius immer wieder verstohlene Blicke zu. Er sah geschlaucht aus und alt, als wäre er der Krebskranke. Petrus und Precious konnten sich nicht einmal ansatzweise vorstellen, wie Missies Hettie aussehen musste.

»Es macht mir nichts aus, Baas. Ich werde hierbleiben, bis der Laden heute Abend schließt. Legen Sie sich hin«, wagte Petrus einzuwenden.

Oom Marius' Gesicht lief allmählich rot an und Petrus wurde klar, dass er nichts hätte sagen sollen. Aber es war zu spät.

»Machst du mir gegenüber einen auf Weiß?«, explodierte er.

»Nein, Baas.«

»Wenn ich mich verdammt noch mal hinlegen wollen würde, wäre ich in Kapstadt geblieben und hätte das ganze Wochenende genau das getan. Schreib mir nicht vor, was ich in meinem eigenen gottverdammten Laden zu tun habe, hörst du mich? Und jetzt verschwindet!«

Petrus und Precious eilten ihm aus dem Weg in den Lagerraum. Als sie versuchten, sich aus dem Hintereingang zu schleichen, hörten sie wieder seine Stimme. »Vergesst die Pralinen nicht.«

»Geh du«, flüsterte Petrus und schob Precious zurück in den Laden.

Sie warf ihm einen wütenden Blick zu, bevor sie zu dem Regal eilte und sich die ersten beiden Schachteln schnappte, die sie sah – Cadbury's Milk Tray. Sie stürzte zurück zu Petrus, und die beiden verließen den Laden durch die Hintertür. Precious malte sich das Gesicht ihrer Mutter aus, wenn sie ihr dieses Geschenk von ihrem Boss überreichte.

Oom Marius stand stolz und aufrecht hinter dem Ladentisch in seinem Geschäft. Er starrte zu den Regalen, auf denen sich Küchensiebe, Korkenzieher und Kuchenformen in die Höhe stapelten. Er lauschte dem vertrauten Surren des Kühlregals, dem kleinen Schluckauf, den es alle paar Sekunden hatte, bevor es keuchend wieder zu summen anfing. Es fühlte sich gut an, zurück zu sein. Gut, nicht in dem vermaledeiten Hotelzimmer mit seinem schicken Fernseher und Zimmerservice und drei verschiedenen Arten von Eiern morgens zum Frühstück eingesperrt zu sein. Er fuhr mit der Hand über einen glänzenden Glasbehälter voller roter Bonbons. Er berührte den ordentlichen Stapel Plastiktüten, die er für die Süßigkeiten verwendete. Er hatte viele Kinder in Klippiesfontein heranwachsen sehen, und jedes einzelne legte die gleiche Sorgfalt bei der wichtigen Angelegenheit der Süßigkeitenauswahl an den Tag. Bei dem Gedanken an ihre schmutzigen Finger, die auf die unterschiedlichen Glasbehälter deuteten, musste er lächeln.

Unwillkürlich streckte er die Hand aus und berührte das

Glas mit den gold-violett verpackten Schokoladen-Eclair-Toffees. Hetties Lieblingssüßigkeit. Er nahm sich eine Handvoll und stopfte sie in die Tasche. Sonntagabend, bei seiner Rückkehr in das Hotel, würde er sie ihr geben, entschied er.

Er verspürte einen Schmerz in den Eingeweiden. Ein dumpfes Stechen. Und wie viele Male hast du ihr Schoko-Eclairs mitgebracht, als sie gleich dort hinter der Tür war, Marius? Kein Mal. Kein einziges verfluchtes Mal. Hettie schien Liebe in den kleinen Gesten zu sehen, und Oom Marius wurde klar, dass er nie viel mit kleinen Gesten am Hut gehabt hatte.

Zum Teufel, und was war vor zwei Jahren, als sein Bruder unerwartet zu Besuch gekommen war? Er hatte vor Ladenschluss zugemacht, und sie waren beide in der Bar im Royal Hotel einen trinken gegangen. Sie waren bis weit nach zwölf geblieben, bis der Manager sie hinauswarf und sie nach Hause torkelten.

Am nächsten Morgen saßen sie zu dritt am Frühstückstisch, als Hettie das Wort ergriff. »Wo warst du gestern Abend, Marius?«

»Verdammt, Frau, darf ein Mann noch nicht einmal etwas trinken gehen, ohne seiner Frau Rede und Antwort stehen zu müssen?« Er war wütend, weil sie die Frechheit besaß, vor seinem Bruder derart mit ihm zu reden.

Als sie fortfuhr, hielt sie den Blick auf den Teller gesenkt. »Ich habe darauf gewartet, dass ihr nach Hause kommt und mit mir zu Abend esst. Ich hatte uns sogar eine schöne Milchtarte gebacken.«

»Hast du denn nichts als Essen im Kopf?«

Sie biss sich auf die Lippe und sagte nichts mehr. Selbst

sein Bruder sah ihn mit fragend hochgezogenen Augenbrauen an. »Wenn du noch etwas von der Milchtarte übrig hast, Hettie, dann hätte ich gern ein Stück.«

Doch sie sprang nicht vom Tisch auf, wie sie es gewöhnlich tat, um ihm ein Stück abzuschneiden. Sie blieb auf dem Stuhl sitzen und rührte lustlos mit dem Löffel in ihrer Schüssel Jungle Oats herum.

Erst im Laufe des Tages fiel Oom Marius ein, dass es ihr Geburtstag gewesen war.

Und das Schlimmste an der Sache war nicht, dass er ihren Geburtstag vergessen hatte, noch nicht einmal, dass er sie am nächsten Tag bei Tisch auf diese Weise angefahren hatte. Nein, das Schlimmste an der Sache war, dass er nie etwas getan hatte, um es wiedergutzumachen. Noch nicht einmal ein mattes *Entschuldige* war ihm über die Lippen gekommen.

Er trat hinter dem Ladentisch hervor und schlenderte zwischen den Regalen hindurch. Nachdem er vor dem Dosengemüse stehen geblieben war, rückte er eine Dose Mais zurecht, die am falschen Platz stand. Durchs Schaufenster betrachtete er die Rücken der Männer, die ordentliche militärhafte Reihe. Er bemerkte, dass sich Karel zu ihnen gesellt hatte und sich Oom Hans' Pick-up auf der Main Street näherte. Schausteller, höhnte er. Mehr waren sie nicht.

Wieder hinter dem Ladentisch beschloss er, eine Bestandsaufnahme der Zigaretten durchzuführen. Er blickte zu dem Regal über seinem Kopf und fing an: Camel Filter, ja. Peter Stuyvesant, ja. Benson & Hedges oder, wie Patty sie nennen würde, Bennies und Hennies …

»Patty«, sagte er laut. Oom Marius holte tief Luft und schüttelte langsam den Kopf. Nicht weil er sich irgendwie nach der sanften Blondine sehnte, sondern weil ihm in den Sinn kam, dass seine Hettie vielleicht seine Gefühle für diese andere Frau erraten haben könnte. Nein, das war unmöglich, sagte er sich. Hettie war bestimmt noch kein einziges Mal da gewesen, wenn Patty in den Laden kam, um ihre Zigaretten zu besorgen. Sie war immer in der Küche mit dem Zubereiten des Abendessens beschäftigt, nicht wahr? Nicht wahr? Oom Marius trat hinter dem Ladentisch hervor, weg von den Zigaretten, von den Benson & Hedges, und ging auf und ab.

Hinter dem Waschmittelaufsteller entdeckte er die Plauschecke von Petrus und Precious. Er starrte auf die beiden Plastikgartenstühle, das Radio, die Kaffeetassen und leeren Chipspackungen, die auf einem umgedrehten Getränkekasten lagen. Faule verfluchte Bastarde. Er hätte es besser wissen müssen, als sein Vertrauen in einen …

Nein, das stimmte nicht. Er starrte das Hummeraquarium an. Er wusste, wie viel Angst sie vor den Dingern hatten, aber trotzdem hatten sie das Aquarium gereinigt. Es glänzte regelrecht.

Er durchquerte erneut den Laden, griff nach oben und nahm eine Flasche *brandewyn* aus dem Regal, bevor er in die Hummerecke zurückkehrte.

Als Oom sich auf einen Stuhl vor dem Aquarium sinken ließ, übermannte ihn auf einmal die Erschöpfung. Er starrte die Krustentiere an. Das gelbe Klebeband hatte sich von der Schere eines der Tiere gelöst, und es öffnete und schloss sie, während es Oom Marius direkt in die Augen sah. Er schraubte den Verschluss der Flasche auf und nahm einen langen, tiefen Schluck. Mit dem Handrücken wischte er sich über den Mund und stellte die Flasche neben seinen Füßen ab. Er ließ den Kopf in die Hände sinken. Eine Weile war er still, und schließlich fing er an zu schluchzen. Er hörte lange nicht auf. Unter dem Schluchzen sprudelte ein einziges Wort von seinen Lippen. »Hettie … Oh, Hettie …«

Es klopfte an der Hintertür. Oom Marius wischte sich Augen und Nase am Ärmel ab. »Herein«, krächzte er.

Die Tür ging auf. Patty stand da.

»Patty?«

»Oom Marius?«

Ohne weitere Worte kam sie und setzte sich auf den Stuhl neben ihm. Lange sagten sie nichts.

Nach einer Weile sah sie zu dem Hummeraquarium auf. »Du hast immer noch diese Dinger, Oom Marius?« Sie lachte sanft.

»Nenn mich einfach …«

»Marius, ich weiß. Ich werde es versuchen, okay?«

»Sie ist sehr krank, Patty. Ich weiß nicht, was ich tun soll.«

»Sie wird schon werden, Marius.« Patty redete zuversichtlich, weil sie wusste, dass Zuversicht das war, was er hören musste. Sie war gut darin zu wissen, was Männer hören wollten. Ja, wahrscheinlich war es eine ihrer besten Fertigkeiten, da sie es mit so jungen Jahren gelernt hatte.

Seine Stimme war tonlos. »Ich möchte, dass alles so wird wie früher. Ich möchte, dass sie durch die Tür da kommt und an mir herumnörgelt, weil ich zu spät zum Essen komme.«

»Wäre das nicht schön? Aber wenn so etwas passiert, ist nichts mehr so wie früher.«

Sie streckte die Hand aus und schloss sie über seiner. Lange saßen die beiden so da. Sie registrierten nichts, noch nicht einmal, dass die Sonne unterging. Erst als Charlie den Kopf durch die Hintertür steckte, um nach Precious zu fragen, richtete sich Oom Marius widerwillig auf, um das Licht einzuschalten.

16

Das Hochzeitsfoto, das Patty in der Hand hielt, war vor langer Zeit auf einem Fensterbrett vergessen worden und folglich rasch und heftig von der gnadenlosen afrikanischen Sonne bestraft worden. Obwohl es kaum mehr als zehn Jahre alt war, sah es viel älter aus. Das lächelnde Paar war gelblich verfärbt, das einst weiße Brautkleid jetzt beige. Der Hintergrund – die Bäume und Sträucher und die weitläufige Rasenfläche – sah aus, als hätte man ihn in kalten Tee getaucht, jener Sepia-Effekt, den Patty bei ihren selbstgemachten Weihnachts- und Geburtstagskarten einsetzte, die sie den Menschen schickte, die sie in Kapstadt zurückgelassen hatte. Ja, wenn man die gekräuselten Ränder des Fotos glatt bügeln würde, hätte es vielleicht sogar den Anschein, als hätte man den Effekt absichtlich erzielt.

Aber das stimmte natürlich nicht.

Patty hätte es liebend gern, wenn dieses Foto so makellos und frisch, so voller lebendiger Farben und gewinnend lächelnder Gesichter wäre wie dasjenige ihrer ersten Eheschließung vor all den Jahren, als sie erst neunzehn gewesen war. Mit einem tiefen Seufzen griff sie nach der Schachtel Bennies und Hennies und dem Feuerzeug neben sich. Sie klopfte eine Zigarette heraus, zündete sie an und sog lang und heftig an dem kleinen weißen Stäbchen. Manchmal fühlte es sich an, als wäre dies ihr einziger Trost in dieser harten, traurigen Welt. Ihren rot geschminkten Lippen entwich eine Fahne aus weißem Rauch.

Sie saß auf den Verandastufen hinter dem kleinen Haus, in dem sie mit Shawn wohnte. Zehn Jahre hatten sie dort gelebt. Zehn Jahre hatten sie an ihrem sogenannten neuen Leben gearbeitet. Zehn Jahre hatten sie versucht, der Traurigkeit davonzulaufen, die Patty zu umhüllen schien, seit jenem kalten und nassen Julimorgen vor zweiundvierzig Jahren, als sie auf die Welt gekommen war. Und sie konnte laufen, so viel sie wollte, sich verstecken, wo auch immer sie es versuchte, die Traurigkeit schien sie jedes Mal einzuholen.

Selbst hier. In dieser völlig abgelegenen *platteland*-Stadt gelang es der Traurigkeit dennoch, sie zu finden.

Patty legte das Foto neben sich auf die Stufe und zog erneut an der Zigarette. Die Linke streckte sie aus, um nach dem Glas mit mildem Weißwein zu greifen. Als sie es an die Lippen hob, klirrten die Eiswürfel an die Wölbung des Kelches. Die Sonne hatte längst die weite afrikanische Ebene hinter sich gelassen, und an ihre Stelle waren die kühle schwarze Nacht und das fieberhafte Zirpen der Grillen getreten, die versuchten, sexy zu wirken.

Patty war in einer Dreizimmerwohnung am falschen Ende der Stadt groß geworden, eingepfercht zwischen anderen Wohnhäusern, sodass man weder die Aussicht auf den Berg noch das Meer hatte. Wozu wohnte man in Kapstadt, hatte sie sich oft gefragt, wenn man noch nicht einmal den Tafelberg oder die False Bay sehen konnte?

Sie war ein Einzelkind gewesen. Das Ergebnis einer stürmischen zweimonatigen Liebesbeziehung und einer anschließenden Mussheirat. Als Pattys Mutter die Faust ihres

Ehemannes bloß eine Woche nach der Hochzeit zum ersten Mal im Gesicht zu spüren bekam, wurde ihr klar, dass sie einen Fehler begangen hatte. Aber da war es zu spät. Ein Gelöbnis war vor Gott gemacht worden, und es war ein Baby unterwegs, also gab es kein Zurück mehr. Doch nach der Geburt ihrer Tochter, eines dürren, langgliedrigen Babys mit einem traurigen Blick in den Augen, gleich von dem Moment an, als es sie öffnete (war ihr selbst damals klar, dass die dunkle Verfärbung über der Lippe ihrer Mutter eigentlich nicht dorthin gehörte?), entschied Pattys Mutter, dass es keine weiteren Babys mehr geben würde.

Und so wuchs Patty als Einzelkind heran, und vielleicht war es eine gute Entscheidung gewesen, nicht noch mehr Kinder in eine Ehe ohne Liebe und voller Gewalt zu bringen. Oder vielleicht auch nicht. Patty war sich nicht sicher. Allerdings wusste sie, dass es weniger einsam gewesen wäre, ein kleines Geschwisterchen zu haben, das gemeinsam mit ihr jene furchterregenden Nächte verbracht hätte, zusammengekauert in der Ecke hinter ihrem Kleiderschrank, während sie auf die dumpfen Hiebe der Faust ihres Vaters im anderen Zimmer lauschte.

Es war nicht erstaunlich, dass das kleine blonde Mädchen nie sonderlich gut in der Schule war, und Pattys Aussichten im Leben hätten nicht sehr vielversprechend gewirkt, hätte sich da nicht in der Pubertät eine überraschende Wendung vollzogen. Blonde Haare, blaue Augen, üppige Hüften und ein wohlgeformter Busen verbesserten die Umstände des traurigen jungen Mädchens beträchtlich. Sie hatten zur Folge, dass etliche Jungen Patty hinterherliefen. Jedenfalls eine Zeit lang ließ dies Patty ihre Traurigkeit vergessen.

Doch irgendwie schien sie den Männergeschmack ihrer ausgelaugten, mausgrauen Mutter geerbt zu haben, und es gab etliche Freunde, die es für angebracht hielten, Patty mit der Faust ins Gesicht zu schlagen, sobald es zu einem Streit kam. Doch Patty unterschied sich von ihrer Mutter in einer Hinsicht, nämlich dass es bei jedem von ihnen immer nur ein einziges Mal vorkam. Beim ersten Anzeichen von Aggressivität suchte sie das Weite. Es war ihr gleich, wie der Mann sein würde, der sie eines Tages liebte, welche Fehler er begangen haben mochte, solange er seine Fäuste für sich behielt.

Und so geschah es, dass Patty Gary begegnete. Sie war achtzehn Jahre alt und gerade eben mit der Highschool fertig geworden. Er war zwanzig und arbeitete als Mechaniker in einem Motorradladen. Er war bei Weitem nicht das perfekteste Exemplar von einem Mann, das durch die Straßen von Kapstadt spazierte, aber er wusste, wo er die Fäuste hinzustecken hatte. Für Patty war das gut genug, und sie nahm seinen Heiratsantrag nach einem Jahr an.

Affären mit anderen Frauen, Schuldeneintreiber vor der Tür, eine Reihe von Arbeitsplätzen, von denen Gary gefeuert wurde, und recht viel Biertrinken waren einige der Bestandteile ihres Ehelebens. Oh, und eine Fehlgeburt nach der anderen. Und es waren diese Fehlgeburten, diese Babys, die sich weigerten, auf die Welt zu kommen, die Patty am meisten zu schaffen machten. Sie war überzeugt, wenn sie ein Kind in ihr Zuhause bringen könnte, würden sämtliche kleinen Eigenheiten Garys verschwinden, und er würde über Nacht zu einem verantwortungsvollen, liebenden Vater und Ehemann werden. In gewisser Weise gab Patty also sich selbst oder zumindest ihrem nicht funktionierenden Körper die Schuld daran, dass ihre Ehe so enttäuschend verlief. (Zudem war da die Tatsache, dass sie es geliebt hätte, ihr ganz eigenes kleines Baby zu haben, das sie hegen könnte, ein kleines Baby, das ihre Einsamkeit vertreiben würde.)

Mit neunundzwanzig Jahren hatte Patty genug Traurigkeit durchgemacht, um das Leben eines Menschen zu füllen, der dreimal so alt wie sie war. Jeder Tropfen Naivität und Hoffnung war aus ihrer Seele verdunstet, und sie glaubte einfach nicht, dass sie noch irgendetwas tun könnte, um ihre Ehe zu retten. Zum Beweis standen die Namen von zwölf toten Babys sorgfältig auf zwölf herzförmige Karten geschrieben: Billy, Christine, Angela, Pearl, Davy, Joanie, Gary Junior, Michael, Michelle, Stevie, Colin und May. Sie ging vor Gericht, um die Scheidung einzureichen, und diese wurde ihr drei Wochen später bewilligt, da Gary keinen Einspruch erhob. Kurz vor Pattys dreißigstem Geburtstag lebte sie zum ersten Mal in ihrem Leben allein.

Irgendwie und irgendwo blickte zu dem Zeitpunkt irgendein Gott auf Patty herab und entschied, dass sie erst einmal genug gehabt hatte. Shawn trat auf die Bildfläche. Eigentlich war er schon die ganze Zeit über da gewesen, denn er war Garys kleiner Bruder und zwei Jahre jünger als Patty, aber es gelang ihm ausgezeichnet, seine traurige, schöne Exschwägerin zu trösten. Er besuchte sie in ihrer winzigen Junggesellinnenwohnung (natürlich ohne Garys Wissen), wo er sie zum Lachen brachte, und nahm sie zu Touren hinten auf seinem Motorrad mit. Es dauerte nicht lange, bis Shawn Patty einen Heiratsantrag machte, doch diesmal wollte sie nicht überstürzt eine Ehe eingehen. Sie wusste nicht recht, wie sich das Problem lösen ließ, dass Shawn und Gary Brüder waren. Außerdem war da die Tatsache, dass Shawn Patty kein Zuhause mit Blick auf entweder den Berg oder das Meer würde bieten können. Langsam wurde ihr klar, dass ihr Kapstadt nichts mehr zu bieten hatte und dass sie und ihr junger Möchtegernehemann ihr neues Leben irgendwo anders beginnen sollten.

Patty und Shawn saßen auf Kissen auf dem Boden vor ihrem winzigen Couchtisch, eine halbleere Flasche Old Brown Sherry zwischen sich, und wechselten sich dabei ab, die Augen zu schließen und willkürlich auf die Karte von Südafrika zu deuten, die ausgebreitet vor ihnen lag. Die Regel lautete, wenn sie den Namen der Stadt schon einmal gehört hatten, konnten sie nicht dorthin ziehen.

Nun ist Südafrika ein großes Land und hat viele Orte und Großstädte. Doch obwohl Patty und Shawn nicht die gebildetsten Menschen in ganz Kapstadt waren, erkannten sie doch die meisten Namen wieder, auf denen ihre Finger landeten: Durban, Welkom, Margate, Upington, Oudtshoorn. Schließlich, die Flasche Old Brown Sherry war mittlerweile leer, landete Pattys Finger in der Nähe von Springbok auf einem winzigen Punkt namens Klippiesfontein, und sie kamen beide überein, dass sie noch nie zuvor davon gehört hatten.

Am nächsten Tag zog Shawn los und kaufte einen Verlobungsring, während Patty ihre zwölf herzförmigen Karten in eine Tasche packte. Die beiden saßen eng aneinandergeschmiegt auf Shawns Motorrad und brachen zu dem kleinen unbekannten Ort auf.

Das war vor zehn Jahren gewesen. Vor zehn Jahren war

die Einwohnerzahl einer kleinen Stadt, deren Namen sie zuvor noch nie gehört hatte, von viertausendeinhundertundsechsunddreißig an einem einzigen Tag um zwei gestiegen. Vor zehn Jahren war das hier ihr neues Zuhause geworden.

Patty drückte die Zigarette aus und schüttete den Rest ihres milden Weißweins in die Schmucklilien, hob das sepiafarbene Hochzeitsfoto auf und ging ins Haus.

17

Samstagmorgen weckte Oom Marius der Ruf eines *hadeda* gleich vor dem Fenster. Blöder Vogel, fluchte er, bevor er sich auf dem Sofa aufsetzte und sich umsah. Er erblickte die halb leere Flasche *brandewyn* auf dem Boden, und ihm fiel wieder ein, wo er sich befand. Er wollte sich gar nicht erst daran gewöhnen, ohne Hettie im Bett zu schlafen.

Am Spülbecken in der Küche spritzte er sich ein paar Handvoll Wasser ins Gesicht und ging dann in den Laden. Als ihm der Magen knurrte, wurde ihm klar, dass er seit der Abfahrt aus Kapstadt am vergangenen Morgen nichts mehr gegessen hatte. Er trat an ein Regal, griff sich eine Dose Corned Beef und machte sich daran, den Inhalt direkt aus der Dose zu essen, indem er das Taschenmesser an seinem Gürtel benutzte. Die leere Dose warf er in den Abfalleimer, schaltete die Kasse ein und riss die Eingangstür auf. Das vertraute Geräusch der Holzbretter, die unter seinem Gewicht knarzten, besänftigte ihn.

Oom Marius blickte aus der Tür. Die Männerreihe war nicht da. Stattdessen hatte sie auf der niedrigen Mauer vor Henk Coetzees Jagd- und Angelladen Stellung bezogen. Wortlos, in der frühen, gehässigen Sonne glänzend saßen sie da und beobachteten ihn.

Oom Marius stürmte seine Treppe hinunter und überquerte die Straße, bis er vor ihnen stand.

Bertie richtete sich auf und spuckte den Grashalm aus, auf dem er herumgekaut hatte. »Wie geht es Tannie Hettie, Oom?«

Oom Marius achtete nicht auf ihn. Stattdessen ließ er den Blick über die gesamte Männerreihe wandern. Langsam. Geduldig. Ohne jedoch länger als ein paar Sekunden bei einem von ihnen zu verweilen. Noch nicht einmal bei Karel.

Schließlich ergriff er das Wort. »Was ist los? Warum seid ihr Mistkerle heute Morgen nicht vor meinem Laden?«

Karel stieß sich von der Mauer ab und ging ein paar Schritte zu der Stelle, wo sich Oom Marius aufgebaut hatte. Karels Schultern waren zurückgeworfen, und sein Kinn war gereckt, doch als er redete, war seine Stimme weniger aggressiv als seine Körpersprache. Oom Marius war schließlich immer noch älter als er. »Weil wir kein Problem mit deinem Laden haben, solange du hier bist, Oom. So wie es früher war.«

Oom Marius war nicht in der Stimmung, sich besänftigen zu lassen. Wut und das Echo des *brandewyn* strömten gleichermaßen wild durch seine Adern. Er trat vor und schubste Karel mit beiden Händen an den Schultern. »Nichts ist so, wie es früher einmal war, ihr Mistkerle. Kapiert ihr das nicht? Glaubt ihr wirklich, ihr könnt etwas dagegen tun, dass sich die Dinge verändern? Dass sich das Land verändert? Dass Menschen krank werden? Bloß, indem ihr Dickschädel seid?« Er stieß ein verbittertes Lachen aus. »Dann seid ihr sogar noch dümmer, als ich dachte.«

»Diese Feindseligkeit ist völlig unnötig, Oom Marius«, sagte Karel und trat einen Schritt zurück. Seine Arme hingen seitlich an ihm herunter, und er sah Oom Marius offen ins Gesicht.

Allmählich sammelten sich Leute um sie herum. Sie

kamen aus Bothas Metzgerei, dem Jagdgeschäft, der Tankstelle. In einer Stadt wie Klippiesfontein breiteten sich Neuigkeiten schnell aus, und schon bald gingen Haustüren auf, und die Schaulustigen bezogen Stellung, wo auch immer sie gute Sicht hatten. Eine Gruppe Kinder versammelte sich im Schatten der Veranda. Der kleine Daan zog eine Tüte Murmeln aus der Tasche und versuchte, seine Spielkameraden für eine Partie zu interessieren, aber niemand biss an. Die Möglichkeit einer Schlägerei war interessanter.

»Mit dir haben wir kein Problem, Oom«, fuhr Karel fort. »Du bist einer von uns. Dass du den Laden von diesem stinkenden Kaffer führen lässt, damit haben wir ein Problem. Unsere Ehefrauen und Kinder in einen Laden zu schicken, in dem der einzige Erwachsene ein schwarzer Mann ist. Wer weiß schon, was er ihnen antun könnte?«

»Ich wäre der Erste, der ihn kastrieren würde, wenn er eine eurer Ehefrauen auch nur schief angucken würde. Und das wisst ihr.«

»Sieh mal, es ist einfach. Wir wollen es nicht. So handhaben wir die Dinge hier nicht.«

»Wer hat dich zum verfluchten Bürgermeister ernannt? Ich lebe schon mein ganzes Leben in dieser Stadt, und so handhabe *ich* die Dinge, also bewegt eure faulen Hintern und stellt euch vor meinem Laden auf. Wenn ihr ihn blockiert, sobald Petrus sich darin befindet, dann blockiert ihn verflucht noch mal besser auch, wenn ich drinnen bin, denn ab Montag ernenne ich ihn zum Geschäftsführer.«

Oom Marius machte kehrt und ging. Auf halber Straße drehte er sich um und sah zu den verwirrten Männern zurück. »Also kommt ihr nun oder nicht?«

Die Männer sahen Karel fragend an. Er drehte sich weg, ihnen den Rücken zugekehrt, und zog sein Handy aus dem Utensiliengürtel. Jeder hörte, wie er in gedämpftem Tonfall mit jemandem am anderen Ende redete, wahrscheinlich Oom Hans, um sich über seinen nächsten Schritt klar zu werden.

Oom Marius schüttelte den Kopf und ging denselben Weg zurück, mit großen, wütenden Schritten, bis er in Karels Rücken stand. Er streckte den Arm über dessen Schulter aus, riss ihm das Handy aus der Hand und hielt es sich selbst ans Ohr. Karel wirbelte zu Oom Marius herum, die Brust nach vorn gedrückt. Er trat einen Schritt näher, sodass sein Gesicht direkt vor dem von Oom Marius war. Wortlos starrten die beiden Männer sich an.

Oom Marius richtete die Aufmerksamkeit wieder auf das Handy. »Hans, hat er es dir gesagt? Ich habe Petrus eben zum Geschäftsführer befördert. Du lässt also besser deine Lämmer sein und bewegst deinen Hintern hierher, denn wenn es je einen Grund zum Protest gegeben hat, dann heute. Der erste schwarze Geschäftsführer in Klippiesfontein! Ja, der erste schwarze Geschäftsführer in Klippiesfontein!«

Oom Marius schleuderte das Handy zu Boden, und dort lag es, aufgefangen vom roten Staub, mit blau leuchtendem Display und einer verzerrten Stimme, die aus dem Lautsprecher drang.

Bertie sah von einem Mann zum anderen, bevor er sich bückte, um das Handy aufzuheben. »*Pa, dis Bertie hier.*«

»Der erste schwarze Geschäftsführer in Klippiesfontein!«, rief Oom Marius erneut, während er die Straße überquerte, die Faust in die Luft gestreckt. »Ihr wollt Krieg, ihr Mistkerle? Den könnt ihr haben.«

Oom Marius verschwand im Laden und tauchte ein paar Sekunden später wieder mit einem Stuhl in den Händen auf. Er stellte ihn in den offenen Türrahmen und setzte sich. In seinem Schoß lag eine Schrotflinte. Er starrte die Rücken der Männer an, die auf Karels Befehl hin über die Straße geeilt waren und wieder in einer Reihe vor dem Laden Stellung bezogen hatten.

Nach einer Viertelstunde hatte sich die Lage nicht verändert. Die einzige Bewegung rührte von zwei Fliegen her, die um die Gesichter der Männer kreisten. In der Ferne sahen sie Oom Hans' Pick-up heranfahren.

Oom Hans hielt vor dem Laden und stieg aus. Er trug seine *veldskoene*, Kniestrümpfe, und einen breitkrempigen Hut. Er ging mit großen, selbstsicheren Schritten auf die Stufen zu und richtete das Wort an Oom Marius. »Komm schon, Marius, das muss nicht sein.«

Oom Marius sagte nichts. Er hob einfach die Schrotflinte an die Schulter und richtete den Lauf auf Oom Hans.

»Lass uns doch vernünftig sein«, versuchte es Oom Hans noch einmal.

»Wenn du nicht von meinem Grundstück verschwindest, Hans, sehe ich mich gezwungen, das Ding hier zu benutzen.«

»Das wirst du noch bereuen.« Oom Hans sprach durch zusammengebissene Zähne.

»Ich bin mir sicher, dass ich vieles bereuen werde, aber dir den Kopf weggepustet zu haben wird nicht dazu gehören.«

Kopfschüttelnd ging Oom Hans zu seinen Männern zurück und bezog neben Karel Stellung.

Der heiße Tag forderte seinen Tribut. Fliegen summten träge herum, ohne dass sich jemand die Mühe machte, sie zu verscheuchen. Staub wehte auf schweißdurchnässte Haut und bildete kleine rote Schlammablagerungen. Schaulustige fächerten sich mit Zetteln oder schlaffen Händen Luft zu. Niemand näherte sich dem Laden. Die Gruppe Kinder hatte die Straße überquert und Schutz im spindeldürren Schatten eines Akazienbaums gefunden. Der kleine Daan war beim Anblick der Schrotflinte die Main Street entlanggelaufen. Die Reihe der Blockadekämpfer verlor allmählich an Haltung. Verbrannte Füße, gebeugte Knie, die Körper an Fahnenstangen gelehnt. Jemand ließ eine Flasche lauwarmes Wasser reihumgehen, und jeder trank einen halbherzigen Schluck.

Einmal verschwand Oom Marius in seinem Laden, und jeder dachte, die festgefahrene Situation wäre gebrochen. Eine Minute später tauchte er wieder auf und nippte an einer Flasche eiskalter Cola. Sobald die Flasche leer war, warf er sie den Männern vor die Füße, sodass die Kondensationstropfen das Glas hinunter in den Staub liefen. Er ging wieder nach drinnen und kam mit einer Packung Eis heraus. Nachdem er sich selbst eines genommen hatte, rief er den Kindern zu, sie sollten sich die Packung von ihm holen und untereinander verteilen. Fröhlich gehorchten sie. Nach dem Eis holte Oom Marius einen Sechserpack Castle hervor. Er goss sich ein Bier nach dem anderen in die durstige Kehle. Während er die Szene vor sich anstarrte, begann ihm das Kinn auf die Brust zu sinken. Kurz darauf war er eingeschlafen. Irgendwann erwachte in der Ferne dröhnend ein Rasenmäher zum Leben und weckte ihn. Es war später Nachmittag.

Als gerade die Sonne ihren Dienst quittieren wollte, erblickten sie die Gestalt des Pfarrers, der die Straße entlang auf sie zukam.

Die Männer in der Blockade richteten sich auf.

»*Goeie dag*, Herr Pfarrer«, murmelten sie mehr oder weniger im Einklang, ohne recht zu wissen, ob sie wegen ihrer Anwesenheit stolz oder peinlich berührt sein sollten.

Der Pfarrer nickte den Männern knapp zu und erklomm die Stufen. »Marius, schön, Sie zu sehen, mein Lieber.«

Oom Marius sprang auf, errötete und versuchte, die leeren Bierdosen unter seinen Stuhl zu treten. Die Schrotflinte an der Seite nach unten haltend bot er dann dem Pfarrer die rechte Hand. Es folgte kräftiges Händeschütteln.

»Nun sagen Sie schon, Marius, wie geht es Hettie?«

Oom Marius ließ die Hand des Pfarrers wie einen heißen Stein sinken und schüttelte niedergeschlagen den Kopf. »Nicht gut, Herr Pfarrer. Gar nicht gut.«

»Wir werden sie alle morgen beim Gottesdienst in unsere Gebete einschließen«, sagte er.

Oom Marius versteifte sich, die Lippen fest zusammengekniffen. »Danke, Herr Pfarrer, aber es wäre mir lieber, wenn Sie das nicht täten.«

»Was?«

»Die da.« Sein Kopf zuckte in Richtung der Blockadekämpfer. »Die werden auch da sein.«

»Nun, Marius, wir sollten unsere Brüder nicht verurteilen, wenn wir selbst ein Brett vor dem Kopf haben. Hat uns das der liebe Gott nicht gelehrt?«

»Es tut mir leid, Herr Pfarrer, aber wir haben es nicht nötig, dass diese Gemeinde für uns betet. Ich möchte nicht, dass diese Heuchler den Namen meiner Hettie in den Mund nehmen. Einer der Gründe, warum es ihr nicht besser geht, ist, weil sie sich den ganzen Tag Sorgen um den Laden macht und …«

»Bei Ihnen scheint ein gewisser Mangel an Toleranz zu herrschen, Bruder …«

Oom Marius' Kinnpartie verspannte sich, und er trat einen Schritt auf den Pfarrer zu. »Stehen Sie nicht hier auf meiner Veranda, und predigen Sie mir etwas von Toleranz, während die da drüben stehen …«

»Ich mahne jeden zur Toleranz. Sie auch, Marius, Sie müssen lernen …«

Oom Marius hob die Schrotflinte auf Hüfthöhe. »Ich bin heute nicht in der Laune, irgendetwas zu lernen, Herr Pfarrer. Warum versuchen Sie nicht, *denen da* etwas beizubringen?«

»Da spricht das Bier. Kommen Sie, gehen wir nach drinnen, wo wir allein reden können.« Der Pfarrer streckte die Hand aus, um sie ihm auf die Schulter zu legen.

Oom Marius schüttelte sie ungeduldig ab und hielt die Schrotflinte nun vertikal gerichtet. »*Ich* spreche da, nicht das Bier. Marius aus Klippiesfontein. Inhaber des Gemischtwarenladens. Ehemann einer im Sterben liegenden Frau. Und ich will nicht, dass die Männer da für sie beten. Ist das klar, Herr Pfarrer?«

Der Pfarrer trat vor und streckte die Hand aus, um nach der Waffe zu greifen. Oom Marius riss die Hand zurück. Auf einmal ertönte ein gewaltiger Knall, und der Pfarrer taumelte ein paar Schritte zurück. Die Menge holte kollektiv Luft. Ohne die Luft wieder aus den Lungen entweichen zu lassen, starrten sie zur Veranda und rechneten damit, den Pfarrer zu

Oom Marius' Füßen zusammenbrechen zu sehen. Stattdessen blickten beide Männer zum Wellblechdach auf. Gleich über ihnen klaffte ein gewaltiges Loch. Ein Sonnenstrahl strömte hindurch und schien ihnen auf die Köpfe.

Der Pfarrer schüttelte den Kopf und wich zurück. Er drehte sich um, um die Stufen hinabzusteigen. »Wie oft habe ich es den Leuten gesagt?«, murmelte er. »Alkohol ist des Teufels? Und hören sie etwa …«

Oom Marius starrte weiter das Loch im Dach an.

Alle waren still. Männer mit Waffen hatten die Hände an den Halftern. Mütter stürzten aus den Häusern, suchten ihre Kinder inmitten der Menge und nahmen sie mit nach Hause. Die Kinder beschwerten sich, während sie von den Ereignissen fortgeschleift wurden.

Kurz darauf erschien Mrs Joubert und ging steif die Main Street entlang, in ihrem makellosen, smaragdgrünen Bleistiftrock, praktischen Laufschuhen, die langen grauen Haare zu einem losen Dutt hochgesteckt. Mit kleinen, entschlossenen Schritten.

Nicht viele Leute in Klippiesfontein wussten diese Sache über Mrs Joubert, wussten, dass sie nicht schon immer so durchsetzungsfähig gewesen war wie jetzt. Ja, wahrscheinlich ließ sich wohl sagen, dass es niemand wusste.

Mrs Joubert war nicht immer schon Mrs Joubert gewesen. Vor langer Zeit, vor ungefähr achtundsechzig Jahren, war Mrs Joubert ein pummeliges kleines Baby namens Eileen Crawford gewesen, das letzte Kind in einer Reihe von vier Mädchen. Nun waren ihre Eltern englischsprachige Südafrikaner und hielten sich für viel aufgeschlossener als ihre weißen Landsleute, die Afrikaaner. Obwohl sie ihren Freunden und der Familie sagten, es wäre ihnen egal, welches Geschlecht das Baby hätte, solange es gesund wäre, war es ihnen in Wahrheit nicht ganz egal. Nach drei Mädchen wünschten sich Eileen Crawfords Eltern eigentlich sehnlichst einen Jungen.

Doch wie es das Schicksal wollte, erschien statt des ersehnten Erics Eileen auf der Bildfläche, und dieser Verrat wurde ihr eigentlich nie verziehen. Oberflächlich betrachtet bekam Eileen alles, was ihre älteren Schwestern hatten: die materiellen Dinge dieser Welt, geistige Anregung, eine gute Schulbildung, eine strenge Erziehung, Liebe. Niemand versucht hier anzudeuten, es hätte ihr an etwas gemangelt, doch irgendwie hatte Eileen Crawford immer das Gefühl, dass ihr diese Dinge widerwillig gewährt wurden. Sie hatte Schuldgefühle, weil sie ein Mädchen war, weil sie die Ursache dieser stets vorhandenen Enttäuschung in den Augen ihrer Eltern war, weil sie die emotionalen und finanziellen Ressourcen nutzte, die für jemand anderen bestimmt gewesen waren.

Eileen Crawfords Schwestern, von denen jede immer ein bisschen ungewollter war, je nachdem, wie weit sie in der Reihe an Mädchen kam, betrachteten ihr jüngstes Geschwisterchen als Gipfel des Versagens, als Schuldige eines unverzeihlichen Verbrechens: desjenigen, die vierte Tochter zu sein. Wäre sie nämlich der Junge gewesen, den sich niemand je laut gewünscht hatte, wären die anderen ebenfalls von ihren eigenen Sünden, die erste, zweite und dritte Tochter zu sein, freigesprochen worden.

Demzufolge wuchs Eileen Crawford in einer sehr prekären Stellung auf, und es war ebendiese Stellung, die es ihr unmöglich machte, auch nur das geringste Selbstbewusstsein zu entwickeln. Das schüchterne, graue kleine Mädchen wurde zu einem schüchternen, grauen Teenager und wäre weiter auf diesem Pfad in Richtung schüchterne, graue Frau gewandelt, hätte sich da nicht etwas Außergewöhnliches ereignet.

Wendy Foster.

Eileen war fast siebzehn Jahre alt, als die freche, ungehobelte Sechzehnjährige zu Schuljahresbeginn in ihre Klasse spazierte. Gegen Wendy sprach nun alles, sogar noch viel mehr als gegen die schüchterne, graue Eileen Crawford. Ihre Eltern waren geschieden, ihre Mom war arm und hatte größeres Interesse an Wein und einem Mann nach dem anderen als an ihrer Tochter mit dem wuscheligen Lockenschopf. Doch trotz all dieser Nachteile und etlicher anderer, die hier noch nicht einmal Erwähnung finden, war Wendy Foster ein selbstsicherer, großmäuliger, unabhängiger Teenager, der aus dem einen oder anderen unerklärlichen Grund oder vielleicht einfach aufgrund von Gottes Gnaden Gefallen an Eileen Crawford fand. Und dies wiederum war eine sehr wichtige Lektion für das schüchterne, graue Mädchen: Man musste nicht das Produkt seiner Vergangenheit sein. Es war möglich, wenn auch sehr schwierig, sich selbst zu dem Menschen zu machen, der man sein wollte.

Und genau das tat Eileen Crawford im Lauf der nächsten beiden Jahre. Wie eine Schlange warf sie ihre schüchterne, graue Haut ab und trat stark und selbstbewusst mit einer Zigarette in der Hand und hochhackigen Schuhen ins Licht. Bei ihrem Schulabschluss am Ende des folgenden Jahres erreichte sie fünfmal A und ein B. Sie ließ ihre Schwestern mit offenen Mündern hinter sich und marschierte weiter an die Universität. Ihren Eltern versetzte sie einen solchen Schock, dass sich deren Desillusionierung beinahe über Nacht in Luft auflöste und sie sich einzugestehen begannen, wie viel Freude sie stets an ihrem Mädchenquartett gehabt hatten, besonders an der Jüngsten. (Diesen letzten Teil sprachen sie allerdings nicht laut aus – Bevorzugung war keine Eigenschaft, die man bei aufgeschlossenen englischsprachigen weißen Südafrikanern antraf.) Endlich wurde Eileen Crawford verziehen. Ihren Schwestern wurde verziehen. Doch für Eileen kam es zu spät. Es kam, als sie es nicht mehr brauchte.

Wendy Foster studierte Jura und wurde später Frauenrechtlerin. Die neue und verbesserte Eileen Crawford machte ihren Universitätsabschluss, und der Rest, könnte man sagen, neben einer glücklichen Ehe mit einem jungen Universitätsdozenten und dessen unglückseligem Tod ein paar Jahre später, ist Geschichte. Das könnte man sagen, oder man könnte sagen: Gott sei Dank für Wendy Foster.

Als Mrs Joubert an der versammelten Menschenmenge vorüberging, nickte sie ein oder zwei Bekannten zu, bevor sie auf die Reihe aus Männern zuschritt. Als hätten sie es geprobt, wichen sie zurück und machten ihr Platz, damit sie die Stufen hinaufsteigen konnte. Auf der Veranda ging sie auf Oom Marius zu. »Es ist schön, dich wieder zu Hause zu sehen, Marius. Schade, dass Hettie nicht mitkommen konnte.«

Bei der Erwähnung seiner Frau senkte Oom Marius den Blick. »Ich bin mir nicht sicher, ob sie wieder nach Hause kommen wird.«

»Und wenn sie hier wäre, was denkst du, würde sie zu alldem sagen?« Sie machte eine ausladende Bewegung mit der Hand, die den Laden, die Männerreihe und als Letztes das über ihren Köpfen klaffende Loch umfasste. »Wäre sie stolz auf den gütigen, vernünftigen Mann, den sie einst geheiratet hat?«

»Rede mir nicht davon, vernünftig zu sein. Nicht in dieser …«

»Nein, du hast recht. Die ganze Sache hat wohl nichts mehr mit Vernunft zu tun. Aber was wirst du Hettie nützen, wenn du im Gefängnis sitzt?«

Er lachte höhnisch. »Genauso viel, wie ich ihr jetzt nütze, könnte ich mir vorstellen.«

»Schon gut, schon gut.« Sie nickte langsam. »Ein in Selbstmitleid badender Mann würde ihr in der derzeitigen Situation wohl nicht viel nützen.«

Die Röte in Oom Marius' verschwitztem Gesicht nahm einen dunkleren Ton an. »Ein in Selbstmitleid badender Mann?«

»Dann sag mir, wie du diesen Unsinn nennen würdest?«

»Ich versuche … Ich setze mich für … Siehst du denn nicht, dass sie unsere Existenzgrundlage bedrohen?«, stammelte er.

»Und ich würde sagen, du bekommst es verdammt gut hin, sie ebenfalls zu bedrohen. Um Himmels willen, Marius, leg die Flinte weg und komm mit rein! Lass diese Narren hier draußen unter sich.«

Ihre Unterhaltung wurde vom Geräusch eines Autos unterbrochen, das langsam vorüberfuhr. Sie drehten sich um und erblickten ein Polizeiauto, der Ellbogen des Fahrers hing aus dem Fenster, sein Kopf war ihnen zugewandt, und er nahm die Einzelheiten dessen in sich auf, was sich ihm darbot.

Oom Marius lachte verbittert. »Ja, jetzt seid ihr da, was? Wenn der Pfarrer euch anruft. Aber wo habt ihr die letzten Wochen gesteckt, während sie mein Geschäft ruiniert haben?«

Das Polizeiauto hielt an der Kreuzung, und der Fahrer lehnte sich nach draußen und sprach in drohendem Tonfall. »Sir, wir sind wegen Ruhestörung und der illegalen Verwendung einer Schusswaffe gerufen worden.«

»Die Ruhe ist wieder hergestellt, Constable. Danke. Sie können jetzt fahren!«, rief Mrs Joubert. Rasch nahm sie Oom Marius am Ellbogen und lenkte ihn in den Laden.

»Wo bewahrst du dieses Ding normalerweise auf, Marius?«, fragte sie, sobald sie drinnen waren.

»Hinter dem Ladentisch«, murmelte er und kam sich im dunklen Innern des Ladens auf einmal ein wenig albern vor.

»Warum legst du sie nicht dorthin zurück, und ich mache uns eine Tasse Tee?«

Sie ging in den rückwärtigen Teil des Ladens. »Mein Gott, Marius, sind diese verdammten Hummer immer noch hier? Wann wirst du sie in einen Kochtopf werfen und von ihrem Leiden erlösen? Weißt du, ich koche eine wunderbare Thermidorsoße.«

18

Frikkie stand an der Kreuzung, im Kopf eine wütende schwarze Wolke, die seine Gedanken benebelte. Nach links, und er wäre zu Hause, wo er sich den Eintopf aufwärmen könnte, den ihm seine Schwester geschickt hatte – Gott wusste, dass er Hunger hatte. Nach rechts, und er wäre in der Schule, wo sich die Männer in der Aula versammelten. Mittlerweile wäre Bertie dort, weil er damit beauftragt war, den Raum herzurichten und die Getränke und die von verschiedenen Ehefrauen und Müttern der Afrikaaner-Widerstandsbewegung zubereiteten Imbisse rauszustellen.

Frikkie bog rechts ab. Ihm war nicht nach Alleinsein. Nicht nach dem Tag, den er gerade hinter sich hatte.

Frikkies Pa hatte ihn immer gelehrt, seine Ma hatte ihn immer gelehrt, dass er ein Mitglied der überlegenen Rasse war. Er war Weißer und er war ein Mann: nach einem höheren Status ließ sich nicht streben. Das hatte man ihn gelehrt. Und das glaubte er, denn tatsächlich entsprach es hundertprozentig der Wahrheit: So sollte es auf der Welt sein. Doch jetzt, bei seiner Rückkehr von dem Vorstellungsgespräch, dem Termin bei dem Personalmanager der Polizei, dem schwarzen Personalmanager, zu dessen Füßen er hatte kriechen sollen und von dem er trotzdem eine Absage erhalten hatte, war Frikkie enttäuscht. Gelinde gesagt. Ganz gelinde gesagt.

»Hey, Frik!«, rief Bertie, als sein Freund durch die Tür

kam. »Bist du zum Helfen gekommen? Gib mir mal die Servietten dort drüben, ja?«

Frikkie nickte mürrisch.

»Hey, Mann, was ist denn los? Du siehst aus, als wäre jemand gestorben«, sagte Bertie.

»Ich hatte heute dieses Vorstellungsgespräch«, erwiderte er.

»Oh, Mist, stimmt ja, Mann! Wie ist es gelaufen? Oder sollte ich besser nicht fragen?«

»Es war wieder einmal eine Stellenausschreibung im Rahmen des BEE«, stieß Frikkie verbittert aus. »Black Economic Empowerment.« Er spuckte die Wörter aus, als handelte es sich um Gift in seinem Mund. »Warum haben sie mir das nicht einfach von Anfang an gesagt, dann hätte ich mir gar nicht erst die Mühe gemacht aufzukreuzen?«

»Ich weiß, was du meinst. Mein Alter sagt, die Zeiten, in denen die Weißen einen Arbeitsplatz haben, sind vorüber. In diesem Land muss man sein eigenes Geschäft haben oder verhungern. Eine andere Wahl bleibt uns heutzutage nicht.«

»Scheißkerle!«, fuhr Frikkie fort. »Ich schwöre dir, es bereitet ihnen Freude, uns auf diese Weise zu Kreuze kriechen zu lassen. Umgekehrter Rassismus, so nenne ich das.«

»Genau, und sie machen uns Vorhaltungen von wegen Toleranz. Aber schau es dir an, wer verurteilt jetzt wen aufgrund seiner Hautfarbe?«

»Am liebsten würde ich eine Bombe unter einem ihrer schicken Vorstandssessel deponieren und sie alle in den Himmel sprengen.«

»Hier, Mann, nimm dir ein Bier.« Bertie öffnete eine der eiskalten Dosen und bot sie seinem Freund an. Frikkie nahm sie und kippte sie mit ein paar tiefen, wütenden Schlucken in sich hinein. Er schleuderte die leere Dose in den Abfalleimer und griff nach der nächsten.

»Komm schon, hilf mir mit den Stühlen, Frik. Die Männer werden gleich hier sein.«

Petrus grüßte jeden, der in dem Taxi saß, und wünschte ihnen eine sichere Heimfahrt, bevor er am Rand von Klippiesfontein ausstieg. Er winkte ihm hinterher, als es in Richtung Township weiterfuhr und sich hinter ihm eine rote Staubwolke wölbte. Da es schon dunkel war, beschloss er, auf Umwegen zum Laden zu gehen. Bei der Atmosphäre, die derzeit in der Stadt herrschte, war das Dümmste, was er machen konnte, Ärger zu suchen.

Petrus ging die Einzelheiten des Sonntagnachmittags durch, den er mit seinem Freund Jacob verbracht hatte. Er dachte an das Fußballspiel, das sie sich bis zur Halbzeit angesehen hatten, an die vier Tore der Gastmannschaft, an Jacob, verzweifelt und den Tränen nahe, und an seinen raschen Entschluss, den Freund von dem Spiel wegzubringen, um ihm weiteren Gram zu ersparen. Petrus dachte an den Eiswagen und die Art, wie Jacobs Augen bei dessen Anblick geglänzt hatten. Er dachte an den heftig nickenden Kopf seines Freundes als Erwiderung auf Petrus' Frage: »Hast du Lust auf ein Eis?« Wie die beiden unter dem Dornenbaum gesessen und ihr Erdbeer- und Vanille-Softeis mit einem zur Seite stehenden Schokosplitter und unzähligen Schokostreuseln obendrauf genossen hatten. Er dachte an seine einseitige Unterhaltung mit Jacob, in der er ihm alles über Precious erzählt hatte, jedes letzte Detail, an das er sich erinnern konnte, während sein Freund leise neben ihm saß und an seinem Eis schleckte. Dies waren die Einzelheiten, an die Petrus auf dem Weg zum Gemischtwarenladen von Klippiesfontein dachte.

Ohne die Sonne hatte die Luft sich abgekühlt, und Petrus genoss seinen Spaziergang. Er glaubte, ein Unwetter riechen zu können, das der Wind heranwehte, aber vielleicht war das bloß Wunschdenken. In letzter Zeit war es trocken gewesen. Das Bohrloch in der Township, aus dem die meisten Menschen ihr Wasser bekamen, war am Versiegen. Er lauschte den Grillen, die einander zuzirpten, und ab und zu einem Gesprächsfetzen, der durch eine offene Hintertür ins Freie wehte. Er hörte eine Frau lachen und sah durch das erhellte Fenster. Eine Familie saß um den Küchentisch, gerade eben mit dem Abendessen fertig. An der Spüle sah er die Haushaltshilfe, die das Geschirr der Familie abwusch.

Das ließ Petrus an seine Mutter denken. Er kehrte eben von einem kurzen Besuch bei ihr zurück, bei dem er den Küchenschrank wieder aufgefüllt hatte. Übers Wochenende hatte er gesehen, dass sie nicht mehr viele Lebensmittel hatte. Da er nun nachts im Laden schlief, brachte er nicht oft genug Vorräte nach Hause. Seine Mutter war niemand, die sich darüber beklagte, wenn es wenig zu essen gab, nachdem sie sich vor vielen Jahren, als sein Vater verschwunden war, an Hunger gewöhnt hatte. Er merkte sich vor, jedes Mal, wenn jemand aus der Township im Laden vorbeischaute, eine Tüte mit Lebensmitteln nach Hause zu schicken.

Beim Gehen schweiften seine Gedanken wieder zu Precious ab, wie sie es inzwischen bei jeder Gelegenheit zu tun schienen. Die Art, wie sie seinen Arm berührte, wenn sie ernsthaft mit ihm redete, oder wie sie den Kopf zurückwarf und lachte, wenn sie ihn neckte. Das ließ seinen Schritt leichter werden, und er war auf dem Weg durch die dunklen Straßen weniger nervös.

»Wir werden unsere Aktivitäten verschärfen müssen, Männer.« Karel stand vorne.

Seine Stimme war viel zu laut für die Größe des Raums. Die versammelten Männer warfen ihm unbehagliche Blicke zu. Sie saßen in drei Reihen, die vor Karel aufgebaut waren. Frikkie in der zweiten Reihe neben Bertie. Karel dachte wahrscheinlich, er würde eine Rede vor einer ganzen Armee halten, dachte Frikkie und nahm einen Schluck von seinem dritten Brandy-Cola an dem Abend. Und das war, ohne die fünf Bier mitzuzählen, die er davor getrunken hatte. Frikkie spürte, wie seine Konzentration schwand. Er hätte nach Hause gehen sollen, statt die Versammlung zu besuchen. Er war es leid, dass Karel ihnen etwas vorpredigte, als wäre er der Pfarrer in der Kirche.

»Ist jeder auf dem aktuellen Stand, was die neueste Entwicklung im Geschmischtwarenladen betrifft?«, fragte er, und etliche Stimmen murmelten zustimmend.

»Welche Entwicklung?« Frikkie stupste Bertie an.

»Hast du es nicht gehört?«, fragte Bertie ungläubig. »Wo zum Teufel bist du gewesen?«

»Ich habe das Wochenende bei meiner Schwester in Springbok verbracht, Bert«, flüsterte Frikkie. »Das weißt du doch. Um es pünktlich zum Vorstellungsgespräch heute Morgen zu schaffen. Jetzt sag schon, was ist passiert?«

Karel redete vorne immer noch in monotonem Tonfall weiter.

»Oom Marius hat Petrus zum Geschäftsführer ernannt.«

»Geschäftsführer?«

»Ja, ist es zu fassen?«

»Geschäftsführer!«

»Ja, das habe ich gesagt, Mann.«

»Dieser schwarze Idiot, der in seinem ganzen Leben noch kein Klassenzimmer von innen gesehen hat, wird Geschäftsführer, während ich wie ein Hund um einen einfachen Bürojob betteln muss?«

Frikkie war nicht klar gewesen, dass er laut gesprochen hatte. Alle drehten sich zu ihm um.

»Das stimmt, Frikkie. Das stimmt genau!«, ereiferte sich Karel, weil jemand den Köder weißer Entrüstung geschluckt hatte.

Frikkie ereiferte sich ebenfalls. Auf einmal befand er sich auf derselben Wellenlänge wie der Anführer, und da es Frikkie nur selten gelang, mit jemandem auf derselben Wellenlänge zu sein, war er ganz aus dem Häuschen.

»Da geht man zwölf Jahre lang zur Schule. Na ja, in deinem Fall dreizehn, Frik«, fuhr Karel fort. »Und was bringt es einem? Wie viele Anstellungen hast du gehabt?«

»Keine«, murmelte Frikkie.

»Stimmt. Keine!«, rief Karel und zeigte mit dem Finger nach oben in die Luft. »Keine einzige. Und warum? Warum wird Petrus Geschäftsführer, während du gezwungen bist, deine Mutter und ihre kleine Rente zu melken?«

Das hier ging nicht ganz in die Richtung, die Frikkie sich vorgestellt hatte. Er sah auf seine Schuhe hinab. »Ich weiß es nicht, Karel«, murmelte er.

»Weil du weiß bist und er ist schwarz, darum.«

Ja, das hörte sich schon besser an. Es war nicht Frikkies Schuld. Er hob den Kopf, um Karel wieder anzusehen. »Weil ich weiß bin und er ist schwarz!«, rief Frikkie.

Seine Inbrunst schien die Männer zu beleben, und Karel ließ nicht locker. »Und was schlägst du vor, sollen wir dagegen tun?«

Frikkie sprang von seinem Stuhl auf, nahm eine recht wackelige Habtachtstellung ein, eine Faust stolz in die Seite gestemmt, während er mit der anderen den Drink umklammert hielt. »Wir erteilen diesem stinkenden Kaffern eine Lektion, würde ich sagen!«

»Und ich würde sagen, du hast vollkommen recht«, antwortete Karel.

»Kommt schon, gehen wir ihn suchen«, sagte Frikkie, der sein Glas leerte und auf den Stuhl hinter sich knallen ließ, bevor er sich an den Knien etlicher Männer vorbeischob, um zur Tür zu gelangen.

»Bertie«, sagte Karel, »geh besser mit ihm mit.«

Bertie erhob sich und folgte seinem Freund zum Ausgang, ein aufgeregtes Glitzern in den Augen, eifrig nickend.

»Und schaut auf dem Weg bei mir zu Hause vorbei und bittet meine Frau, euch zwei Kapuzenmützen zu geben.«

»Ja, Karel.«

Frikkie stürzte zum Getränketisch, bevor er aus der Tür ging, und schnappte sich zwei Bierdosen. »Für unterwegs«, murmelte er verlegen.

Petrus kramte auf der Suche nach dem Schlüssel für die Hintertür in seinen Taschen herum. Er hoffte, dass er ihn nicht verloren hatte – mit der Neuigkeit würde er Baas Marius nicht gern anrufen. Nachdem er eine Handvoll Münzen hervorgezogen hatte, inspizierte er sie im Dunkeln. Da, zwischen ihnen, glitzerte der einzelne silberfarbene Schlüssel. Petrus seufzte erleichtert auf und beschloss, sich einen Schlüsselring zu besorgen. Er blickte auf und wollte gerade eben die Hintertreppe hinaufsteigen.

Zwei Männer schälten sich aus den Schatten vor ihm, die Gesichter schwarz verhüllt. Nur um die Augen und Lippen konnte er weiße Haut erkennen. Sein Herz raste, sein Atem ging flach und panisch, kalter Schweiß rann ihm den Rücken hinab. Das hier hatte er von Anfang an befürchtet. Es gab keinen Fluchtweg. Sie versperrten ihm den Weg zurück auf die Straße, und er würde es auf keinen Fall schaffen, die vier Stufen hinaufzusteigen und die Tür aufzusperren, bevor sie ihn zu packen bekamen. In der Ferne hörte Petrus Donnergrollen.

»*Asseblief*, Baas!«, flehte er. »Bitte!«

»Jetzt Herr Geschäftsführer, nicht wahr?«, sagte einer der Männer.

Petrus glaubte, die Stimme wiederzuerkennen, war aber zu sehr von Panik erfüllt, um sie mit einem Gesicht in Verbindung bringen zu können. Er roch die Bierfahne des Mannes. »Was?«, fragte er.

»Hältst du dich jetzt für weiß, weil du der Geschäftsführer bist?«, fragte der Mann.

Petrus war verwirrt. Er sah, dass der andere, der Kleine, Untersetzte, dem ein grüner Kamm aus dem Strumpf ragte, hinter ihn trat. Ihm wurde der Arm nach hinten gerissen und der Ellbogen verdreht. Petrus stellte sich auf die Zehenspitzen, als sein Arm hinter seinem Rücken noch höher gerissen wurde und Schmerz seine Schulter durchzuckte.

Grüner Kamm …

»Kleinbaas Bertie? Sind Sie das?«

»Schlag ihn, Mann, schlag ihn!«, drängte die Stimme in Petrus' Rücken. Er spürte, wie Kleinbaas Bertie seine Haare mit der Faust packte und sein Gesicht nach oben riss. »Er weiß, wie ich heiße. Schlag ihn, Frik!«

»Kleinbaas Frikkie?«, keuchte Petrus entsetzt.

»Sag etwas hiervon, und deine Mutter ist dran. Hast du mich verstanden? Hä? Hast du mich verstanden?«

»Ich habe Sie verstanden, Baas.« Petrus' Stimme war leise.

»Herr Geschäftsführer von Klippiesfontein? Hä? Hä?«, bohrte Kleinbaas Frikkie weiter.

Petrus sah, wie er die Faust über die Schulter hob. Sie hing groß und gefährlich über ihm. Was sollte all dieses Gerede von wegen Geschäftsführer? Wussten sie überhaupt, wer er war? Es war sehr dunkel hier hinter dem Laden.

»Ich bin's, Baas. Petrus. Warum tun Sie das?«

»Ich weiß, wer du bist«, sagte der Kleinbaas.

Kleinbaas Frikkies Faust sauste schnell nach unten, direkt auf Petrus' Gesicht zu. Alles bewegte sich langsam. Er sackte auf die Knie und spürte, wie Kleinbaas Bertie mit ihm nach unten gezogen wurde. Er sah auf, ein letztes Mal, um zu versuchen, an Kleinbaas Frikkies Güte zu appellieren, aber an dem Glitzern in dessen Augen konnte er erkennen, dass da keine war.

Genau wie sein Vater, dachte er. Und alles, weil er das Versprechen seiner Mutter gegenüber nicht gehalten hatte.

Petrus spürte einen dicken Regentropfen auf seine Stirn platschen, dann das Knirschen von Fingerknöcheln an seinem Wangenknochen.

19

Beim Fegen der Veranda fiel Precious auf, dass an diesem Morgen nur drei Männer vor dem Laden standen. Vielleicht war es, wie Oom Marius gesagt hatte: Schließlich würde ihnen langweilig werden, sie würden zu ihrem alten Leben zurückkehren, und die Dinge würden sich wieder normalisieren. Precious wäre dankbar, sollte das geschehen. Diese Männer, die sich an das vergangene Jahrhundert klammerten, als hinge ihr Leben davon ab, verursachten ihr eine Gänsehaut.

Ihre Gedanken huschten zurück zum vergangenen Abend, als Charlie sie in seinem kleinen weißen Auto mit der Aufschrift *Telcom* an der Seite ins Wimpy in Springbok ausgeführt hatte. Sie hatte einen Vanillemilchshake getrunken. Charlie hatte Schokolade bestellt. Die Familien an den anderen Tischen hatten sie angestarrt.

Precious fragte sich, wo Petrus steckte. Sie hatte geklopft, bis ihre Knöchel wund waren, und er war noch immer nicht herausgekommen. Die einzige Erklärung, die ihr einfiel, war, dass er im Lagerraum einen *babbelas* ausschlief und dass er bald aufstehen würde. Zwar hätte sie ihn nicht als Trinker eingeschätzt, aber ihr fielen schon ein paar Witze ein, mit denen sie ihn aufziehen könnte.

Precious sah auf, als der Schulbus an der Kreuzung keuchend zu neuem Leben erwachte und die Straße hinunterfuhr. Wenn Precious schon einmal darüber nachdachte, hatte sie Patty heute Morgen auch nicht in den Bus steigen sehen. *Hauw*, war sie vielleicht hinten und klopfte an der Tür, um ihre Zigaretten zu kaufen? Precious lehnte den Besen in die Verandaecke und stieg die Stufen hinunter. Sie versuchte, die Männer nicht anzusehen, als sie um die Ecke bog und hinter das Haus ging.

Precious erblickte Patty, die am Boden kniete und etwas Dunkles in den Armen wiegte.

»Precious, Gott sei Dank! Geh rein und ruf einen Krankenwagen!«, rief Patty ihr zu, sobald sie sie erblickte.

Precious rührte sich nicht. Sie starrte Pattys Gesicht an. Ein Schmutzfleck quer über dem Kinn. Die Wange mit irgendetwas Rotem verschmiert. Entsetzen in den Augen. Precious begriff nicht, was vor sich ging.

»Precious!«, schrie Patty erneut.

»Ich kann nicht rein. Petrus schläft noch«, sagte sie mit matter Stimme.

»Petrus ist hier!«, rief Patty, und ihre Stimme klang fast hysterisch. Sie blickte auf das schwarze Etwas in ihren Händen und brach in Schluchzen aus.

Precious stürzte auf die kniende Patty zu. Sie sog scharf die Luft ein. In Pattys Händen lag etwas, das aussah, als hätte es einmal ein Kopf sein können: ein Klumpen aus aufgeplatzter Haut, außen braun, innen rosa; Wülste; das entblößte Weiße eines Auges; trockenes, verkrustetes Blut. Ihr Blick schweifte über den restlichen Körper. Die Arme waren darunter geschoben, ein Bein lag in einem unnatürlichen Winkel zum Rumpf, Stoff war zerrissen und voller roter Flecken.

»Petrus?«, sagte Precious mit entsetzter Stimme. In ihren

Ohren herrschte ein Druck, der sie schwindeln ließ. Der Himmel, die Hintertür, die Mauer des Nachbarhauses, alles schien sich zu drehen.

Aus der Ferne hörte sie Schluchzen, und dann rief jemand ihren Namen. Sie schüttelte den Kopf und blickte in Richtung des Geräuschs. Sie wurde sich wieder Pattys Anwesenheit bewusst, und Patty sagte gerade etwas. »Hol mein Handy aus meiner Handtasche und wähl 112! Beeil dich!«

Precious erblickte eine Handtasche, die zwei Meter entfernt lag. Sie ließ sich auf die Knie sinken und kramte darin herum. Als sie das Handy gefunden hatte, klappte sie es auf und wählte die Nummer, die Patty ihr zugebrüllt hatte.

Precious vernahm eine klare Frauenstimme am anderen Ende der Leitung. »Hallo, welchen Notfall haben Sie zu melden? Von wo aus rufen Sie an?«

Summen in den Ohren. Das war das Erste, dessen er sich bewusst wurde. Summen. Unentwegtes Summen. Ein helles Licht hinter seinen Augenlidern. Rote Blitze. Dann brachen die Schmerzen über ihn herein und überschatteten alles andere. Er kam nicht dahinter, wo sie waren. Die Schmerzen. Sie schienen überall zu sein. Besonders, besonders … Petrus gab auf und ließ sich wieder von der Schwärze verschlucken.

Trotz der heißen Sonne, die auf Pattys bloße Arme und Beine niederbrannte, war ihr kalt. Sie starrte dem Krankenwagen nach, ohne eine Regung zu verspüren. Während sie beobachtete, wie er immer kleiner wurde, schien er den ganzen Horror dieses Morgens zu verschlucken. Er hatte Precious verschluckt und war davongefahren. Sie könnte er auch haben, dachte sie. Der Krankenwagen könnte das ganze Elend dieses Morgens aufnehmen und wegfahren und nie mehr wiederkommen.

Sie sehnte sich nach einer Zigarette. Sie sah sich nach ihrer Handtasche um. Sie war nicht da. Zwei Hausfrauen und ein paar Dienstmädchen starrten sie mitleidig an. Frikkie und Bertie waren auch da. Sie schüttelte den Kopf. Herrgott, sie brauchte auf der Stelle eine Zigarette! Wo zum Teufel war ihre Handtasche?

Da fiel Patty wieder ein, dass sie immer noch im Dreck hinter dem Laden lag. In Trance ging sie los. Frikkie kam auf sie zugestürzt. »Alles in Ordnung, Patty?«

Sie schob sich an ihm vorbei und ging weiter, bog um die Ecke.

In der Gasse erblickte sie die Tasche. Als sie nach unten sah, fiel ihr auf, dass ihre Strumpfhose an den Knien zerrissen war und der hautfarbene Nylonstoff in Fetzen an ihren Schienbeinen hinabhing. Da fiel ihr wieder ein, was sie hier gemacht hatte. Sie war auf dem Weg gewesen, sich eine Schachtel Zigaretten zu kaufen, weil sie ihr ausgegangen waren. Verdammt!

Neben ihrer Tasche bemerkte Patty einen silbernen Schlüssel, der im Dreck lag. Es war keiner von ihren. Vielleicht gehörte er Precious oder … oder … Petrus – ihrer Kehle entrang sich ein Schluchzen. Vielleicht war es der Schlüssel zum Laden.

Patty bückte sich, um ihn aufzuheben. Zigaretten, dachte sie triumphierend. Der erste gute Gedanke, der ihr in den Sinn gekommen war, seitdem … seitdem … seitdem … noch ein Schluchzen … seitdem sie Petrus gefunden hatte.

Sie stieg die Hintertreppe hinauf und ließ den Schlüssel ins Schloss gleiten. Er passte. Sie drehte ihn um und hörte, wie das Schloss nachgab. Patty drückte unter Knirschen die Klinke herunter und betrat den Laden. Drinnen war es dunkel, und ihre Augen brauchten eine Weile, bis sie sich daran gewöhnt hatten. Der Geruch von Paraffin und Waschpulver lag in der Luft. Sie durchquerte den Laden und trat hinter den Ladentisch. Als sie die Benson & Hedges fand, nahm sie eine Schachtel aus dem Regal und riss die Plastikverpackung ab. Mit schmutzigen, blutverschmierten Fingern zog sie eine Zigarette heraus und führte sie an den Mund. Ihre Hand zitterte. Feuerzeug? Feuerzeug? Da sah sie eine Ablage voller Feuerzeuge mit vollbusigen Frauen in Badeanzügen. Sie streckte die Hand aus und nahm sich eines, steckte sich die Zigarette an und atmete mit großer Zufriedenheit aus, als sie den Rauch wieder ihre Kehle hochwandern spürte. Sie starrte das Feuerzeug in ihrer Hand an. Der Badeanzug der Frau war verschwunden.

Patty hörte jemanden an der Eingangstür vorne klopfen. Mit einem weiteren Zug von ihrer Zigarette durchquerte sie den Laden, drehte den Schlüssel im Schloss und öffnete. Vor ihr standen zwei Polizisten.

»Sind Sie die erste Person heute Morgen am Tatort gewesen, Ma'am?«, erkundigte sich der Blonde.

Sie nickte. »Treten Sie ein.«

Sein Schädel würde zerbersten. Jeden Moment. Er spürte es. Dabei kam es nicht nur von seinem Kopf. Jedes Mal, wenn er einatmete, durchzuckte ein Schmerz seine Brust. Und seinen Arm. Was war mit seinem Arm los? Warum tat er so weh?

Desinfektionsmittel. Wie im Krankenhaus. Der Geruch erfüllte seine Nasenlöcher. Aber er konnte nichts hören. Kein einziges Geräusch. Die Stille war gespenstisch. Wo war er? Direkt durch seine geschlossenen Augenlider schien grelles Licht. Er drehte den Kopf von der Lichtquelle weg und hatte wieder das Gefühl, als würde er explodieren. Langsam, unter größter Anstrengung, öffnete er die Augen.

Precious! Ihr Gesicht befand sich direkt vor ihm, ihre Augen starrten in seine. Er versuchte zu sprechen, doch aus seiner Kehle drang bloß ein Krächzen.

»Sei still, Bruder«, hörte er ihre süße Stimme. »Du musst dich ausruhen.«

Er tat, was sie ihm befahl. Er schloss die Augen, und diesmal schien da weniger Schmerz zu sein. Precious saß neben ihm. Precious kümmerte sich um ihn. Precious liebte ihn. Er ließ sich von der Dunkelheit und dem Glücksgefühl überwältigen.

Am nächsten Morgen machte Precious sich nicht die Mühe, die Hintertreppe zu benutzen. Trotzig stieg sie vorne hoch und steckte den Schlüssel ins Schloss. Sie drückte die Klinke und trat ein. Vor dem Laden war bloß ein Blockadekämpfer gewesen, aber das war Precious egal. Sie hätte es mit allen von ihnen aufgenommen, wenn sie da gewesen wären. Angst jagten sie ihr keine mehr ein.

Herman, so hieß er, fiel ihr wieder ein. Sie sah zu, wie er das Handy aus der Tasche zog und anfing hineinzusprechen. Ruft Verstärkung, dachte sie höhnisch. Der Feigling konnte es noch nicht einmal mit einem einzelnen Mädchen aufnehmen.

Precious schaltete die Kasse an, bevor sie nach den Hummern sah. »Ja, schaut mich nicht so an«, sagte sie zu den Tieren. »Ich weiß, dass euer Haus schmutzig ist. Ich werde später Charlie anrufen und sehen, ob er Zeit hat, herzukommen und mir zu helfen, okay?«

Sie ging zum Kühlregal, um das Verfallsdatum der Milch zu überprüfen, und entfernte sechs Tetrapaks, bevor sie den Wasserkocher für ihre morgendliche Tasse Tee anstellte. Bis sie wieder am Fenster vorbeiging, hatte sich die ganze Gruppe von ihnen draußen versammelt. Acht, zählte sie. Etwas weiter weg bemerkte sie das Polizeiauto. Ja, ihr Bastarde, dachte sie, jetzt ist es ein bisschen spät.

Zu ihrer Überraschung hörte Precious steifes Klackern von Schritten auf der Treppe. Als sie den Blick hob, sah sie Mrs Joubert durch die Tür kommen.

»Guten Morgen, Precious. Wie geht es Ihnen heute Morgen?«

»Guten Morgen«, murmelte sie, noch nicht ganz bereit für die erste Kundschaft. Sie sollte sich besser daran gewöhnen, dachte sie rasch. Heute Morgen würden recht viele Leute in den Laden kommen, weil sie in allen Einzelheiten hören wollten, was vorgefallen war. Allerdings hatte sie nicht damit gerechnet, dass Mrs Joubert dazugehören würde.

»Was kann ich für Sie tun?«, fragte Precious in ihrem höflichsten Tonfall.

Wieder wurde sie überrascht. Patty stand direkt hinter Mrs Joubert. Precious hatte nicht bemerkt, wie sie hereingekommen war.

»Nein, es geht darum, was wir für Sie tun können, mein Mädchen.« Mrs Joubert sprach mit ihrer nüchternen Stimme.

»Patty und ich sind hier, um Ihnen zu helfen, den Laden zu führen, bis es Petrus oder Hettie besser geht. Einem von beiden. Wir wissen, dass Sie noch eine Arbeit haben, zu der Sie fahren müssen, und wir werden denen da nicht das Vergnügen bereiten zu sehen, dass dieser Laden während der Geschäftszeiten auch nur eine einzige Minute lang geschlossen hat.«

»Wir sind hier, um zu helfen.« Patty lächelte triumphierend. »Was können wir tun?«

Precious sah von einer Frau zur anderen und dann wieder zurück. Dass das hier geschah, war unglaublich. Es war das Letzte auf der Welt, womit sie gerechnet hatte: Verbündete. Aber sie konnte sie ganz bestimmt gebrauchen, entschied sie rasch.

Precious strahlte. »Tja, jemand kann die Liste, die hinter dem Ladentisch liegt, nehmen und die Bestellung für diese Woche per Telefon durchgeben. Und vielleicht kann mir eine von Ihnen dabei helfen, das Hummeraquarium zu reinigen?«

20

Petrus saß aufrecht im Bett. Er versuchte, einen Löffel mit Suppe an den Mund zu führen, aber mit der linken Hand war er ungeschickt und schüttete ihn sich über das Oberteil des neuen Schlafanzugs, den seine Mutter ihm mitgebracht hatte, als sie zu Besuch gekommen war. Frustriert ließ er den Löffel in die Schüssel fallen und wandte den Kopf ab. Er starrte quer durch die Station.

Zwanzig Betten. Zwanzig gebrochene Männer. Messerkämpfe, mehrere Opfer desselben Taxiunfalls, eine Schusswunde, jemand, der von einer Leiter gefallen war. Und er, Petrus, ein dreißigjähriger Mann, der vom Sohn des Mörders seines Vaters zusammengeschlagen worden war. Gipse, Verbände und Nähte zierten die Männer. Manche in Schlafanzügen, manche in ihrer weitesten Alltagskleidung, zwei in nichts außer ihrer Unterwäsche. Er war schon fast fünf Tage im Krankenhaus, sodass er sich an den üblen Geruch nach Desinfektionsmittel vermischt mit ungewaschenen verschwitzen Leibern gewöhnt hatte.

Es gab nicht genug Krankenschwestern auf der Station, um den Patienten beim Baden behilflich zu sein. Wenn also kein Familienmitglied kam und es tat, blieben sie ungewaschen. Die Männer auf der Station erzählten ihm, dass die Krankenschwestern alle in Flugzeugen davonflogen, um in Krankenhäusern in England zu arbeiten. Und die Ärzte auch. Dort verdienten sie mehr Geld. Deshalb waren nicht genug übrig, um die Männer zu waschen. Manche der Männer kamen von weit her. Ihre Familien konnten nicht zu Besuch kommen, und so waren sie seit Wochen nicht mehr gewaschen worden.

In der Ecke war ein Fernseher angebracht, aber er funktionierte nicht. Der Bildschirm flackerte schwarz-weiß. Etliche Männer starrten ihn an. Es war besser, als ins Leere zu starren. Vom Schwesternzimmer in der Nähe drang leise Musik auf die Station.

Petrus vernahm ein steifes, rhythmisches Klackern von Absätzen auf dem kalten Krankenhausboden. Es klang anders als die gummibesohlten Schuhe der Krankenschwestern. Er lauschte noch ein paar Sekunden, bevor er es wiedererkannte: Precious! Mehrere Männer richteten sich in den Betten auf. Sie hatten die Schritte ebenfalls wiedererkannt. Niemand sonst bekam jeden Tag von einer so hübschen Frau Besuch, und das brachte Petrus neidische Blicke ein. Die Männer in Unterwäsche warfen sich ihre schmutzigen Decken über den Unterleib. Petrus beobachtete, wie sich manche mit den Fingern durch die dichten Locken fuhren oder sich den Schlaf aus den Augen rieben. Er brauchte sich nicht zurechtzumachen. Er war schon seit Stunden für sie bereit.

»Guten Abend, Mma«, wurde sie von einem aufmerksamen Männerchor begrüßt, als sie in die Station bog.

»Guten Abend«, sang sie zurück und ging direkt auf Petrus' Bett zu, das letzte neben dem schmutzigen Fenster.

»Oh, Bruder, was ist passiert?«, rief Precious. »Warum blutest du?«

»Es ist nur Tomatensuppe. Mit der rechten Hand in einer Schlinge bin ich tollpatschig.«

»Hier, lass mich dir helfen«, erbot sie sich und trat neben Petrus.

»Ich bin kein Kind, Schwester«, protestierte er.

Precious warf den Kopf zurück und stieß ein Lachen aus, das den Raum erfüllte und die Männer wünschen ließ, sie hätten sich auch mit Tomatensuppe bekleckert.

»Nicht nur Kinder brauchen Hilfe, Bruder«, stellte sie nüchtern fest und brachte einen Löffel Suppe zuerst an ihre eigenen Lippen, um zu fühlen, ob sie kühl genug war. Sie führte die Hand zu Petrus' Mund, und er schlürfte die Suppe vom Löffel.

»Die Schwellungen scheinen heute noch ein wenig mehr zurückgegangen zu sein«, stellte sie fest.

»Ja, Schwester«, erwiderte Petrus. »Mir geht es jeden Tag besser. Der Arzt sagt, morgen kann ich nach Hause.«

»Gestern Abend bin ich nach der Arbeit bei Charlie gewesen. Ich habe seine Mutter kennengelernt. Ich habe ihn gefragt, ob er dich abholen und nach Hause fahren kann.«

Petrus war unzufrieden. Warum ging Precious zu Baas Charlie nach Hause? Warum besuchte sie jetzt Weiße, als wäre sie eine von ihnen, wo sie ihm doch das hier angetan hatten? Selbst wenn es sich um Baas Charlie, selbst wenn es sich nicht um einen von den Schlechten handelte, warum ging sie zu ihm nach Hause?

»Ich werde mit dem Taxi fahren, Schwester.«

»Du wirst mit einer Krücke unter dem Arm, einem Verband um den Kopf und Nähten im ganzen Gesicht mit einem Taxi fahren? Sei nicht dumm, Bruder. Du wirst den anderen

Fahrgästen Angst einjagen. Warum machst du es dir nicht einfach und lässt dich von Charlie fahren? Es bereitet ihm Freude, das für dich zu tun.«

»Ich will Baas Charlie keine Freude bereiten. Ich will mir eine Freude bereiten.«

»Dann tu es mir zuliebe, Bruder? Ich möchte mir nicht vorstellen müssen, wie du ganz allein in dem Taxi Schwierigkeiten hast.«

»Ich werde nicht allein sein. Es werden noch andere Leute dort sein. Du weißt doch, dass in dem Taxi immer andere Leute sind.«

»Das meine ich nicht, und das weißt du. Ich möchte nicht, dass du so mühsam nach Hause kommst, ohne ein freundliches Gesicht neben dir. Ich habe versucht, mir freizunehmen, aber es ist Ende des Monats, und die Mehrwertsteuererkärung muss morgen eingereicht werden …«

»Die Gesichter im Taxi werden freundlich genug sein.«

»Bitte! Tu's für mich! Sonst bekomme ich heute Nacht kein Auge zu.«

Petrus wollte nicht nachgeben. Er wollte es wirklich, wirklich nicht, und er tat sein Bestes, um seinen Kopf am Nicken zu hindern, der aber tat es trotzdem. Petrus seufzte. Was sollte er noch sagen, nachdem ihn sein Kopf soeben verraten hatte?

Precious lächelte. Sie senkte den Blick auf ihren Schoß und spielte an der Schnalle ihrer kleinen weißen Handtasche herum. Sie schien nicht zu wissen, was sie sagen sollte.

»Wie läuft's im Laden, Schwester?«

»Gut. Ich arbeite vormittags, und nach dem Mittagessen wechseln sich Mrs Joubert und Patty damit ab, den Laden zu führen. Sie sind allmählich sogar ziemlich gut darin, und das Geschäft scheint ein bisschen besser zu laufen.«

Petrus lächelte. »Wie ich sehe, benötigt man drei Frauen, um die Arbeit eines Mannes zu erledigen?«

»Hey, werd bloß nicht frech!«, neckte sie zurück.

»Es wird gut sein, wieder zur Arbeit zu gehen«, sagte Petrus, der wieder schwermütiger wurde.

Precious' Miene wurde ernst. »Nein, Bruder, du kannst nicht wieder arbeiten kommen. Du musst dich schonen.«

»Was soll ich zu Hause machen? Ich bin es nicht gewöhnt, wie eine alte Frau herumzusitzen.«

»Baas Marius sagt, du musst zu Hause bleiben, solange es nötig ist.«

»Ist er hier gewesen, Precious? Ist er den ganzen Weg von Kapstadt hergefahren, um mich zu besuchen, oder habe ich es nur geträumt?«

»Nein, Bruder. Er ist hier gewesen, aber du warst nicht ganz bei Bewusstsein. Er wollte den Laden endgültig dichtmachen. Er wollte seine Schrotflinte holen und alle Männer draußen erschießen. Aber Mrs Joubert, die wusste, dass er das machen wollen würde, also hat sie seine Schrotflinte mit nach Hause genommen, bevor er in Klippiesfontein eintraf. Sie hat ihm gesagt, dass er diesen Männern gegenüber nicht nachgeben darf. Dass das keiner von uns tun sollte.«

»Er ist den ganzen Weg wegen mir hergekommen?«

»Na ja, in gewisser Weise bist du wegen ihm zusammengeschlagen worden, nicht wahr?«

Petrus nickte feierlich. »Wie geht es Missies Hettie?«

»Ich glaube, es geht ihr nicht gut, aber Baas Marius sagt

nichts mehr. Aber ich kann es von seinem Gesicht ablesen. Ich glaube, er hat die Hoffnung aufgegeben.«

»Dann müssen wir zu Gott beten, Schwester, dass er Baas Marius die Hoffnung wiedergibt, denn ohne Hoffnung sind wir nichts. Dann sind wir bloß wie die Tiere.«

»Ja, Bruder, wir müssen beten.«

Petrus saß auf dem Vordersitz von Baas Charlies Auto. Dem mit der Aufschrift *Telcom* auf der Tür. Petrus hatte Baas Charlies Auto schon immer bewundert und sich gedacht, dass er gern darin fahren würde. Doch das war, bevor Baas Charlie mit seinem schicken Handy und seinem Internet und seiner weißen Haut und all seinem Geld anfing, Precious jeden Tag im Laden zu besuchen. Bevor Precious zu Baas Charlie nach Hause gefahren war und seine Mutter kennengelernt hatte. Jetzt wollte Petrus nicht mehr in seinem Auto fahren. Jetzt wollte er mit all den anderen Männern aus der Township Taxi fahren.

Und heute hatte Baas Charlie beschlossen, Petrus gegenüber sehr gesprächig zu sein, wahrscheinlich weil Precious bei ihrer anderen Arbeit war und er nicht ihr gegenüber gesprächig sein konnte. Doch Petrus hatte seine Entscheidung getroffen, und er würde dabei bleiben. Niemand würde ihn umstimmen. Nicht Baas Charlie, nicht Mrs Joubert, nicht Baas Marius, noch nicht einmal Precious.

»Ist die Polizei bei dir gewesen?«, fragte Baas Charlie.

Petrus nickte.

»Hast du ihnen sagen können, wer dir das angetan hat?«

Petrus schüttelte den Kopf.

»Weißt du, wer dich zusammengeschlagen hat, Petrus?«

Er schüttelte den Kopf.

»Wirst du denn überhaupt nicht mit mir sprechen?«

Wieder schüttelte Petrus den Kopf.

»Woher soll ich dann wissen, wo ich dich absetzen soll?«

Petrus zuckte die Schultern.

»Ist es überhaupt sicher, wenn ich in die Township fahre? Ich bin nämlich noch nie dort gewesen.«

Petrus war es leid, die ganze Zeit für Baas Charlie zu nicken und den Kopf zu schütteln. Er wandte das Gesicht ab und starrte aus dem Fenster.

Charlie bog nach links in die Straße ein, die zur Township Rifilwe führte. Er war schon viele Male auf dem Weg zu einem Kundentermin in Prieska daran vorbeigefahren. Alles, was man von der Straße aus sehen konnte, waren eine Reihe von Blauem Eukalyptus und dahinter ein paar Farbkleckse: rot von einem Ziegeldach, blau von einer Plastikplane, die jemandem als Wand für seine Hütte diente, gelb von einem Wassereimer auf dem Kopf eines kleinen Mädchens. Er wusste, dass sie arm waren. Er wusste, dass sie im Dreck lebten. Aber er hatte es noch nie aus der Nähe gesehen.

Auf einmal schoss Petrus' heiler Arm aus seinem Schoß hoch und wies nach links.

»Biege ich hier links ab?«

Petrus nickte.

Er konzentrierte sich ganz auf die Straße. Das musste er. Überall waren Schlaglöcher. Zum Teufel, manche von ihnen würden regelrecht als Krater durchgehen. Es galt, Hühnern auszuweichen, und neben dem Auto rannten Kinder mit, die ihre hohlen Hände an sein Fenster hielten. »Süßes, Süßes!«, riefen sie. Charlie kurbelte das Fenster herunter und roch Holzfeuer, ein tröstlicher Geruch. Es war später Nachmittag, und die Leuten fingen wohl an, Abendessen zu kochen.

Er fuhr an mehreren behelfsmäßigen Läden vorbei, quadratischen Gestellen aus Akazienflechtwerk, einem Stück Blech als Ladentisch und einem Wellblechdach, auf das die Sonne selbst zu dieser späten Stunde gnadenlos niederknallte. Einer verkaufte lebendige Hühner, alle in einem selbstgemachten Drahtkäfig zusammengepfercht, für die Kochtöpfe der Glücklichen bestimmt, die sich etwas Fleisch leisten konnten.

Am nächsten Verschlag sah Charlie eine Frau, die sich um zwei Teenager kümmerte. *Handy-Guthaben* stand auf dem Schild, das per Hand auf die Seite eines alten Kartons gekritzelt war. Sie half einem der Jungen, sein Handy aufzuladen. Der nächste Stand verkaufte welkes, schwitzendes Gemüse: Tomaten, Kohl, Zwiebeln, Spinat. Charlie kam an einer improvisierten Autowaschanlage vorbei – ein Auto stand unter dem Stand aus Flechtwerk und Wellblech, die Türen offen, während zwei Männer die Scheiben ausgiebig mit knallgelben Lappen putzten. In der Nähe, auf einem abgesägten Baumstumpf, stand ein Ghettoblaster, aus dem laute Musik dröhnte.

Er spürte eine Hand an der Schulter. Er sah zu Petrus, der nach rechts deutete.

»Hier lang?«, fragte er, und sein Mitfahrer nickte.

Als er rechts einbog, fuhr er an der Grundschule vorbei – einem langen, einstöckigen Gebäude mit einbruchsicheren Gittern an den Fenstern. Ihm fiel auf, dass die letzten beiden Klassenzimmer am Ende des Gebäudes ausgebrannt waren. »Hat es in der Schule gebrannt?«, fragte er.

Petrus zuckte mit den Schultern.

Er fuhr die Straße entlang, an einer Reihe winziger Häuser vorbei, die alle völlig gleich aussahen, abgesehen von den Verzierungen draußen. Bei einem waren Rosen auf die Haustür gemalt worden. Beim nächsten waren die Tür und die Fensterrahmen türkisfarben. Eines hatte zwei Rosensträucher zu beiden Seiten der Tür. Allerdings war da kein Rasen. Bloß trockener, roter Lehm und dann auf einmal zwei blühende gelbe Rosensträucher. Und ein an einen Pfosten geketteter Hund, ohne ein Anzeichen von einem Dach oder einem Tropfen Wasser für das arme Tier. Hier und dort wuchs ein spindeldürrer Baum und warf seinen jämmerlichen Schatten auf die rote Erde. Ein Kleinkind spielte im Freien, ohne die geringste Kleidung, abgesehen von der traditionellen Perlenkette um seine dicke kleine Taille.

Endlich hob Petrus die Hand.

»Hier drüben?«, fragte Charlie.

Petrus nickte.

Er hielt den Wagen an. Petrus machte die Tür auf und stieg aus, dann beugte er sich über den Beifahrersitz, um nach seiner Krücke und der Plastiktüte mit seiner Schmutzwäsche zu greifen.

»Schaffst du es gut ins Haus?« Charlie blinzelte durch die offene Beifahrertür in die Sonne.

Petrus nickte. Dann bückte er sich tief und sah Charlie in die Augen. Er hob die linke Hand und berührte die Stirn.

»Du wirst doch wegen dem, was diese Männer dir angetan haben, nicht wieder dazu übergehen, nicht zu sprechen, oder?«, fragte Charlie.

Petrus zuckte die Schultern und warf die Tür zu. Charlie

sah zu, wie er es mühsam in seinen Vorgarten schaffte, die Krücke unter dem linken Arm, während er mit der rechten Hand seine Plastiktüte umklammerte. Die Haustür ging auf, und eine zerzauste Frau erschien. Er beobachtete, wie sie auf Petrus zustürzte und die Arme um ihn schlang.

Charlie ließ den Wagen an und fuhr los.

21

Die drei Frauen kamen nach ihrer x-ten Pause draußen auf der Hintertreppe wieder in den Laden. Precious kochte jeder eine Tasse dampfenden Tee, den sie in ihrer geselligen Ecke neben dem summenden Hummertank, hinter dem Pappaufsteller verborgen, trinken konnten.

Im Vorübergehen warf Precious einen Blick auf den Zeitschriftenständer. Keine war mehr aktuell. Abgesehen von Lennys wöchentlicher Zeitschrift mit nackten Mädchen hatten sie aufgehört, neue Zeitschriften zu bestellen. »Wer fühlt sich einem Test gewachsen, meine Damen?«, fragte sie und nahm den *Cosmo* vom letzten Monat aus dem Ständer.

Mrs Jouberts und Pattys Interesse war sofort geweckt. Schwierig war das längst nicht mehr. Eine Ameise, die den Boden überquerte, schaffte es, so gewaltig war die Langeweile in dem Laden.

»Was für ein Test?«, fragte Mrs Joubert, die sich gerade mit ihrem dicken Buch auf dem Schoß niedergelassen hatte.

»*Sind Sie wirklich verliebt, oder können Sie nur nicht loslassen? Machen Sie unseren Test und finden Sie es heraus*«, las Precious laut vom Cover ab.

Patty sah weg. »Das wäre Mrs J gegenüber ja wohl kaum fair, oder?«

»Nein, ich bin mit von der Partie«, erklärte Mrs Joubert. »Wenn ich noch eine Seite von diesem stumpfsinnigen Buch lese, gehe ich die Wände hoch. Ich darf nicht vergessen, am Montag ein anderes mitzubringen.« Sie klappte das Buch zu und sah Precious erwartungsvoll an.

»Machen Sie mit, Patty?«, fragte Precious.

»Ach, ich weiß nicht«, sagte die und warf sich die blonden Haare über die Schulter. »Diese Tests sind so albern. Es kommt nie etwas Wissenswertes dabei heraus. Vielleicht gehe ich bloß auf eine Zigarette nach draußen.« Sie machte Anstalten, von ihrem Stuhl aufzustehen.

»Kommen Sie schon. Nur zum Spaß«, drängte Precious.

Die alternde Blondine ließ sich mit einem Schulterzucken zurück auf den Stuhl sinken. Sie brachte die linke Hand dicht ans Gesicht, um ihre Nagelhäute zu inspizieren.

»Na schön, wo ist ein Stift, damit ich die Antworten aufschreiben kann?«, fragte Precious, die sich über ihre vorübergehende Moderatorinnenrolle freute. »Bereit?«

Ihr zweiköpfiges Publikum nickte.

Precious war dankbar gewesen, als sie sich von der Hintertreppe in der gnadenlosen Sonne erhoben, wo sie Patty dabei zugesehen hatten, wie sie eine Zigarette nach der anderen rauchte. Das dunkle Ladeninnere war viel kühler. Der Deckenventilator surrte rhythmisch und bewegte die ansonsten stehende Luft hauchweise.

Die Nachmittage waren am schlimmsten. Jeder einzelne schien sich mindestens eine Woche lang hinzuziehen. Vormittags hatten sie den Boden zu kehren, Regale abzustauben, Wechselgeld zu zählen, Zahlen in die Bücher einzutragen, Verfallsdaten zu überprüfen und neue Bestellungen aufzuschreiben. Dankbar um die Hektik führte jede der Frauen ihre Aufgaben äußerst sorgfältig aus und schob die vor ihnen liegende unvermeidliche Eintönigkeit so lange wie möglich hinaus.

Ja, man benötigte keine drei Frauen, um in einem Laden zu bedienen, den etwa ein Dutzend Kunden am Tag besuchten. Doch es war nicht das Bedienen der Kundschaft, das sie dort hielt, das sie jeden Tag zurückkommen ließ, tagein, tagaus, sodass sie an der Langeweile schier erstickten. Das war Precious nur allzu klar. Es ging nicht um das Geld, das sie für Baas Marius verdienten – die Einnahmen waren so dürftig, dass es wahrscheinlich profitabler gewesen wäre, den Laden gar nicht erst aufzumachen. Nein, sie hielten den Laden als Zeichen des Widerstands geöffnet – es war ihre Art, jener Reihe von Männern mit ihrer Khakikleidung und den sonnenverbrannten Gesichtern vor dem Geschäft eine Botschaft zukommen zu lassen. Sie hielten ihn geöffnet, damit die vereinzelte Kundschaft, die wiederum eine Botschaft senden wollte, hereinkommen konnte. Sie hielten ihn als Solidaritätsbekundung geöffnet.

Manchmal, allerdings nicht sonderlich oft, dachte Precious, die ganze Langeweile wäre ein ziemlich hoher Preis für diese sogenannte Solidarität. Ja, sie gestand es ein, es gab Gelegenheiten, mitten an einem endlosen Nachmittag, wenn sie Zweifel an ihrer Sache hegte. Wenn sie dachte, wie viel besser es wäre, mit ihren Freundinnen durch die Straßen von Rifilwe zu spazieren oder neben Charlie in seinem kleinen weißen Auto zu sitzen, das Radio an, oder sogar, eine Mahlzeit für ihre Brüder zu kochen, anstatt hier in dem vermaledeiten Laden zu sitzen. Doch sobald sie sich so fühlte, sobald ihr diese verräterischen Gedanken in den Sinn kamen, zwang sie sich auf der Stelle, sich Petrus' geschundenen Körper, der an dem Tag draußen im Staub gelegen hatte, ins Gedächtnis zu rufen, an Missies Hettie zu denken, die in einem kahlen Krankenhaus in Kapstadt um ihr Leben kämpfte, an Baas Marius, so hilflos an ihrer Seite, und sobald sie daran dachte, verzogen sich der Zweifel und das Verlangen aufzugeben voller Scham aus ihrem Kopf.

Dass sie nicht gegen die Langeweile ankamen, lag nicht daran, dass sie es nicht versucht hätten oder fantasielos gewesen wären. Nein, jeden Tag kam mindestens eine von ihnen mit einer neuen Idee in den Laden, wie man gegen die endlosen Stunden ankämpfen könnte. Mrs Joubert hatte ein altes Monopolyspiel mitgebracht. Patty hatte den anderen beiden Gesichtsbehandlungen angedeihen lassen, obwohl sie zugab, dass sie keine Ahnung hatte, wie man eine schwarze Frau schminkte. Precious spielte Musik im Radio und versuchte Patty beizubringen, im *kwaito*-Stil zu tanzen. Mrs Joubert lachte nur sanft und schüttelte den Kopf, als die beiden sie aufforderten mitzumachen, und sagte, sie sei zu alt.

»Das hier steht darüber«, fing Precious an und las von der Zeitschriftenseite ab. »*Sicher hegen Sie Gefühle für Ihren Mann, aber ist Ihre Bindung echte Liebe? Machen Sie diesen Test, um es herauszufinden.*«

Sie wurde von einem lauten Seufzen unterbrochen. Ohne hinzusehen, wusste sie, dass es von Patty gekommen war. Sie las weiter. »Erste Frage: *Was ist schlimmer? Allein zu sein oder mit einem Kerl zusammen zu sein, zu dem man überhaupt nicht passt?*« Sie blickte auf.

»Das zweite«, sagte Mrs Joubert.

Precious kritzelte ihre Antwort auf die Seite. »Patty?«

»Eigentlich, allein zu sein.« Sie lächelte matt. »Ich bin noch nie sonderlich gut darin gewesen.«

»Okay, Frage zwei: *Wenn die Leute sagen ›Wie geht es deinem Märchenprinzen?‹ oder ›Himmel, ich wünschte ich könnte einen Typen treffen, der so toll wie deiner ist‹, reagieren Sie, (A) indem sie das Thema wechseln oder (B) indem Sie erröten und insgeheim zustimmen?*«

»Wieder das Zweite«, antwortete Mrs Joubert.

Patty sah traurig aus. »Ich bin mir nicht sicher, ob jemals jemand so etwas über Shawn gesagt hat. Es ist ja nicht so, als wäre er ein schlechter Mensch oder so was. Es ist bloß so, dass ihn keiner so kennt, wie ich es tue …« Ihre Stimme verlor sich.

»Man muss sich für eine Antwort entscheiden. A oder B?«, fragte Precious.

»Dann die erste. Ich würde wohl das Thema wechseln.«

Precious schrieb die Antwort auf.

»Und du?«, fragte Patty. »Komm schon, wir werden den Test nicht alleine machen.«

»Ich hab keinen Freund«, erwiderte Precious.

»Vielleicht nicht offiziell, aber es muss doch jemanden geben, den du magst. Warum sonst hast du diesen Test machen wollen?«

Rasch senkte Precious wieder den Blick auf die Seite auf ihrem Schoß. »Frage drei«, verkündete sie.

»Nein, nein, nein«, widersprach Patty. »So leicht kommst du nicht davon. Für welche von diesen Antworten entscheidest du dich? A oder B?«

»Dann eben B«, sagte sie, dankbar dass keine der anderen

beiden Frauen sie unter ihrer dunklen Haut erröten sehen konnte.

»Und wer ist es?«, fragte Patty in säuselndem Tonfall.

Precious hielt den Blick gesenkt. »Niemand. Ich kann noch nichts sagen. Ich bin mir noch nicht einmal sicher, ob er mich mag.«

Mrs Joubert ergriff das Wort. »Wie lautet die nächste Frage?«

»*Würden Sie Ihrem Mann gegenüber genauso empfinden, wenn er auf einmal seinen Job oder seine Haare verlieren würde?*«

»Natürlich würde ich das!« Mrs Joubert griff nach ihrer Tasse Tee, die auf dem umgedrehten Getränkekasten stand, und trank einen Schluck. »Mein Mann hatte von Anfang an so gut wie keine Haare, und das war mir immer völlig gleich.«

Patty lachte. »Und meiner hat keinen Job, und ich muss schon sagen, dass es ein heikles Thema zwischen uns ist. Ich glaube, ich würde Shawn gegenüber bestimmt anders empfinden, wenn er einen Job hätte.«

Precious schrieb die Antworten auf.

»Und du, *Missy*? Versuch ja nicht, dich vor der hier zu drücken!«

»Tja«, fing Precious langsam an, »mein *Kerl* hat sowohl Haare als auch einen Job, aber ich glaube nicht, dass es für mich einen Unterschied machen würde, wenn er das eine oder das andere verlieren würde.«

»Und was ist mit beidem?« Mrs Joubert lächelte.

»Ja«, fiel Patty mit ein. »Und wenn ein glatzköpfiger Taugenichts aus ihm werden würde? Wie würdest du ihm gegenüber dann empfinden?«

»Genau wie jetzt … glaube ich.«

»Hört sich für mich nach wahrer Liebe an«, neckte Patty. »Komm schon, raus mit der Sprache. Wer ist der Glückspilz?«

»Ich habe es Ihnen doch gesagt, es ist im Grunde nichts. Bloß eine kleine Schulmädchenschwärmerei. Machen wir weiter.« Precious senkte erneut den Blick. »*Beschönigen Sie jemals, wenn Sie sich mit Ihren Freundinnen über Ihren Mann unterhalten? (A) Es besteht kein Grund, ihn besser klingen zu lassen, als er schon ist, oder (B) Ja, manchmal verschweigen Sie unschöne Dinge, die er gesagt hat, oder lassen es sich nicht anmerken, wenn Sie sauer auf ihn sind.*« Precious sah Mrs Joubert direkt an. »Ich weiß, wofür Sie sich entscheiden werden.«

»Was soll ich sagen?« Mrs Joubert zuckte die Achseln. »Ich hatte einen guten Ehemann. Ich musste nie Dinge verschweigen, die er gesagt oder getan hat.«

»Stimmt das wirklich?« Patty wandte sich ihr brüsk zu. »Alle Ehen haben ihre Höhen und Tiefen. Behaupten Sie das alles nicht nur, weil sie nun schon so lange verwitwet sind und sich nur an die guten Dinge erinnern können?«

Mrs Joubert trank noch einen Schluck von ihrem Tee. »Das ist wohl auch wahr. Sie haben recht, Patty. Wenn Mark jetzt hier bei mir wäre, gäbe es bestimmt ärgerliche Einzelheiten, mit denen ich umzugehen hätte. Aber ich habe nur mein Gedächtnis, das ist der einzige Ort, an dem ich meine Antworten finden kann. Es tut mir leid, wenn Sie das Gefühl haben, dass ich ein bisschen prahlerisch bin.«

»Ich finde nicht, dass sie ein bisschen irgendwas sind, Mrs J. Ich bin wohl bloß ein wenig neidisch, weil ich mir nicht sicher bin, ob ich Shawn gegenüber genauso empfinden würde, wenn er sich auf einmal dazu entscheiden würde, tot umzufallen.«

Weder Precious noch Mrs Joubert wusste, wie sie darauf reagieren sollte. Genau wie allen anderen waren ihnen die Bemerkungen über Shawn zu Ohren gekommen, und obwohl sich keine der Frauen, ob jung oder alt, am Klatsch beteiligte, wussten sie doch, dass sehr oft ein Körnchen Wahrheit dahintersteckte.

Precious las sich die nächste Frage leise durch: *Wenn Ihr Mann morgen Schluss machen will, was würden Sie am meisten bedauern? (A) Sie haben eine Zeitspanne Ihres Lebens vergeudet, statt mit jemand anderem zusammen zu sein und sich eine Zukunft aufzubauen. (B) Sie werden ihn nie mehr riechen können, von ihm gehalten werden, sein Lachen hören.*

Sie wusste, welche Antwort sie ankreuzen würde. Sie wusste, welche Antwort Mrs Joubert bezüglich Mark geben würde, und zu Pattys Unglück wusste sie auch, was diese über Shawn sagen müsste. Ein Samstagnachmittag wie dieser war nicht die rechte Zeit, um jemanden mit der Nase auf Dinge zu stoßen, an denen er nichts ändern konnte, entschied Precious. Entschlossen schlug sie die Zeitschrift zu und blickte auf. »Es sind immer die gleichen Fragen. Warum gehen wir nicht nach draußen, ein bisschen frische Luft schnappen?«

Mrs Joubert sah Precious in die Augen und nickte kaum merklich. Frisch war nicht die Art, wie sie die träge Woge warmer Luft beschreiben würde, die sie auf der Hintertreppe erwartete. Frisch war nicht gerade das Wort, um irgendetwas an der freien Luft in Klippiesfontein zu beschreiben. Doch im Moment würde es reichen – solange es Patty half, diesem Test über die wahre Liebe den Rücken zu kehren.

Die drei Frauen erhoben sich und gingen auf die Hintertür zu. Alles war still, abgesehen vom Surren des Deckenventilators. Auf dem Weg nach draußen warf Precious die Zeitschrift in den Abfalleimer hinter dem Ladentisch.

22

Es war Samstagnachmittag, und durch die Hintertür kam nur sehr wenig Kundschaft. Sehr wenig. Zwei Kinder hatten sich ein Eis gekauft. Lenny war wegen eines Sixpacks Bier da gewesen. Er hatte nervös vorne gestanden und an verschiedenen Gegenständen herumgefingert, die auf dem Ladentisch lagen, den Blick zu Boden gerichtet. Endlich war Mrs Joubert eingefallen, was er wollte. »Ach ja! Der Lieferant hat eine Zeitschrift für Sie mitgebracht. Warten Sie darauf?«

Lenny nickte, wagte aber nicht, ihr in die Augen zu sehen. Sie ging nach hinten und kam mit einer in Plastik verschweißten Zeitschrift mit einer barbusigen Frau auf dem Cover zurück. Sie schob die Zeitschrift, mit dem Cover nach unten, über den Ladentisch.

»Danke«, murmelte Lenny und schob ihr das Geld zu. »Das Wechselgeld können Sie behalten.« Dann eilte er nach draußen.

Die drei Frauen saßen da und starrten auf die Karten in ihren Händen. Mrs Joubert brachte ihnen bei, Rommé zu spielen, doch die Partie war zum Stillstand gekommen, da die Hitze ihr Interesse zum Erliegen brachte. Das einzige Geräusch im Laden war das Surren der Ventilatorenblätter und eine dicke, träge Fliege, die immer wieder gegen eines der Fenster stieß. Tröstlich war nur, dass sie sich wenigstens drinnen befanden, nicht in der Sonne, und sich Eiswürfel aus der Tiefkühltruhe holen konnten, um sich damit über die Stirn und den Nacken zu fahren, während die Männer draußen lauwarme Getränke tranken und nur ihre eigene lausige Gesellschaft ohne den geringsten Schatten hatten.

»Schicken Sie das schwarze Mädchen nach Hause, und wir machen Schluss für heute«, hatte Oom Hans zuvor mit Mrs Joubert zu verhandeln versucht, als sie die Vordertreppe hochgestiegen war. »Dann kann alles wieder seinen normalen Gang gehen.«

»Niemals!«, entgegnete Mrs Joubert und stapfte geradewegs an ihm vorbei.

»Wissen Sie, Frau, eines Tages …«, rief er ihr hinterher.

Sie wirbelte zu ihm herum. »Eines Tages was, Hans? Werden Sie auch mir einen Ihrer Neandertaler hinterherschicken?«

Er blieb ihr eine Antwort schuldig.

Auf dem Weg in den Laden klackerten ihre Absätze steif auf der Veranda.

Auf einmal vernahmen die drei Frauen ein lautes Scheppern auf der Hintertreppe. Gleichzeitig hoben sie den Blick und sahen quer durch den Raum zur Hintertür. Sie wurde aufgerissen, und dort, im Türrahmen, im Sonnenschein, der von hinten hereinstrahlte, stand Petrus, auf seine Krücke gestützt.

Patty gab vor Schreck ein leises Kreischen von sich.

»*Mfowethu, ufuna ntoni*?«, fragte Precious in Xhosa – Bruder, was willst du?

Petrus nickte der kleinen Runde zu und kam mühsam in den Laden, wobei seine Krücke über die Holzdielen klapperte. Die Frauen standen aufrecht da, starrten ihn an, mit offenen Mündern. Unbeholfen machte er sich auf den Weg zum Ladentisch. Auf die Krücke gestützt holte er das Bestellbuch aus dem Fach darunter, schlug es auf und fuhr mit dem Finger die Liste herunter. Er drückte auf eine Taste an der Kasse, und sie sprang mit einem Klingeln auf. Dann machte er sich daran, den Inhalt zu zählen.

»Petrus«, sagte Mrs Joubert behutsam. »Oom Marius erwartet Sie noch nicht wieder in der Arbeit zurück. Das wissen Sie, nicht wahr?«

Petrus blickte zu ihr auf und nickte. Dann richtete er die Aufmerksamkeit wieder auf die Kasse und fing von Neuem an, die Zwanzig-Rand-Scheine zu zählen.

»Möchtest … möchtest du … möchtest du etwas zu trinken?«, versuchte es Patty.

Petrus schüttelte den Kopf.

Mrs Joubert wandte sich Precious zu und sprach mit gedämpfter Stimme. »Ich glaube, er ist wieder zum Stummsein übergegangen. Warum gehen Sie nicht zu ihm und reden mit ihm?«

Precious und Petrus saßen hinter dem Waschmittelaufsteller neben dem sanft summenden Hummeraquarium. Drei der Hummer kletterten gerade über den vierten, der in einer Ecke lag.

»Sag mir zuerst einmal, Bruder, warum du wieder zur Arbeit gekommen bist?«

»Baas Marius hat mir die Verantwortung übertragen.«

»Ja, das hat er. Aber du bist nicht gesund, und wir haben hier alles unter Kontrolle. Baas Marius erwartet, dass du zu Hause bleibst und dich erholst.«

Petrus zuckte mit den Schultern. »Was soll ich sagen, Schwester?«

»Sag einfach, was los ist.«

Petrus' Mundwinkel zuckten nach oben, und Precious sah ihm an, dass er versuchte, sein Gesicht unter Kontrolle zu bringen. »Lächelst du, Bruder?«

Petrus senkte den Blick und schüttelte den Kopf, aber das hinderte seine Lippen nicht daran, sich zu seinem vollen Lächeln zu verziehen. »Ich arbeite nun seit zweiundzwanzig Jahren für Baas Marius, und das Einzige, was ich im Leben sicher weiß, ist, dass ich mindestens noch einmal zweiundzwanzig Jahre für ihn arbeiten werde. Aber ich hätte nie gedacht, noch nicht einmal in meinen wildesten Träumen, dass ich als Geschäftsführer für ihn arbeiten würde. Geschäftsführer, Schwester. Ist das zu fassen? Und Geschäftsführer, die liegen nicht faul zu Hause herum.«

»Niemand sagt, du sollst faul zu Hause herumliegen, aber wäre es nicht besser, wenn du dir ein wenig freinimmst, damit dein Körper genesen kann?«

»Mein Körper wird hier im Laden ganz genauso schnell genesen wie zu Hause.«

»Meinst du, du bekommst keinen Lohn, solange du nicht in der Arbeit bist?«

»Ich weiß, dass ich meinen Lohn bekommen werde. Wegen des Geldes bin ich nicht hier.«

»Na schön, dann bleib. Ich werde dir einen Stuhl vor den Ladentisch stellen, und der Herr Geschäftsführer kann uns von dort aus unterweisen. Okay?«

Er lächelte immer noch. Ein wenig scheuer. Er nickte.

»Ich habe nur eine Frage an dich, Bruder. Warum hast du

aufgehört, mit Weißen zu reden? Charlie hat mir gesagt, du hast die ganze Rückfahrt vom Krankenhaus kein einziges Wort gesagt, und gerade eben wolltest du nicht mit Mrs Joubert und Patty reden. Inwiefern wird dir das deiner Meinung nach helfen?«

»Du würdest es nicht verstehen.«

»Probier's. Ich verstehe vieles.«

»Baas Marius hat mich den Laden führen lassen, weil ich mit ihm geredet habe, ja?«

Precious nickte.

»Die Männer da draußen, sie sind hergekommen, weil ich den Laden geführt habe. Dann haben sie mich zusammengeschlagen, Schwester, weil ich den Laden geführt habe. Das alles, weil ich den Mund aufgemacht habe. Bevor ich etwas gesagt habe, hatte ich nie Schwierigkeiten, und jetzt sieh nur, wie viele Probleme es in meinem Leben gibt.«

»Oh, Bruder, so darfst du nicht denken. Das führt nirgendwohin.«

»Nirgendwo ist besser, als wo ich jetzt bin.« Mit einer ausholenden Bewegung mit dem heilen Arm wies Petrus auf seinen ramponierten Körper. »Ich habe meinen Entschluss gefasst, und ich möchte nicht, dass du versuchst, ihn mir auszureden.«

»Aber wie kannst du Geschäftsführer sein und nicht reden? Wie soll das funktionieren?«

»Ich habe keine Antwort für dich, Schwester. Ich weiß nur, dass es so sein muss.«

Den restlichen Tag über saß Petrus auf seinem Stuhl vor dem Ladentisch und beobachtete das Treiben im Laden. Selbst wenn es sich nur um Frauen handelte, dachte er, waren drei ein bisschen viel für die paar Aufgaben, die anfielen. Er hätte eine oder sogar zwei nach Hause schicken können, da er nun Geschäftsführer war. Doch weil er nicht redete, konnte er seine Wünsche im Grunde nicht mitteilen, außer natürlich Precious gegenüber. Und *die* würde er gewiss nicht nach Hause schicken.

Precious ging auf die Veranda hinaus und putzte die Fenster. Missies Patty stand hinter dem Ladentisch und bediente die wenigen Kunden, die vorbeischauten, und Mrs Joubert saß beim Hummeraquarium und strickte. Als Geschäftsführer hätte er ihr gern gesagt, dass das, was sie da machte, keine Arbeit war, aber das ging wiederum nicht, weil er nicht redete. Und selbst wenn er reden würde, glaubte er eigentlich nicht, dass Mrs Joubert auf ihn hören würde, also war er irgendwie auch insgeheim erleichtert, dass er sie nicht zurechtweisen musste. Wenn er einmal ganz ehrlich war, musste er zugeben, dass er immer noch ein wenig Angst vor ihr hatte, obwohl er jetzt Geschäftsführer war. Ja, so gut wie jeder in Klippiesfontein hatte ein wenig Angst vor Mrs Joubert, malte Petrus sich aus. Wahrscheinlich sogar Baas Marius.

Als die Sonne in Richtung des Horizonts hinabkroch und die Hitze des Tages ihre Krallen verlor, atmeten die Anwesenden im Laden gemeinsam erleichtert auf. Der Ladenschluss rückte näher, und Petrus' Hintern tat jede Minute mehr weh. Ja, allmählich wurde er taub. Ein Mann konnte nicht endlos still sitzen und nichts tun, ohne dass sich sein Hintern beschwerte, und Petrus hatte diesen Punkt erreicht.

Er sah zu, wie die drei Frauen alles fertigmachten, um den Laden bis Montagmorgen zu schließen. Patty zählte das Geld in der Kasse und schrieb den Betrag in Baas Marius' schwarzes Buch. Mrs Joubert schrieb Wörter in das Bestellbuch, und Precious wechselte den schwarzen Plastiksack im Mülleimer aus. Dann ging sie nach hinten, um den Hummern etwas Futter kleinzuhacken. Den Sack voller Müll ließ sie auf dem Boden liegen.

Petrus ertrug es keine Sekunde länger, sitzen zu bleiben. Er bückte sich und packte seine Krücke. Dann klemmte er sie sich unter den Arm und humpelte zu dem sich wölbenden Plastiksack, aus dem es säuerlich stank. Eine einsame grüne Fliege summte träge darum herum. Petrus hob die Tüte auf und stolperte mühsam zur Hintertür.

Es gelang ihm, die Treppe hinunterzukommen, ohne zu fallen. Nachdem er den Deckel der schwarzen Tonne angehoben hatte, warf er den Sack hinein. Als er gerade zurückgehen wollte, hörte er knirschende Schritte im Dreck. Männerschritte. Langsam und bedächtig. Petrus erstarrte. Er wagte nicht, sich umzusehen. Die Schritte kamen näher und blieben direkt hinter ihm stehen.

»Petrus?«

Es war Kleinbaas Frikkie. Petrus würde die Stimme überall wiedererkennen. Die Krücke fiel ihm aus der Hand und in den Schmutz.

»Keine Angst, Mann. Am helllichten Tag werde ich dir nichts tun.«

Petrus rechnete damit, von Kleinbaas Frikkie angefasst zu werden. Nichts geschah. Mit zusammengekniffenen Augen humpelte er in Richtung Hintertreppe, die Schultern hochgezogen, das Gesicht der Mauer zugewandt.

Die Schritte folgten ihm. »Ich wollte mich bei dir bedanken, Mann, weil du den Cops nichts verraten hast. Weißt du, Bertie und ich, wir hätten ziemlich in der Scheiße gesteckt, wenn du nicht den Mund gehalten hättest, wie wir es dir befohlen hatten. Ich weiß das zu schätzen, Mann. Echt.«

Petrus erreichte die Stufen. Er versuchte, sich auf die erste hochzumanövrieren, aber jedes Mal, wenn er den Knöchel belastete, durchzuckte ihn ein heftiger Schmerz.

»Aber du musst es zugeben, Mann, ein bisschen war es deine eigene Schuld«, fuhr Kleinbaas Frikkie fort.

Petrus blieb reglos stehen und lauschte. Etwas anderes konnte er nicht tun.

»Ich meine, ich bin betrunken gewesen und ich war sauer, und ich habe meine Wut an dir ausgelassen. Das ist meine Schuld, ich weiß schon. Aber du … du … was hast du dir dabei gedacht, Mann? Einfach so Geschäftsführer zu werden? Wieso hast du nicht einfach wie ein braver *kaffir* gewusst, wo du hingehörst?«

Kleinbaas Frikkie wartete. Wahrscheinlich wollte er eine Antwort. Petrus stand erstarrt da und fragte sich, wie in aller Welt er die Treppe hochkommen sollte. Als Nächstes sah er Kleinbaas Frikkies Hand, die um ihn herumgriff.

»Hier. Das ist für dich«, sagte Kleinbaas Frikkie.

Petrus sah, dass er viele Einhundert-Rand-Scheine in der Hand hielt. Langsam drehte er sich zu Kleinbaas Frikkie um. Er sah hoch, in sein Gesicht.

»Hier, Mann, nimm schon. Für deine Arztkosten. Oder für deine Mutter. Oder dieses *kaffir*-Bier, das ihr so mögt. Was auch immer, Mann. Ist mir egal«, erklärte Kleinbaas Frikkie, der auf einmal wieder wie der kleine Schuljunge aussah, der immer Süßigkeiten bei Petrus gekauft hatte.

Kleinbaas Frikkie schob ihm das Geld erneut hin. Er ergriff Petrus' Hand und stopfte ihm das Geldscheinbündel in die Finger. Mit zufriedener Miene trat er zurück.

Petrus starrte ihn geradewegs an. Er machte die Hand auf und ließ das Geld fallen. Es traf leise auf der untersten Stufe auf und fiel nach unten in den Dreck. Kleinbaas Frikkie sah hinab und riss die Augen weit auf.

Auf einmal vernahm Petrus irgendwo links von sich ein Keuchen. Er drehte den Kopf in die Richtung und erblickte Precious. Sie war seitlich ums Haus gekommen und stand neben den Mülltonnen.

»Sie sind es gewesen«, sagte sie mit kalter Stimme, wie eine Maschine, zu Kleinbaas Frikkie.

»I… Ich … Ich … was?«, stammelte Kleinbaas Frikkie.

Petrus las die Angst in seinen Augen. Den Blick erkannte er wieder.

Precious trat resolut vor und bückte sich, um Petrus' zu Boden gefallene Krücke aus dem Dreck aufzuheben. »Sie sind es gewesen!«, rief sie.

Sie hob die Krücke über die Schultern und stürzte vorwärts, aus ihrer Kehle drang ein tierhaftes Knurren.

Kleinbaas Frikkie sah sich nach einem Fluchtweg um. Er machte auf dem Absatz kehrt und rannte weg. Schneller als Precious bog er um die Ecke und hatte wieder die sichere Straße erreicht.

Precious blieb stehen und sah Petrus an. Sie ging auf ihn zu, ließ die Krücke sinken und gab sie ihm zurück. Er sagte nichts. Er nickte ihr nur zu.

»Du wirst der Polizei nicht sagen, dass er es gewesen ist, nicht wahr, Bruder?«

Er zuckte mit den Schultern. »Und wenn sie mir wieder auflauern?«

»Von Angst darf man sich nicht treiben lassen. Auf die Art werden sie immer gewinnen.«

»Was soll meine Mutter ohne mich anfangen?«

Sie sah das Geld an, das zu ihren Füßen im roten Staub lag. Mit geschürzten Lippen spuckte sie heftig auf das Geldscheinbündel. »Natürlich, Bruder. Deine Mutter braucht dich. Das verstehe ich.«

Precious hakte sich bei Petrus unter und half ihm die Treppe hinauf.

23

Precious war schon oft in Springbok gewesen, aber keiner ihrer früheren Besuche hatte sich so angefühlt. Sie hatte eine Mission, und nichts würde sie daran hindern, sie durchzuführen. Noch nicht einmal ihre beinahe lähmende Angst, die Angst, die immer noch in den Herzen vieler schwarzer Südafrikaner fortbestand, die Angst vor der Polizei.

Sie saß im Taxi, mit sieben Leuten in eine Bank für vier gequetscht, das Gesicht an die Fensterscheibe gedrückt. Sie kaute an einem Fingernagel, während sie den Anblick und die Geräusche der Stadt auf sich wirken ließ. Springbok war viel größer als Klippiesfontein, und überall schienen Menschen zu sein. Außerdem schienen sie auch entspannter zu sein. Möglicherweise machten sie sich aufgrund der schieren Menge weniger Sorgen darum, was andere Menschen sagen und denken könnten. Precious hielt es für unmöglich, dass in dieser Stadt jeder jeden kannte. In der Hinsicht war es hier anders als in Klippiesfontein. Das Taxi kroch durch den schwarzen Teil der Stadt. Zwar herrschte keine Rassentrennung mehr in den Geschäften, aber inoffiziell gab es noch immer einen schwarzen Teil. Jemand hatte auf dem Gehsteig einen Friseursalon errichtet. Eimer mit Seifenwasser, zwei Leute, die nebeneinander auf Kisten saßen. Ein Mann bekam mit einer Rasierklinge die Spitzen geschnitten, während sich die Dame daneben Skull Plaits flechten ließ.

Precious fasste sich verlegen an die eigenen Haare. Es war schon lange her, seit sie beim Friseur gewesen war, bei der ganzen Arbeit in der Shell-Tankstelle und ihrem Aushilfsjob im Gemischtwarenladen. Sie fragte sich, was Charlie gefallen würde. Sie hatte keine Ahnung, was weiße Männer attraktiv fanden.

Das Taxi hielt an der roten Ampel, und ihre Gedanken kehrten ruckartig zur Angelegenheit zurück, die vor ihr lag. Die Seitentür glitt auf, und mindestens die Hälfte der Fahrgäste begann, auf die Straße zu strömen. Die Ampel schaltete auf Grün, doch das Taxi blieb stehen, da es darauf wartete, dass Passagiere über Knie kletterten oder Päckchen durch die Tür in wartende Hände gereicht wurden. Hinter ihnen hupten sofort zwei andere Taxis. Der Fahrer schob sich halb aus dem Fenster und drehte sich um. »*Kufuneka ube nalo umonde!*«, schrie er den Fahrern hinter sich zu.

Das Hupen wurde lauter, das Geschrei und das Gestikulieren zorniger. Dann glitt auf einmal, als der letzte Fahrgast ausgestiegen war, die Tür zu. Nachdem sich der Fahrer geschickt wieder auf den Sitz hatte zurückfallen lassen, legte er mit dem Schaltknüppel den ersten Gang ein und fuhr so heftig an, dass die Köpfe der übrigen Fahrgäste nach hinten gerissen wurden. Er fuhr geradewegs über die Ampel, die in der Zwischenzeit wieder rot geworden war.

Das Taxi fuhr vor dem Krankenhaus an den Straßenrand, und eine Frau mit zwei kleinen Kindern stieg aus. Als es vor der Stadtverwaltung erneut anhielt, stiegen noch ein paar Fahrgäste aus. Schließlich war nur noch Precious übrig. Sie starrte aus dem Fenster.

»Wohin, Mma?«, fragte der Fahrer und beugte sich nach

hinten. »Oder willst du, dass ich dich zu meinem besonderen Örtchen fahre?«, meinte er grinsend.

»Sie können an der nächsten Ecke halten«, erwiderte Precious. »Und am besten passen Sie auf, wie sie mit ihren weiblichen Fahrgästen reden, sonst wird Sie eines Tages eine in *Ihr* besonderes Örtchen treten.«

Mit einem Murren drehte er sich um und fuhr Precious einen Block weiter. Er hielt an, und sie schob sich über den Sitz zur Tür. Sobald die Tür aufging, senkte sie die Füße zu Boden. Da spürte sie, wie das Taxi einen jähen Satz vorwärts machte. Sie sah im Rückspiegel, dass der Fahrer idiotisch lachte.

»CA 132 546«, sagte Precious gelassen.

Der Taxifahrer riss die Augen auf.

»Ja, ich lerne vor dem Einsteigen immer das Nummernschild auswendig. Und glauben Sie ja nicht, dass ich nicht zur Polizei gehen werde, wenn Sie mich nicht so behandeln, wie es sich gehört«, warnte sie.

Precious sah, wie das Grinsen aus seinem Gesicht verschwand, und spürte, wie er das Fahrzeug zum Stehen brachte. Sie stieg aus und schlug die Tür knallend zu. Mit quietschenden Reifen brauste er davon.

Nervös berührte Precious ihre Haare, zog den Rock zurecht und hob den Kopf, bevor sie um die Ecke bog. Irgendwie hatte sie bei der Sache ein schlechtes Gewissen. Schließlich war er ein Freund von ihr, und er war fast auf die Knie gefallen, als er sie angefleht hatte zu vergessen, was sie zwischen ihm und diesem *isidenge*, diesem Idioten, hinter dem Laden mitangesehen hatte. Andererseits war es diese Verschwörung, immer Stillschweigen zu bewahren, die dieses Land überhaupt erst in solche Schwierigkeiten gebracht hatte, und der Teufel sollte sie holen, wenn sie sich auch nur im Geringsten daran beteiligte. Freund hin oder her, sie war überzeugt davon, das Richtige zu tun.

Ein paar Minuten später stand sie vor dem einstöckigen Gebäude aus gelbem Ziegelstein mit der blau-goldenen Plakette über der Tür. *Assist and Serve* verkündete sie dick in großen schwarzen Lettern: Hilf und diene. Precious holte tief Luft und trat ein. Vor dem Empfangstisch blieb sie stehen.

»Wie können wir Ihnen helfen, Mma?«, fragte der schwarze Polizeibeamte vor ihr.

»Ich bin hergekommen, um Anzeige zu erstatten.«

Frikkie kam gerade mit einem Glas Oros für seine Ma in der Hand ins Wohnzimmer, als er den Wagen draußen halten sah. Die dünne Schweißschicht, die seinen Körper bedeckte, wurde augenblicklich eiskalt. Er verfing sich mit dem großen Zeh im Teppich und stolperte nach vorn. Zwar fing er sich gerade noch, aber er hatte bereits etwas von dem Getränk auf dem Boden verschüttet. »*Ag*, nein!«, schalt seine Ma. »Mensch, was machst du denn da?«

»Tut mir leid, Ma«, murmelte er und wischte die Außenseite des Glases an seinem T-Shirt ab, bevor er es ihr reichte.

Während er neben ihr stand, spähte er durch die Gardinen und sah zwei Männer aus dem Wagen steigen: einer weiß und einer schwarz, beide in Blau gekleidet. Als sie das Gartentor aufmachten und wieder hinter sich schlossen, erkannte Frikkie den Weißen – Oom Jan, der ehemalige Kollege seines Vaters.

»Wer ist da, Sohn?«, fragte seine Ma.

»Sieht wie Oom Jan aus«, antwortete er.

»Oh, wie reizend!«, rief sie und klatschte entzückt in die dicken Hände. »Was bin ich froh, dass ich heute Vormittag Kekse gebacken habe. Ich hatte einfach das Gefühl, dass wir sie brauchen würden.«

Sie hörten ein Klopfen an der Haustür.

»Mach schon auf, Frik«, sagte seine Ma.

»Lieber nicht, Ma.« Er schüttelte heftig den Kopf und spürte, wie sein Gesicht feuchtkalt wurde. Ein einziger Gedanke schoss ihm durch den Kopf: Wie konnte er schnell durch die Küchentür nach draußen und über den Zaun hinten kommen, bevor sie das Haus betraten?

»Was ist denn heute in dich gefahren? Ich habe gesagt, mach Oom Jan die Tür auf.«

Frikkie war nicht in der Lage, sich seiner Ma zu widersetzen. Mit steifen Beinen ging er zur Haustür und ließ die beiden Männer eintreten.

»Ist deine Mutter da, Frikkie?«, fragte Oom Jan ernst.

Frikkie nickte wie ein ungezogener Schuljunge, den man dabei erwischt hatte, dass er den Mädchen unter die Kleider geschaut hatte.

»Ich habe gehofft, sie wäre außer Haus und würde einen deiner Brüder oder eine deiner Schwestern besuchen.«

»Nein, Oom, sie ist da.« Er sprach düster.

»Weil ich das hier nicht vor ihr machen wollte«, fuhr der andere fort.

Mit tief hängendem Kopf wies Frikkie auf die Wohnzimmertür. »Sie ist da drinnen, Oom.«

Oom Jan ging in die Richtung.

Frikkie warf einen raschen Blick in den Flur, in Richtung Küche, wo sich die Hintertür und sein Fluchtweg befanden. Der schwarze Beamte bemerkte seinen herumhuschenden Blick und legte Frikkie sofort eine Hand an den Ellbogen, um ihn hinter Oom Jan herzulenken.

Seine Ma war bereits aufgestanden. Sie hatte das Zimmer durchquert und hob die Arme, um sie Oom Jan um den Hals zu schlingen. »Wie schön, dich zu sehen!«, schwärmte sie lächelnd.

Oom Jan trat einen Schritt zurück, sodass die Arme ihr Ziel verfehlten. »Wir sind nicht zu Besuch hier, Marie«, sagte er ernst.

Die Miene von Frikkies Ma verzog sich, ihre Gesichtszüge verhärteten sich, und ihre Augen wurden glasig und starrten ihn erbost an.

»Ich wünschte, ich könnte heute unter angenehmeren Umständen hier in deinem Haus stehen«, fügte Oom Jan hinzu.

Frikkie beobachtete ihn. Er sah, dass er stark gealtert war: graue Schläfen mit vereinzelten Schweißperlen, dunkle Ringe unter den Augen, Hängebacken. Abgesehen davon sah er ganz genauso aus wie der Mann, der Frikkies ganze Kindheit hindurch sonntagnachmittags zu ihnen nach Hause gekommen war. Der Mann, der mit ihm und seinen Brüdern auf dem Rasen hinterm Haus Rugby gespielt hatte. Der beste Freund seines Vaters.

»Wer ist es?«, hörte Frikkie seine Ma keuchen.

»Als ich den Namen gesehen habe, habe ich mich sofort freiwillig gemeldet, selbst herzukommen, Marie. Ich wollte nicht, dass ein Fremder herkommt, um es zu tun«, fuhr er fort und wischte sich mit dem Rücken seiner behaarten Hand den Schweiß von der Stirn.

»Sag es mir einfach, Jan, wer ist gestorben?« In der Stimme seiner Ma schwang Hysterie mit.

»Niemand ist tot, Marie«, erwiderte er.

»Na, dem Herrn sei Dank!«, rief sie und verzog das Gesicht wieder zu einem Lächeln. »Du hast mir eine Heidenangst eingejagt, Jan. Tu mir das nie wieder an. Frikkie, geh du in die Küche und sag dem Mädchen, es soll Tee aufsetzen.«

Das ließ sich Frikkie nicht zweimal sagen. Er bewegte sich auf die Tür zu, aber der schwarze Polizist war gleich da und stand zwischen ihm und dem Ausgang, eine Warnung in den Augen: Keine weitere Bewegung.

»Ich denke, es ist am besten, wenn Frikkie hier bei uns bleibt«, sagte Oom Jan.

»Du machst mir Angst, Jan. Was ist los?«

»Es tut mir leid, dass ich das hier tun muss, Marie. Ich kenne Frikkie, seit er zwei Stunden alt war, aber wir sind heute hergekommen, um ihn zu verhaften.«

Frikkies Kehle entfuhr ein Jaulen. Drei Augenpaare richteten sich auf ihn.

»Was meinst du damit? Gekommen, um Frikkie zu verhaften?« Sie sah verwirrt aus, den Blick verzweifelt forschend auf die Gesichter der beiden Männer gerichtet, die vor ihr standen.

»Wir sind gekommen, um ihn mitzunehmen, Marie, aufgrund einer Anzeige wegen tätlichen Angriffs mit schwerer Körperverletzung.«

»Frikkie?«, fragte sie verblüfft.

Frikkie starrte seine Ma an. Es war unerträglich. Er hatte noch nie im Leben Mitleid mit ihr empfunden – sie war einfach nicht die Art Frau, für die man jemals Mitleid empfand. Doch heute stand er da und sah zu, wie ihre Fassung in riesengroßen Stücken von ihr abfiel, wie das Ufer eines Flusses nach einem heftigen Unwetter, und er konnte nicht anders, er musste sie bemitleiden.

»Es stimmt nicht, Ma. Glaub ihnen nicht. Diese *kaffir*-Schlampe lügt!«, rief Frikkie auf einmal.

»Halt den Mund und lass mich nachdenken«, befahl seine Ma, aber dieses eine Mal konnte er nicht gehorchen. Seine Stimme protestierte wild, wollte Oom Jan übertönen, wollte seine Ma dazu bringen, ihn nicht auf diese Weise anzusehen. »Ich sage dir doch, es stimmt nicht. Oom Jan, du musst mir doch glauben? Du kannst ihrem Wort doch nicht mehr glauben als meinem? Das hier kann nicht …«

»Wen soll er verletzt haben?«, fragte Frikkies Ma. Ihre Stimme war jetzt kalt, berechnend. Sie redete nicht mehr mit einem alten Familienfreund. Sie sprach mit einem Feind. Frikkie wurde ruhiger. Seine Ma hatte die Kontrolle übernommen. Alles würde gut werden.

»Petrus. Die Aushilfe drüben in Marius' Laden«, erläuterte Oom Jan, dessen Stimme jetzt sachlich war, weniger emotionsgeladen.

»Geschäftsführer«, murmelte Frikkie.

»Was war das?«, fragte Oom Jan.

»Petrus ist der Geschäftsführer, keine Aushilfe«, sagte Frikkie.

Er hörte seine Ma erneut das Wort ergreifen. »Da liegt irgendeine Verwechslung vor, Jan. Frikkie ist schon seit Wochen nicht mehr bei Marius gewesen, nicht bei dem ganzen Ärger, der dort herrscht.«

»Es tut mir leid, Marie, es besteht kein Irrtum. Wir haben eine Zeugenaussage, und Bertie – du kennst doch Hans' Sohn –, der ist wie ein Baby zusammengebrochen und hat die ganze Sache gestanden. Ich wünschte, das hier ...«

»Raus, Jan! Raus aus meinem Haus!«, befahl seine Ma auf einmal.

Oom Jan nickte Frikkies Ma energisch zu. Er sah zu dem anderen Polizisten und nickte ihm zu. Frikkie wurden die Arme hinter den Rücken gebogen, und er spürte kalten Stahl an den Handgelenken.

»Lasst ihn in Ruhe!« Seine Ma trat vor, packte ihren Sohn und versuchte, ihn freizubekommen.

Der Polizist achtete nicht auf seine Ma, sondern riss Frikkie herum, sodass er zur Tür sah. Frikkie stand die Kinnlade offen: Niemand missachtete je seine Ma. »Lass nicht zu, dass sie mich mitnehmen, Ma! Lass nicht zu, dass sie mich mitnehmen!«

»Ich werde das hier nur einmal sagen, Jan. Lass meinen Jungen los.«

»Es tut mir leid, Marie.«

Frikkie spürte, wie er vorwärtsgeschoben wurde. Sie hörten nicht auf seine Ma. Wie konnte das sein? Sie führten ihn weg. Frikkies Geschrei setzte erneut ein. »Ma, es stimmt nicht! Es stimmt nicht! Sie lügt. Sie alle lügen. Lass nicht zu, dass sie mich mitnehmen, Ma!«

Den ganzen Weg nach draußen zum Wagen. Durch das vergitterte Fenster hinten sah Frikkie Berties verzweifeltes Gesicht, das ihn anstarrte.

Er verdrehte den Hals, um einen letzten Blick auf seine Mutter werfen zu können. »Ruf Karel an, Ma! Erzähl ihm, was passiert ist. Sag ihm, er soll uns helfen kommen!«

Er sah seine Mutter hilflos im Türrahmen stehen.

24

Tannie Hettie lag auf dem großen Doppelbett in dem Hotelzimmer. Alles war still. Fast still. Sie konnte den Fernseher im Nachbarzimmer laufen hören, und Oom Marius rumorte im Badezimmer herum. Wahrscheinlich beim Rasieren, entschied sie, dem Klopfgeräusch am Waschbeckenrand nach zu schließen, das alle paar Sekunden erklang.

Oom Marius trat ins Schlafzimmer, und sie hörte, dass er zum Fenster hinüberging. Sie war zu müde, um die Augen zu öffnen und nachzusehen, was er machte.

Das heftige Sirren der Vorhangringe an der Stange ließ Tannie Hettie zusammenzucken. Greller, herzloser Sonnenschein durchflutete das Zimmer und durchbohrte ihre Augenlider. Er kroch ihr direkt in den Kopf, schlug die Krallen in sie, bis zu dem scharfen, schlummernden Kopfschmerz, und riss ihn wieder nach oben an die Oberfläche ihres Gehirns.

»Guten Morgen, meine Liebe«, hörte sie Oom Marius' Stimme.

Was in aller Welt war gut an diesem speziellen Morgen, würde sie ihn fragen, wenn sie die Energie aufbrächte, und warum bestand er darauf, sie *meine Liebe* zu nennen? Er hatte es in ihrer beinahe vierzigjährigen Ehe nicht getan, warum fing er also jetzt damit an? Glaubte er, es würde irgendwie den Krebs vertreiben? Oder dass der Klang seiner gekünstelten, höflichen Floskeln sie aufheitern würde? Warum konnte er sich ihr gegenüber nicht einfach normal benehmen? Sie spürte sein Gewicht auf der Matratze zu ihren Füßen, als er sich auf die Bettkante setzte.

»Was möchtest du heute machen?«, fragte er.

Unter großer Anstrengung zwang sie sich zu einer Antwort. »Ich möchte mich nur ausruhen, Marius. An dem einen Tag, an dem ich nicht zur Behandlung ins Krankenhaus muss, möchte ich mich einfach nur ausruhen.« Sie öffnete noch immer nicht die Augen.

»Du weißt doch, was die Ärzte über zu viel Ruhe gesagt haben? Sie ist kontraproduktiv.« Sie spürte, wie er die Hand auf ihren Knöchel legte.

»Ich bin es leid, auf die Ärzte zu hören. Bisher hatten sie noch bei keiner einzigen Sache recht, abgesehen von der Tatsache, dass ich sterben werde.«

»Sprich nicht so, Hettie!«, fuhr er sie an. »Sie haben kein Wort vom Sterben gesagt.«

»Was meinst du, haben sie gestern gesagt, als sie von einem Fortschreiten sprachen? *Ich* schreite nicht fort, Marius, sondern der Krebs.«

»Heutzutage überleben beinahe achtzig Prozent aller Krebspatienten. Das weißt du.« Sie spürte, wie er die Hand von ihrem Knöchel nahm. Tannie Hettie wusste, dass er log und es deshalb nicht ertrug, sie zu berühren. Sie hätte eh nicht geglaubt, dass am Ende ein Optimist aus ihm geworden war. Aus ihrem mürrischen, alten Marius. Tja, es passte verdammt noch mal nicht zu ihm, fand sie. Es passte einfach nicht zu ihm.

»Ich habe keine Ahnung, woher du die Zahl nimmst, aber du kannst dir sicher sein, dass ich zu den anderen zwanzig Prozent gehören werde.«

Tannie Hetties Augen blieben geschlossen. Sie hörte ihn schwer seufzen, bevor er sich vom Bett erhob. »Ich gehe nach unten, frühstücken«, raunzte er, und für den Bruchteil einer Sekunde hatte sie das Gefühl, ihren Ehemann wiederzuhaben.

Am liebsten hätte sie ihm hinterhergerufen, er solle den Vorhang zuziehen, aber es war zu anstrengend. Sie schirmte die Sonne ab, indem sie sich die Decke über die Augen zog.

Tannie Hettie war angezogen und saß in ihrem Rollstuhl. Oom Marius hatte ihr in die Kleidung geholfen. Sie trug das Kleid mit den kleinen Perlknöpfen, das sie zu Stefaans Hochzeit getragen hatte, und es hing wie ein Sack an ihr herunter. Ihr Mann hatte darauf bestanden, dass sie heute etwas Besonderes anzog. An den Stellen, an denen er sie mit seinen großen, rauen Händen angefasst hatte, fühlte sich ihre Haut wund und geprellt an. Als er am Verschluss ihres BHs herumgefummelt hatte, hatte es sich angefühlt, als würden seine Finger unmittelbar durch ihre Haut gehen, durch ihre Rippen und in ihre Lunge. Ganz zu schweigen von der Demütigung, dass dieser große, unbeholfene Mann mit ihrer Unterwäsche herumhantierte. So sollte es eigentlich nicht sein. An diesem Punkt in einer Ehe sollten Ehemänner nicht mit grauen Hängebrüsten ringen müssen. Es war einfach nicht würdevoll. Wenn nur ihre Enkel nicht so klein wären, wenn sie nur nicht ständig von ihren Müttern betreut werden müssten, dann hätte sie eine ihrer Schwiegertöchter bitten können, ein paar Tage bei ihr zu verbringen.

»Wo möchtest du einkaufen gehen, Hettie?«, dröhnte seine Stimme hinter ihr, als er herantrat, um die Griffe ihres Rollstuhls zu packen.

Der Lärm ließ sie zusammenzucken. »Vergiss nicht, meine Schmerzmittel mitzunehmen«, sagte sie so laut, wie sie es ertrug.

»Was!?«

»Meine Schmerzmittel, Marius.«

»Gleich hier«, antwortete er, und sie hörte, wie er sich auf die Hemdtasche klopfte.

Sie machten sich auf den Weg zur Tür des Hotelzimmers. Noch bevor sie hindurch waren, konnte sie schon wieder an nichts anderes mehr als an ihre Rückkehr denken. Aus der umgekehrten Richtung durch die Tür zu kommen, aufs Bett zu fallen …

»Müssen wir das hier machen?«

»Ich möchte, dass du dir ein neues Kleid für dieses Wochenende aussuchst. Nichts von deiner Kleidung passt dir mehr, und du kannst unseren vierzigsten Hochzeitstag nicht in einem Kleid feiern, das dir zu groß ist.«

»Ein Paar Ohrringe, Marius«, sagte sie. »Eine hübsche Kette. Mit etwas in der Richtung wäre ich völlig zufrieden. Dann hätte wenigstens jemand etwas davon, wenn ich nicht mehr da bin.«

Oom Marius kam um den Rollstuhl und sah sie an. »Ich dachte, wir wären übereingekommen, dass du heute nicht so reden wirst?«

Nein, du bist übereingekommen, antwortete sie ihm im Kopf. Die Vorstellung von einem Streit, ganz gleich, wie geringfügig, erschöpfte sie. »Sitzt meine Perücke gerade?«

Oom Marius nickte. Er zog die Tür auf und schob seine Frau auf den Korridor hinaus.

»Oh, lieber Gott«, begann Tannie Hettie ihr Gebet. Sie saß vornübergebeugt in ihrem Rollstuhl an einem Tisch in einem Coffeeshop, in dem es mindestens hundert verschiedene Kaffeesorten und genauso viele Arten Muffins gab. Blaubeer – wer hatte jemals etwas von Blaubeeren in Südafrika gehört? Schimmelkäse und Schokolade. Lächerlich.

Oom Marius hatte sie vorübergehend allein gelassen, um auf die Toilette zu gehen, und da saß sie nun, hilflos, mit Einkaufstüten, die an den Griffen des Rollstuhls hingen wie an einem … tja, an einem Kinderwagen. Wie damals, als die Kleinen noch Babys waren und sie mit ihren Schwiegertöchtern einkaufen gegangen war. Auf ihrem Schoß lag ihre weiße Handtasche. Lag schlaff auf Oberschenkeln, die früher einmal üppig gewesen waren. Jeder, der wollte, konnte einfach herkommen und sie sich schnappen.

»Oh, lieber Gott«, fing sie erneut an. In letzter Zeit hatte sie es sich angewöhnt, regelmäßig mit ihm Fürsprache zu halten. Viel öfter als zu der Zeit, als sie gesund gewesen war, wurde ihr mit schlechtem Gewissen klar. Es hatte mit dem Umstand zu tun, dass er der Einzige war, der ihr zuhörte, der Einzige, der sich nicht der Realität verschloss. »Bitte, Herr, erhöre mein heutiges Gebet …«

Tannie Hettie stellte sich vor, wie die Orgel in der Kirche in Klippiesfontein mit einem Ächzen zum Leben erwachte und schwere, theatralische Töne anstimmte. Mit musikalischer Begleitung fühlte sie sich besser, als würde der Herr sie ernster nehmen, wenn im Hintergrund eine gute, feierliche

Hymne erklang. »Herr, ich will nicht, dass mir jemand auf die Brust hämmert oder mir Schläuche in die Kehle rammt, wenn ich zu atmen aufhöre. Kannst du dafür sorgen? Lass mich natürlich sterben, ganz nach deinem Plan.«

Näher am Lebensende zu stehen hatte einen Vorteil: Tannie Hettie fühlte sich auch dem Herrn näher als je zuvor, als wäre er ein großer Bruder, der sie beschützte, als wäre er zugänglicher. Als würde all ihr Leiden sie würdiger machen. Die Gespräche fielen ihr leichter.

Die Musik in ihrem Kopf spielte weiter. Sie konnte Mrs Van Rensburg sehen, die jeden Sonntag in der Kirche die Orgel spielte, mit ihren dicken Fingern, die hochdramatisch auf die Tasten einhämmerten, während ihr der Schweiß auf die Stirn trat wie bei diesem Liberace, der vor all den Jahren immer im Fernsehen aufgetreten war, bevor er gestorben war. Genau wie sie jetzt sterben würde. *Da-ram* machte die Orgel.

»Lass es schnell gehen, Herr. Lass mich nicht lang warten. Ich bin meiner Familie eine Last, und ich ertrage es nicht viel länger. Ich kann nicht mitansehen, wie die Jungen leiden, Herr, und Marius. Und die Kleinen. Sie begreifen nicht, was vor sich geht. Lass nicht zu, dass sie ihre Großmutter so sehen! Ich möchte nicht, dass das hier ihre einzige Erinnerung an mich ist, wenn sie aufwachsen.«

Tannie Hettie schloss die Augen und versuchte, den Lärm von Teelöffeln, die in riesigen Kaffeetassen klirrten, vermischt mit zehn Gesprächen, die gleichzeitig um sie herum stattfanden, auszublenden. Stattdessen hörte sie Mrs Van Rensburg auf die Tasten einhämmern und die wunderbar tiefen Baritonklänge, die aus den Kupferpfeifen der Orgel dröhnten. »Und mir ist klar, dass das hier vielleicht sehr trivial erscheinen mag, Herr, aber könntest du dafür sorgen, dass Marius jetzt von der Toilette zurückkommt und mich wieder ins Hotel bringt? Ich bin so müde, Herr. Ich habe getan, was Marius heute von mir wollte. Ich habe mein Bestes getan, um ihn zufriedenzustellen. Wir haben das Kleid, wir haben die Schuhe, wir haben sogar eine neue Strumpfhose. Wer hätte gedacht, Herr, dass ich jemals wieder Größe M tragen würde? Ich habe meine Energie für den Tag aufgebraucht. Bitte lass Marius jetzt herkommen und mich zurückbringen?«

Da-ram, fuhr die Orgel fort, *da-ram, da-ram, da-ram,* sie arbeitete sich auf das Crescendo zu. Tannie Hettie behielt die Augen geschlossen, um sich auf die Musik zu konzentrieren.

Auf einmal stand Oom Marius neben ihr. »Willst du zurück ins Hotel, Hettie? Du siehst müde aus.«

»Danke, Herr«, fuhr sie fort, bevor sie ihrem Mann zunickte. »Danke, dass du mein Gebet erhört hast. Oh, und da ist noch eine letzte Sache, Herr, eine letzte Sache, um die ich dich bitten muss. Falls dir heute gnädig zumute ist, könntest du dafür sorgen, dass ich zu Hause in Klippiesfontein bin, wenn meine Zeit gekommen ist? Ich möchte nicht im Krankenhaus sterben. Ich möchte nicht in dem vermaledeiten Hotelzimmer sterben. Natürlich nur, wenn es dein Wille ist, Herr.«

Oom Marius hatte den Rollstuhl gepackt und schob Tannie Hettie auf die Tür zu, indem er sich zwischen jungen Kaffeetrinkenden, den Schulranzen, die an Stuhllehnen hingen, einem Kleinkind, das zwischen den Tischen herumsauste, hindurchschlängelte. Die Orgelmusik war verstummt, und Tannie Hettie hatte den Schluss eigentlich gar nicht mitbekommen, aber sie war überzeugt, dass es mit der Sicherheit und dem Geschick vor sich gegangen war, die typisch für Mrs Van Rensburgs Orgelspiel waren. »Danke, Herr«, sagte sie. »Amen.«

25

»Ist es zu fassen? Er wird uns beide noch zum Gespött machen«, sagte Patty, die am Fenster stand und auf die staubige Straße hinausstarrte.

Precious hörte sie ärgerlich aufseufzen, und obwohl klar war, dass Pattys Bemerkung an sie gerichtet war – Mrs Joubert befand sich im Lagerraum, und Petrus machte ein Nickerchen auf seinem Stuhl –, wusste sie nicht recht, wie sie reagieren sollte. Precious war es nicht gewöhnt, die Vertraute entrüsteter weißer Frauen zu sein. Also sagte sie nichts. Stattdessen fummelte sie an den Marmite-Gläsern herum, bis sie gerader dastanden als je zuvor.

»Lächerlich«, ergiff Patty erneut das Wort.

»Was denn?«, fragte Precious nervös.

»Ich gehe nach draußen, eine rauchen.« Und mit diesen Worten marschierte sie zur Rückseite des Ladens.

Precious starrte ihr hinterher. Sollte sie ihr folgen und fragen, worum es sich bei dieser lächerlichen Sache handelte? Sollte sie sie in Ruhe lassen, damit sie allein über die besagte Lächerlichkeit nachdenken könnte? Was sollte sie tun?

In dem Augenblick kam Mrs Joubert mit einem Tablett voller Teetassen herein. »Was ist los?«, fragte sie.

Mrs Joubert musste ihr die Verwirrung vom Gesicht abgelesen haben. Mit einem Achselzucken richtete Precious die hochgezogenen Augenbrauen auf die Hintertür.

»Patty?«, fragte Mrs Joubert.

Precious nickte.

»Tja, dann wird der Tee heute hinten im Freien getrunken.«

Precious rührte sich nicht, unsicher, ob sie eingeladen war.

»Na, kommen Sie schon mit.«

Sie eilte ihr nach, warf jedoch erst noch einen Blick aus dem Fenster, um nachzusehen, was Patty sich angeschaut hatte. Shawn stand mit den anderen Männern in der Reihe aus Blockadekämpfern.

Patty saß auf der obersten Stufe und hielt bereits eine angesteckte Zigarette in der Hand. Mrs Joubert stand ihr gegenüber. Precious ließ sich auf der untersten Stufe nieder und blickte nach oben.

Patty zog lange und heftig an ihrer Zigarette und sog offensichtlich eine Kraft daraus, die eine Nichtraucherin niemals begreifen würde. »Es ist Shawn«, fing sie an.

Mrs Joubert nickte wissend.

Precious nickte ebenfalls und hoffte, dass es genauso wissend aussah.

»Er ist kein schlechter Mann, wirklich nicht. Die Leute neigen dazu, ihn misszuverstehen, das ist alles. Aber er ist sanft und lustig, und er würde keiner Fliege etwas zuleide tun. Deshalb lasse ich mir seine manchmal nicht gerade großartigen Eigenheiten gefallen.«

Sie schnippte die Asche vom Ende ihrer Zigarette. Der Rauch ringelte sich träge abwärts und wehte Precious in die Nase, aber sie wandte sich nicht ab, wie sie es getan hätte, wenn es sich um eine ihrer eigenen Freundinnen gehandelt hätte. Precious war es nicht gewöhnt, im inneren Kreis weißer Frauen zu sein, und sie wollte nichts tun, das die anderen kränken könnte.

»Er kann sich in keiner Stellung halten, und manchmal gibt er sich mit fragwürdigen Gestalten ab, aber mit alldem kann ich leben. Er betrinkt sich nicht. Er schlägt mich nicht, wie mein Daddy früher immer meine Mom geschlagen hat.« Patty blinzelte Mrs Joubert mit ihren langen Wimpern zu. »Sie wissen, wie es ist«, fragte sie. »Sie sind auch einmal verheiratet gewesen.«

Mrs Joubert nickte, aber Precious sah, dass es kein sonderlich überzeugtes Nicken war. Vielleicht sagte es Mrs Joubert nicht zu, wenn ihre Ehe mit Pattys verglichen wurde.

Patty merkte es ebenfalls. Sie drückte die Zigarette an der Seite der Stufe aus und erhob sich. Dann befreite sie sich von dem Staub, indem sie mit den Händen hinten über ihren Bleistiftrock fuhr. »Ich glaube, ich werde eben mal mein Make-up auffrischen gehen«, sagte sie und eilte wieder nach drinnen.

Als Patty am nächsten Morgen hereinkam, stank sie, wie gewöhnlich, nach Zigaretten. Ihre Augen waren wieder einmal rot und blutunterlaufen. Precious hielt den Blick starr auf die Liste gerichtet, die sie gerade verfasste, und tat so, als bemerkte sie es nicht.

»Herrgott, ich muss eine rauchen«, sagte Patty und steckte die Hand in die Tasche, um ihre Zigarettenschachtel zu suchen.

Precious warf Petrus rasch einen Blick zu, um zu sehen, wie er reagieren würde. Es würde ihm nicht gefallen, dass Patty eine Zigarettenpause einlegte, obwohl sie gerade eben erst hereingekommen war. Später, wenn sie zu zweit zu Mittag aßen, würde er sich bei ihr darüber beklagen, das wusste sie. Tja, beschloss Precious, sie würde ihm einfach sagen, dass Patty nicht dafür bezahlt wurde, im Laden zu stehen, und sie deshalb eine Zigarettenpause einlegen konnte, wann immer sie wollte. Sie konnte sich vorstellen, dass es ihm auch nicht gefallen würde, das zu hören zu bekommen.

»Möchtest du mit mir nach draußen kommen?«, fragte Patty.

Precious sah sich um, ob Mrs Joubert hinter ihr stand. Dem war nicht so. Patty redete mit ihr. »Ähm, ja.«

Draußen auf der Hintertreppe beobachete Precious Patty dabei, wie diese vor sich hin paffte. Sie hätte alles darum gegeben zu wissen, was sie sagen sollte, damit es nicht wie ein betretenes Schweigen wirkte. Wenn sie mit ihren Freundinnen aus der Township draußen in der Sonne gesessen hätte, wäre sie gleich auf den Punkt gekommen. Was ist los, hätte sie gefragt.

Vielleicht würde es in diesem Fall auch funktionieren?

Precious räusperte sich. »Was ist los?«

»Es ist das hier«, setzte Patty an und machte eine ausholende Bewegung in Richtung des Ladens. »Es ist nicht nur schwer für dich und Petrus und Oom Marius. Auf die eine oder andere Weise hat es Auswirkungen auf jeden in der Stadt. Auch auf uns. Ich meine Shawn und mich.«

Precious nickte heftig, obwohl sie nicht begriff, wie das sein konnte.

»Weißt du, manche von den Kerlen da vorne sind Freunde von Shawn, und dann bin ich den ganzen Tag über hier drinnen, und das bringt ihn in eine heikle Lage. Herman und

Koos sind gestern Abend bei uns zu Hause gewesen. Sie haben mich noch nicht einmal gegrüßt. In meinem eigenen Haus. Standen bloß draußen mit Shawn auf der Veranda herum und haben leise miteinander geredet. Ehe ich mich's versah, waren die Männer nach Hause gegangen, und Shawn stand vor mir und redete über traditionelle Werte und dass einem klarwerden müsse, wo man hingehöre. Ich hab dort gesessen und ihn angestarrt, anfangs zu blöd, um zu begreifen, worauf er hinauswollte. Dann hat er auf einmal gesagt: ›Ich möchte, dass du aufhörst, in diesen Laden zu gehen.‹«

Die Hintertür ging knarzend auf. Mrs Joubert stand auf der obersten Stufe.

»Petrus hat mir gesagt, dass Sie hier draußen sind«, sagte sie. »Na ja, gesagt hat er eigentlich nichts.« Sie lachte leise und trat vorsichtig zwischen den beiden Frauen hindurch, um nach unten zu gelangen. »Er hat bloß auf die Hintertür gedeutet.«

Patty zog heftig an ihrer Zigarette.

»Reden Sie nur weiter«, sagte Mrs Joubert mit erwartungsvoller Miene.

»Hatten Sie je Ärger mit Ihrem Mann, Mrs J?« Patty wandte der älteren Frau vertrauensvoll das Gesicht zu.

»Sie glauben doch gewiss nicht, dass es eine einzige Ehe gibt, in der sich das Paar nicht zankt, meine Liebe?«

»Ich rede nicht vom Zanken.«

»Nein.« Sie nickte düster. »Das tun Sie wohl nicht.«

»Und, hatten Sie?«

Mrs Joubert schüttelte langsam den Kopf, als bereite es ihr ein schlechtes Gewissen, Patty das mitzuteilen. »Nicht die Art Ärger. Nicht mit Mark. Nein.«

»Wie ist er gewesen?«, fragte Patty wissbegierig. Wie ein kleines Mädchen, das jemanden darum bat, ein Märchen vorgelesen zu bekommen.

»Möchten Sie uns nicht lieber erzählen, was Sie heute Morgen so aufgebracht hat?«

»Nein. Ich bin es leid, über Shawn zu reden. Erzählen Sie uns von Ihrem Mark.«

Sie räusperte sich und fing zu erzählen an. »Ich bin ein echter Glückspilz gewesen. Sehen Sie, ich bin Mark eines Abends bei einer Gesellschaft begegnet. Ich bin zusammen mit dem Bruder einer Freundin dorthin gegangen. Jetzt kann ich mich noch nicht einmal mehr an seinen Namen erinnern. Wie dem auch sei, es hatte mit der Universität zu tun. Mark war jung und attraktiv und fing gerade als Dozent an einem College zur Lehrerausbildung in der Township an. Aus irgendeinem Grund gefiel ich ihm, und wir verabredeten uns. Ein Jahr später waren wir verheiratet. Er war ein wunderbarer Ehemann«, schloss sie mit einem zufriedenen Lächeln.

»Und?«, fragte Patty.

»Und was?«

»Da gibt es doch bestimmt mehr?«

Mrs Joubert lächelte nachsichtig. »Mmm, schauen wir mal… Ich war damals noch sehr jung und naiv. Mark gab mir Bücher zu lesen. Viele Bücher. Er brachte mir bei, die Dinge nie einfach hinzunehmen. Stelle immer Fragen, sagte er. Nach ein paar Jahren wurde er Universitätsprofessor, und wir waren sehr glücklich miteinander, aber es sollte nicht lange währen. Mark kam bei einem Zugunfall auf dem Weg zu einer Kundgebung in einer Township ums Leben. Er ließ mich als wohlhabende Witwe zurück, aber ich ertrug es nicht, in der Stadt zu bleiben, wo mich alles an ihn erinnerte. Also beschloss ich, ans Ende der Welt zu ziehen, und so bin ich hier in Klippiesfontein gelandet.«

Mrs Joubert stieß ein langes Seufzen aus.

Patty griff sofort nach ihren Zigaretten. Sie stieß Rauch aus. »Aber er war nicht an Politik oder so was interessiert? Ich meine, Sie beide hatten nicht so etwas wie das hier durchzustehen? Wie hier, draußen vor dem Laden?«

»Ganz im Gegenteil, meine Liebe.« Mrs Jouberts Blick huschte zur Hauswand hinauf und wurde glasig, als sähe sie etwas in der Ferne. »Mark war ein engagierter politischer Aktivist. Sie würden nicht glauben, wie viele Tage, eigentlich Wochen, er damit verbrachte, sich für das Referendum zur Abschaffung der Apartheid zu engagieren. Wir waren jeden Tag auf der Straße und redeten mit so gut wie allen, die vorübergingen. Wurden manchmal ganz grässlich beschimpft, aber letzten Endes war es das doch wert. Nicht wahr?«

Precious nickte, auch wenn sie während der Ereignisse, über die Mrs Joubert sprach, noch ein Baby gewesen war.

Patty sah auf ihre Füße. »Und was hätten Sie getan, wenn …«

»Wenn was, meine Liebe?«

»Egal.«

»Nein, kommen Sie schon. Heraus damit. Ich sehe doch, dass es wichtig ist.«

»Wenn Sie und Mark nicht einer Meinung gewesen wären. Ich meine, wenn Sie die Apartheid für eine gute Sache gehalten hätten und Mark nicht. Was hätten Sie getan?«

»Mmm, das ist eine interessante Frage. Lassen Sie mich

überlegen. Anfangs, als ich noch jung und leicht zu beeinflussen war, hätte ich wohl gemacht, was er sagte. Aber das ältere Ich, dasjenige, das gelernt hatte, eigenständig zu denken, tja, sie wäre dafür eingetreten, woran sie glaubte.«

»Sogar gegen den Mann, den sie liebte?«

»*Besonders* gegen den Mann, den ich liebte.«

Patty erwiderte nichts. Sie starrte auf ihre roten Zehennägel, die adrett aus ihren hochhackigen Sandalen lugten. Precious starrte ebenfalls dorthin, da sie nicht wusste, was sie sagen sollte, um das Schweigen zu brechen.

»Am besten gehen wir wieder hinein, sonst denkt Petrus noch, wir hätten uns unerlaubt von der Truppe entfernt«, meinte Mrs Joubert schließlich.

Am Nachmittag bemerkte Precious beim Ordnen eines Regals, das sich in der Nähe des Schaufensters befand, wie Shawn auf die Männer in der Sonne zuspazierte. Er schlenderte die Reihe entlang und scherzte mit jedem Einzelnen von ihnen. Precious schnappte das eine oder andere auf, das durch die offene Tür hereinwehte: »dein Eheweib« – schallendes Gelächter – »unter Kontrolle« – noch mehr Gelächter … Dann war er auf einmal nicht mehr zu sehen.

Sie hörte Schritte die Vordertreppe heraufkommen – ein Geräusch, das sie im Lauf der letzten Wochen nicht oft zu hören bekommen hatten, abgsehen von Mrs Jouberts steif klackernden Absätzen jeden Morgen.

Shawn stand in der offenen Tür.

»Patty!«, blaffte er.

Patty warf Mrs Joubert einen nervösen Blick zu, bevor sie hinter dem Ladentisch hervorkam und zu ihm eilte. Sie versuchte, ihn bei der Hand zu nehmen, aber er entzog sich ihr. Sie verschwanden durch die Eingangstür und standen dicht gedrängt in einer Ecke der Veranda. Precious vernahm wütende Laute, die von draußen hereingetragen wurden. Shawn gestikulierte. Patty schüttelte den blonden Schopf.

Schließlich stürmte Shawn die Treppe hinunter, und Patty kehrte wieder in den Laden zurück. Sie stellte sich neben Precious und sah auf die Straße hinaus, die Arme fest vor der Brust verschränkt. Shawn war vor der Reihe aus Blockadekämpfern stehen geblieben und redete mit ihnen.

Als Precios klarwurde, wie neugierig sie wirken musste, kehrte sie rasch zu ihrem Regal zurück.

Patty saß da und starrte den Eimer voller Wasser an, der vorübergehend die vier Hummer beherbergte. Sie streckten die Scheren nach oben, als flehten sie Patty an, sie herauszuholen.

Precious reinigte das Innere des Aquariums mit einem frischen Lappen und etwas Essig, genau wie Charlie es ihr gezeigt hatte. Sie war dankbar für Pattys Angebot, die Tiere aus dem Aquarium zu holen, denn obwohl der Gesundheitszustand der Tiere derzeit eine der Prioritäten im Laden war, hatten sowohl sie als auch Petrus immer noch zu viel Angst, die Dinger anzufassen. Aber Oom Marius hatte genug um die Ohren, sodass sie ihm auf keinen Fall irgendwann die Neuigkeiten mitteilen wollten, dass eines seiner kostbaren Haustiere gestorben sei. Sie wusste, dass Petrus genauso empfand, denn er zerhackte jeden Tag ein Stück Tintenfisch, ohne sich auch nur einmal zu beklagen.

»Was haben Sie nun also Shawn gesagt, als er Ihnen gesagt hat, Sie sollen hier nicht mehr arbeiten?«, sprudelte die Frage, die Precious schon den ganzen Tag beschäftigt hatte, aus ihr hervor.

Patty hob den Blick und lächelte traurig. »Ich habe ihm gesagt, dass ich sowieso aufhören muss, sobald die Schulferien vorüber sind. Aber dann ist er sauer geworden und hat mit der Faust auf den Couchtisch geschlagen, und ich bin beinahe aus der Haut gefahren, weil ich es nicht gewöhnt bin, dass Shawn auf irgendetwas schlägt. Die Tasse ist heruntergefallen und auf den Läufer geplumpst. Zuerst saßen wir beide nur da und haben sie angestarrt. ›Du bist meine Frau, und du wirst gefälligst tun, was ich sage‹, hat er geschrien, und ich konnte nicht anders, ich habe ihm mitten ins Gesicht gelacht, weil er sich so lächerlich aufgeführt hat. Ich weiß, dass ich das nicht hätte tun sollen, aber es ist mir einfach herausgerutscht. Shawn ist natürlich hinausgestürmt und ist erst heute Morgen zurückgekommen. Nach Bier hat er gestunken. Hat die Nacht wahrscheinlich bei Lenny verbracht.«

»Warum ist es Ihnen so wichtig, jeden Tag hierherzukommen?«

»Ich weiß es nicht. Es liegt wohl daran, dass ich es gewesen bin, die Petrus draußen im Dreck gefunden hat, bewusstlos und über und über blutverschmiert. Hier in diesem Laden zu stehen ist meine bescheidene Art zu sagen, dass so etwas nicht hingenommen werden kann. Ich könnte nicht mehr in den Spiegel sehen, wenn ich auf einmal aufhören würde herzukommen. Ich würde sagen, dass das, was sie Petrus angetan haben, irgendwie in Ordnung war, und das kann ich nicht tun.«

»Glauben Sie, dass Shawn Sie verlassen wird?«

»Ich weiß es nicht.« Sie zuckte die Schultern. »Er droht damit. Spricht von Scheidung. In den zehn Jahren, die wir nun verheiratet sind, hat er das Wort kein einziges Mal in den Mund genommen. Allerdings hoffe ich, dass es nicht dazu kommen wird. Vielleicht wird Tannie Hetties Behandlung anschlagen, und sie kommen bald zurück, und für uns kann alles wieder so sein wie früher.«

»Glauben Sie wirklich, dass das passieren wird?«

»Was? Dass es Tannie Hettie besser gehen wird?«

»Nein, dass alles wieder so sein kann, wie es früher gewesen ist?«

»Das hier ist Klippiesfontein. Hier ändert sich nie etwas. Das hier wird alles vorübergehen. Du wirst schon sehen …«

Precious zuckte mit den Schultern und wandte sich wieder dem Hummeraquarium zu.

Patty verbrachte die Tage damit, ungeduldig zu seufzen und nach draußen hinter den Laden zu eilen, um Zigaretten zu rauchen, aber sie trat nicht mehr nahe ans Schaufenster, um nach draußen zu sehen. Sie nahm nicht mehr die tägliche Schachtel Camel Filter für ihren Mann mit nach Hause, was Precious darauf schließen ließ, dass er abends nicht mehr nach Hause kam. Pattys Augen blieben unverändert rot. Schließlich bildeten sich dunkle Ringe darunter. Ihr Make-up war hastig aufgetragen. Precious hielt es für gut, dass Oom Marius sie so nicht sah. Er hatte ihr hübsch zurechtgemachtes Gesicht immer so gemocht.

Shawn tauchte jeden Tag in der Reihe der Blockadekämpfer auf, aber am vierten Tag ließ er sich überhaupt nicht blicken. Patty kam alle fünf Minuten ans Schaufenster, sah nach draußen und schüttelte den Kopf. Precious wollte ihr etwas sagen, wusste aber wieder einmal nicht, was. Stattdessen kochte sie ihr unzählige Tassen Tee und begleitete sie bei jeder ihrer vielen Zigarettenpausen hinter den Laden. Sie saß dann feierlich auf der untersten Stufe und hoffte, ihr Schweigen ließe sich als unausgesprochene Unterstützung interpretieren.

Es war Mittagszeit. Sie saßen auf ihrer kleinen Ansammlung aus Stühlen und Kisten beim Hummeraquarium, wie sie es jeden Tag taten. Mrs Joubert öffnete ihre Lunchbox mit ordentlichen Sandwiches aus Weißbrot und bot sie jedem in der Runde an. Petrus und Precious aßen den *pap* mit Würstchen und Tomatensoße, den Precious ihnen zubereitet hatte. Patty aß nichts. Sie starrte vor sich hin, das blasse Gesicht ausdruckslos. Mrs Joubert versuchte, einen Scherz zu machen, um die Stimmung zu heben, aber es funktionierte nicht. Alle verfielen in Schweigen und konzentrierten sich auf ihr Essen.

Dann hörten sie draußen das schwere Aufheulen eines Motors. Sie sahen auf und warfen einander wissende Blicke zu: Das war Shawn mit seinem geliebten Motorrad.

Der Motor brüllte auf und wurde dann leiser, brüllte auf und wurde wieder leiser. Precious stellte sich die Rauchwolken vor, die jedes Mal hervorkamen, wenn Shawn am Gasgriff drehte.

Patty stürzte zum Fenster. »Oh mein Gott, er hat seine Tasche auf den Rücken geschnallt«, sagte sie leise. Fast zu sich.

Precious stellte ihre Schüssel mit dem Essen ab. Sie durchquerte den Laden und trat neben Patty. Mrs Joubert gesellte sich zu ihnen, und nach einer Weile kam sogar Petrus unter dem dumpfen Geklapper seiner Krücke ans Fenster.

Shawn fuhr am Laden vorbei, die Straße entlang und verschwand dann außer Sichtweite, auch wenn sie immer noch seinen Motor hörten. Ein paar Sekunden später war er wieder da. Dann fuhr er in die andere Richtung davon. Wieder kehrte er zurück. Fuhr die Straße auf und ab. Mit dröhnendem Motor. Auf und ab. Kinder ließen von ihren Spielen ab und versammelten sich auf dem Gehsteig, um mit anzusehen, was passieren würde.

Auf und ab.

Patty blieb hinter dem Fenster stehen, und ihre Finger mit den langen Fingernägeln spielten an ihren Lippen herum.

Auf und ab.

Shawn blieb direkt vor dem Laden stehen. Das Gleichgewicht hielt er, indem er die Füße auf den Boden stellte. Er hob das Visier seines Helms und sah direkt zum Laden, zu dem Fenster, an dem seine Ehefrau stand, und gab einen markerschütternden Schrei von sich.

»Patty!«, rief er.

Sie rührte sich nicht.

»Patty!«, rief er erneut.

Wieder rührte sie sich nicht.

Shawn klappte mit einem Ruck das Visier herunter und fuhr mit ohrenbetäubendem Dröhnen in Richtung Highway. Diesmal kehrte er nicht zurück.

26

Als sie langsam nach Klippiesfontein hineinfuhren und nach links auf die Main Street bogen, kamen sie an den vertrauten Orten ihrer Kindheit vorbei: der Kirche, dem Haus des Pfarrers daneben, ihrer alten Grundschule, Alans Friseursalon …

Andre erinnerte sich noch daran, wie alle gelacht hatten, als Alan das Schild angebracht hatte – ein Friseursalon mitten in Klippiesfontein! Wie großspurig! Doch laut seiner Mom konnte sich Alan vor Terminen kaum retten.

»Geht es nur mir so, oder scheint dieser Ort jedes Mal, wenn wir zurückkommen, kleiner zu werden?«, sagte Johan neben ihm.

»Es ist nicht der Ort, der kleiner wird«, meldete sich Stefaan von hinten zu Wort. »Es ist die Mentalität hier.«

Die anderen beiden stießen ein verbittertes Lachen aus.

Sie kamen immer näher. Als sie an den ersten paar Läden vorbeigefahren waren, konnte Andre das Geschäft seines Vaters sehen. Augenblicklich überkamen ihn liebevolle Erinnerungen an faule Sommernachmittage, an denen er mit seinen Freunden im Staub vor dem Laden Touch Rubgy gespielt hatte. Sie hatten sich den Mund so voller Wilson's Toffees gestopft, dass sie die Lippen nicht schließen konnten und ihnen die Spucke am Kinn hinunterlief. Hatten einander dazu herausgefordert, schnell hinter den Ladentisch zu flitzen, wenn ihr Dad mit Kundschaft beschäftigt war, eine Hand in einen der Glasbehälter zu stecken und mit einer Faust voll Bonbons wieder herauszukommen. Die roten waren die besten. Andre konnte immer noch spüren, wie wund seine Zunge gewesen war, wenn er zu viele gegessen hatte.

Da erblickte er sie. Eine Reihe aus Männern in Khaki vor dem Laden. Zwei suchten Zuflucht im Schatten des Baums auf der anderen Straßenseite. Durchhängendes rot-weißes Absperrband, schlaffe Fahnen, die sich genauso sehnlich wie alle anderen eine kleine Brise herbeiwünschten – so also sah ihr großer Widerstand aus. »Ha!«, lachte Andre laut und spöttisch.

Er fuhr langsam vor den Laden und schaltete den Wagen aus.

»Seid ihr bereit, Jungs?«

Etliche Männer bückten sich tief und versuchten, durch den grellen Sonnenschein, der sich auf der Windschutzscheibe spiegelte, zu erspähen, wer die Frechheit besaß, vor ihrer Blockade zu parken. Andre sah in ihren Gesichtern Wiedererkennen aufblitzen.

Da war Oom Hans, derjenige, der mit dem ganzen Ärger angefangen hatte, und Karel stand neben ihm. Piet, der in der Schule zwei Klassen über ihm gewesen war, und Morné, sein Bruder. Koos war mit Johan in einer Klasse gewesen und Herman mit Stefaan. Männer, so alt wie sie. Männer, die mit ihnen klein gewesen waren und zusammen mit ihnen alle möglichen Lausbubendummheiten angestellt hatten, die aber jetzt hergekommen waren, um gegen ihren Vater vorzugehen. Tja, sie hatten sich die falsche Familie ausgesucht. Es würde ihnen noch leidtun.

Andre nickte kurz. Teils sich selbst zu, teils seinen Brüdern, und beinahe gleichzeitig gingen knirschend die Türgriffe. Die drei Männer traten auf die Straße hinaus.

Der kleine Daan und noch ein Junge spielten in der Nähe im Staub Murmeln. Sie sahen auf.

»Andre!« Mornê ergriff als Erster das Wort und trat einen Schritt auf seinen ehemaligen Klassenkameraden zu, zögerte und ließ dann die ausgestreckte Hand wieder sinken, als er sah, dass im Gegenzug kein Handschlag angeboten wurde. »Was … Was bringt euch zurück nach Klippiesfontein?«

Die zwei Männer im Schatten traten in den grellen Sonnenschein und gesellten sich zu den übrigen Blockadekämpfern auf der Straße. Die Männer begrüßten sich mit steifem Kopfnicken.

»Was haltet ihr von dem Wetter, Mann?«, sagte Piet in die Runde. »Neununddreißig Grad.« Er wischte sich mit dem Handrücken über die Stirn.

»Wir sind nicht zum Plaudern hier«, sagte Stefaan und ging einen Schritt auf die Gruppe zu.

Piet blickte zu Boden.

Oom Hans trat auf die Brüder zu und sprach mit ernster Stimme. »Wie geht es eurer Mutter, Jungs?«

Andre machte den Mund auf, um ihm die Antwort zu erteilen, die er verdiente, aber Stefaan kam ihm zuvor. »Umso schlechter, weil ihr Tag für Tag hier draußen steht.«

Seine Worte waren trocken und spröde. Kleine Speicheltropfen flogen von seinen Lippen und wurden von der Sonne erhellt, die in seinem Rücken schien.

Männer traten von einem Fuß auf den anderen. Ein oder zwei wandten die Gesichter ab und gaben ein plötzliches

Interesse an der Kinderschar vor, die sich auf der anderen Straßenseite versammelte.

»*Dawie, gaan huis toe*«, ermahnte Piet seinen kleinen Sohn, den er soeben inmitten der Kinder bemerkt hatte.

»Ja, Dawie, geh nach Hause, denn heute ist der Tag, an dem ich deinem Dad eine Tracht Prügel verabreiche«, sagte Andre.

Das Kind blieb wie angewurzelt stehen. Seine Augen waren vor Angst riesengroß.

Hinter ihnen vernahmen sie das dumpfe hölzerne Geräusch einer Krücke. Andre wandte den Kopf, um zur Veranda zu sehen. Petrus stand da und beobachtete sie. Daneben stand ein hübsches schwarzes Mädchen. Das musste Precious sein, dachte er. Und da waren Mrs Joubert und Patty.

Er drehte sich wieder um und starrte die Männer an. Trotz der gnadenlosen Sonne war der gute Meter, der Oom Marius' Söhne von den Blockadekämpfern trennte, kalt und angespannt.

»Ich sage das hier ein Mal«, setzte Andre zu den Wörtern an, die er hundertmal in Gedanken durchgespielt hatte. »Packt euren Scheiß ein und geht nach Hause, damit wir alle zu unserem Leben zurückkehren können.«

»Oder was?«, meinte Karel herausfordernd und trat ganz an sie heran, indem er einen Schritt vorwärts machte.

»Oder wir sorgen dafür, dass es dir noch leidtut, du Scheißkerl!«, knurrte Stefaan unerwarteterweise. Er trat vor und ließ seine Faust direkt gegen Karels Kieferpartie sausen.

Andre versteifte sich. Sah sich um. Sah nach, wer sich

regte. Rechnete mit dem ersten Hieb. Johan neben ihm tat es ihm gleich.

Im nächsten Augenblick sah er, wie Johans Hals nach hinten gerissen wurde, und es hatte den Anschein, als würde sein Kopf direkt von seinem Körper fliegen. Die Augen zeichneten sich riesengroß in seinem Schädel ab. Koos, der neben seinem Bruder stand, zog den Ellbogen zurück und hob die Faust auf Schulterhöhe. Andre sah, dass seine Fingerknöchel da, wo sie seinen Bruder im Gesicht getroffen hatten, blutig waren. Bevor Koos Gelegenheit hatte, noch einen Hieb zu landen, sprang Andre zwischen sie und rammte die Stirn nach unten, mit aller Kraft, auf Koos' Nase. Das Knirschen von zerreißendem Knorpel hallte in Andres Schädel wider, gefolgt von einem tiefen Knurren von Koos.

Danach brach Chaos los. Der Geschmack von Staub vermischte sich mit dem von Blut. Da war das Geräusch eines herausbrechenden Zahns. Haut rammte gegen Haut. Stöhnen. Dumpfes Knallen. Jäher Schmerz, sofort gefolgt von aufwallender Empörung. Muskeln wurden angespannt und gelockert. Unter Fingerknöcheln platzte Haut auf. Eine weiche Wange traf auf eine steinerne Faust. Da war das dumpfe Geräusch lederner *Veldschuhe*, die gegen ein Schienbein traten.

Eine Gestalt taumelte rückwärts und knallte in die hölzerne Brüstung der Veranda. Andre sah voller Dankbarkeit, dass es sich nicht um Johan oder Stefaan handelte, aber mehr Zeit blieb ihm nicht, etwas wahrzunehmen. Bevor er das Gesicht des Mannes erkennen konnte, schlug ihm etwas Steinhartes gegen die Stirn. Auf einmal sah er mit dem rechten Auge nichts mehr. Warme rote Flüssigkeit strömte darüber.

Das Rot wurde zu einem rosa-orangenen Farbton verdünnt, als er den Kopf in die Sonne drehte, um seinen Angreifer zu erkennen. Wütend wischte er sich das Auge am Ärmel ab und stürmte in Richtung der Faust, wobei er wie ein Tier brüllte. Menschenfleisch traf auf Menschenfleisch, während Andre mit den Fäusten darauf einschlug, bis das Fleisch unter seinen Händen endlich keinen Widerstand mehr leistete, sondern schlaff wurde.

Andre richtete sich auf und schnappte nach Luft. Überall um sie her standen Einwohner mit offenem Mund. Stefaans Ellbogen bewegte sich schnell, auf und ab, auf und ab, und schlug bei jeder Abwärtsbewegung knirschend auf etwas am Boden. Johan stand mit blutverschmiertem Gesicht über einer Gestalt und trat mit dem Bein heftig auf sie ein. Die Gestalt zuckte jedes Mal, wenn der Fuß sie traf, schlaff zusammen.

Andre atmete tief ein. Er sah sich langsam um. Mornê und zwei andere Männer standen da und starrten sie von der anderen Straßenseite aus an. Die Augen bestürzt aufgerissen. Unverletzt, sie hatten sich nicht an dem Kampf beteiligt.

Er hörte ein Kind weinen und sah zu der Kinderschar hinüber. Der kleine Dawie stand mitten darunter und schluchzte unkontrolliert. Mit Staub vermischter Rotz bedeckte seine Oberlippe. Seine Augen starrten gebannt auf die Gestalt, die ausgestreckt auf der Straße lag. Andre erkannte, dass es sich um Piet handelte, Dawies Vater. Ein kleines Mädchen mit blonden Pferdeschwänzen legte den Arm um die Schulter des weinenden Jungen, und Andre war der Kleinen dankbar.

Keiner stürzte sich mehr auf sie. Er sah, dass Oom Hans derjenige gewesen war, der neben der Veranda zusammengebrochen war. Andre hatte ein schlechtes Gewissen, die Hand gegen einen Mann erhoben zu haben, der alt genug war, ihr Vater zu sein. Andererseits, sagte er sich, hatte Oom Hans alles daran gesetzt, die Existenzgrundlage seiner Eltern zu zerstören. Sechzig Jahre hin oder her, er hatte diese Abreibung verdient.

Koos lag vor Johans Füßen, und Karel lag bei Stefaan zusammengekrümmt am Boden, versuchte, den Kopf zu heben, und ließ ihn wieder auf die Arme sinken. Besiegt. Herman lag stöhnend auf der Seite, und ihm rann Speichel aus dem Mund in den Staub, wo er allmählich eine kleine Schlammpfütze bildete.

Andre klatschte laut in die wunden Hände. »Und das war es jetzt«, verkündete er. »Sollte uns je wieder zu Ohren kommen, dass sich einer von euch Scheißkerlen dem Laden nähert, kommen wir wieder und zeigen euch noch einmal, was Sache ist!«

Johan klopfte sich den Staub ab. Stefaan ging wütend auf das schlaffe Absperrband zu, riss es herunter und zerknüllte es in den Fäusten. Johan und Andre sammelten je eine Flagge ein. Die Brüder stampften auf, um den Staub abzuschütteln, und trotteten die Eingangsstufen hinauf.

Oben drehte Andre sich um und sprach zu der versammelten Menge. »Das Bier geht auf uns.«

Er beobachtete, wie sich Alan, der Friseur seiner Mutter, Mister Scott, sein alter Englischlehrer, und Charlie aus der Menge lösten und ihnen folgten. Drinnen dauerte es eine Weile, bis sich Andres Augen nach dem grellen Sonnenschein an das trübe Licht gewöhnt hatten. Er sah Petrus, der neben dem Kühlregal stand, ein breites Grinsen im Gesicht. Stolz machte er ein Bier auf und reichte es in Andres wartende Hand. Andre erwiderte sein Grinsen.

»Gib mir auch eins«, sagte Stefaan, der über den Holzboden humpelte.

»Jetzt siehst du wie Petrus aus«, scherzte Alan, als er durch die Tür kam.

Precious trat hinter dem Ladentisch hervor, wo sie eben den Lautstärkeregler am Radio hochgedreht hatte. Fröhliche Beats wummerten durch den Laden. Gläser mit Marmelade und Honig stießen vibrierend in einem Siegestanz aneinander.

»Wir haben es ihnen gezeigt, nicht wahr?«, schwärmte Johan. Er warf den Kopf zurück und leerte den Inhalt der Dose in seine Kehle.

Andre hob sein eigenes Bier an die Lippen. Die kribbelnden Bläschen, der weiche Schaum strömten in seinen Mund, über seine Zunge.

Als Nächstes spürte er etwas an seiner Leiste vibrieren. Sein Handy, wurde ihm klar, noch bevor er das erste Klingeln vernahm. Es war ein verdammtes Wunder, dass das Ding während der Schlägerei nicht kaputtgegangen war, dachte er und ließ die Hand in seine Jeanstasche gleiten, um es hervorzuholen.

»Es ist Pa«, verkündete er, als er den Namen auf dem Display las. Dann sprach Andre in das Handy. »Genau zum richtigen Zeitpunkt.«

»Andre?«, hörte er die Stimme seines Vaters. Außer sich.

»Ja, Pa, ich bin's. Was ist los?«

»Es geht um deine Mutter. Ihr geht es nicht gut. Der Arzt sagt, ihr müsst herkommen. Alle drei. Auf der Stelle.«

Andre stellte sein Bier auf dem nächsten Regal ab. »Wir kommen, Pa. Wir sind so bald wie möglich da.«

27

Oom Marius öffnete den Laden nicht. Es war das zweite Mal in zweiundvierzig Jahren. Das erste Mal war gewesen, als Hettie um sechs Uhr morgens an einem Mittwoch die Wehen bekommen hatte, als sie mit Andre schwanger gewesen war und er sie nach Springbok ins Krankenhaus gefahren hatte. Er erinnerte sich noch immer daran, dass es ein Mittwoch gewesen war, weil eigentlich der Lieferant an dem Tag kommen sollte und er die Vorräte zwischen Besuchen bei seiner jungen Frau und seinem neugeborenen Sohn schließlich selbst geholt hatte. Damals hatten sie gerade eben erst angefangen, und jetzt war alles vorbei.

Oom Marius wurde von einer Woge der Trauer übermannt, und er rang nach Luft, um das Schluchzen zu unterdrücken, das sich ihm zu entringen drohte. Doch als seine Schwiegertochter zu ihm herübergeeilt kam, wurde ihm klar, dass er trotzdem ein Geräusch von sich gegeben haben musste.

Er saß auf einem Stuhl vor dem Ladentisch, auf demjenigen, den Petrus angeblich in den letzten beiden Wochen seiner Abwesenheit in Beschlag genommen hatte, während er den Frauen dabei zugesehen hatte, wie sie den Laden führten. Zum ersten Mal, seit er denken konnte, war der Sekundenzeiger der Uhr an der Wand hörbar. Er starrte die Regale mit den Waren an, die er seit über vierzig Jahren vor sich sah, und ihm fiel auf, dass sie irgendwie ihre Farbe eingebüßt hatten. Alles, buchstäblich alles, war grau. Auf der Welt war kein einziger Farbklecks übrig.

»*Pappa*«, sagte Karien zu ihm und legte ihm die Hand auf die Schulter. »*Is Pappa oraait?*«

Ungeduldig schüttelte Oom Marius ihre Hand ab. Er wusste, dass sie nur zu helfen versuchte, aber er hatte diesen vermaledeiten Frauen unzählige Male gesagt, dass er es nicht gebrauchen konnte, wenn sie Aufhebens um ihn machten. Ehrlich gesagt wollte er nur, dass man ihn in Ruhe ließ und dass dieser Tag zu Ende ging. Karien ließ die Arme an den Seiten hängen und stand unbehaglich neben Oom Marius, nicht sicher, wohin sie blicken sollte.

Er versuchte zu vergessen, dass sie da war.

Er hatte es nicht nötig gehabt, den Laden für die Geburt seiner anderen beiden Söhne zu schließen, entsann Oom Marius sich. Bis die beiden kamen, hatte Hettie die Sache mit dem Timing herausgehabt. Johan war an einem Samstagabend auf die Welt gekommen, bloß ein paar Stunden, nachdem er den Laden geschlossen hatte, und Stefaan an einem Sonntag. Gute Jungen hatte sie ihm geschenkt. Von Anfang an hatten sie gewusst, wo sie hingehörten.

Oom Marius sah zu den dreien hinüber, die dicht zusammengedrängt zwischen den Wheatbix und den Rice Krispies standen. In ihren schwarzen Anzügen, die Krawatten wie Schlingen um den Hals, ab und zu eine gedämpfte Bemerkung machend, wechselten sie sich dabei ab, auf die Uhr zu sehen, die die Minuten zählte, bis es an der Zeit war, ihre Prozession zur Kirche anzutreten.

Während Oom Marius seine Söhne betrachtete, wurden

sie vor seinen Augen jünger, bis da nicht mehr drei erwachsene Männer über dreißig mit hängenden Schultern standen, sondern Jugendliche. Mutterlose Brüder.

Andre, schmuddelig und stolz in seinem Rugbytrikot in dem Jahr, in dem sie die Prieska High geschlagen hatten und mit dem Pokal nach Hause gekommen waren. Johan, der seinen schwarzen Talar und den komischen quadratischen Hut mitten im Sommer trug, während ihm der Schweiß über die Stirn in die Augen lief und er sein Universitätsdiplom umklammert hielt – der Erste sowohl aus seiner als auch Hetties Familie, der einen Universitätsabschluss gemacht hatte. Und Stefaan, ihr Jüngster, der Sensibelste, der Aufbrausendste, stand mit einem blauen Auge vor ihnen und erzählte verlegen von der zigsten Prügelei, in die er verwickelt gewesen war, weil er für ein Mädchen oder ein kleineres Kind eingetreten war, die nicht selbst kämpfen konnten.

Oom Marius riss den Kopf zurück und rang keuchend nach Luft bei dem Versuch, nicht zu weinen. Seinen Lippen entfuhr ein gequältes Jaulen, und jedes Augenpaar richtete sich voller Mitleid auf ihn.

»Hört auf, mich anzusehen, ja? Ich hab's euch doch gesagt, mir geht es gut.«

Schuldbewusst wandten sich alle Augen – die seiner Söhne, seiner Schwiegertöchter, seiner Enkelkinder, die von Petrus – wieder ab, und alle taten so, als hätten sie überhaupt gar nicht erst hingesehen.

Minuten verstrichen. Niemand rührte sich. Selbst die Zeit schien stehen zu bleiben, und dafür war Oom Marius dankbar. So schwer es auch war, dort in seinem Laden zu sitzen, ohne etwas zu tun zu haben – wo doch die Tür offen sein und die Kinder am Ladentisch Schlange stehen sollten, um sich ein Eis zu kaufen, und wo doch Hettie den Kopf durch die Tür hätte stecken sollen, um ihm zu sagen, dass sein Mittagessen fertig sei –, war es doch besser, als die Straße entlangzugehen, damit er die funkelnden grünen Augen seiner Frau zusammen mit dem Rest von ihr in den Erdboden hinunterlassen konnte.

Denn so weit war es schließlich gekommen: Der Tod hatte sie geschieden.

Noch ein heftiges Einatmen, doch diesmal wagte keiner hinzusehen.

»Pa, es ist Zeit.« Schließlich sprach Andre die Worte aus, vor denen er sich gefürchtet hatte.

Oom Marius legte die Hände auf die Knie und hievte sich schwerfällig hoch. Seine Schultern schmerzten. Sein Herz schmerzte.

Schwer setzte er einen Fuß vor den anderen und ging auf die Eingangstür zu. Seine Familie reihte sich hinter ihm ein.

Als er ins Freie trat, blendete ihn der Sonnenschein, der ihn dort erwartete, und er rieb sich die Augen mit Daumen und Zeigefinger. Zu seiner Überraschung hörte er den Schrei eines *hadeda*, der über sie hinwegflog. Irgendwie hatte er damit gerechnet, dass die Welt zum Stillstand gekommen wäre. Draußen auf der Veranda hob er den Blick, um die Menschen zu grüßen, von denen er wusste, dass sie dort versammelt wären, um den langen Marsch mit ihm und seinen Söhnen anzutreten, die staubige Straße entlang, zur Kirche.

Die Augen, die seinen Blick erwiderten, waren auch hier voller Mitleid. Lippen murmelten Worte, die Trost spenden sollten. Er nickte pflichtbewusst zum Zeichen, dass er tatsächlich Trost empfand, auch wenn natürlich alle wussten, dass es sich um eine Lüge handelte. Alle spielten die Rolle, die von ihnen erwartet wurde, weil sie nicht wussten, wie sie sich sonst benehmen sollten. Am liebsten hätte Oom Marius geschrien. Er wollte in die entgegengesetzte Richtung loslaufen, weg von der Kirche, mit den schmerzenden Schultern, dem schmerzenden Rücken, dem schmerzenden Herzen und allem Drum und Dran.

Aber natürlich tat er das nicht.

Auch er würde seine Rolle spielen, zusammen mit dem Rest von Klippiesfontein, weil es von ihm erwartet wurde, und da er ein Neuling darin war, seine Frau zu Grabe zu tragen, wusste auch er nicht, wie er sich benehmen sollte.

Sein Blick huschte über die Menge: Sarie, Mrs Joubert, Mister Scott, Precious, Charlie, Patty. Alle in Schwarz. Alle mit gesenktem Blick.

Auf einmal löste sich jemand aus der Menge und stürzte auf ihn zu. Es war Alan, der einen dunklen Anzug und eine leuchtend pinkfarbene Krawatte trug und dem Tränen über die Wangen strömten. Oom Marius wusste sich nicht zu helfen. Beim Anblick der Krawatte brach er in Gelächter aus. Er lachte und lachte, und Tränen, die er sich aus Trauer nicht gestattet hatte, strömten ihm nun vor Heiterkeit über das Gesicht. Was man sagte, stimmte: Tränen und Gelächter waren Schwestern. Und das Beste daran war das Wissen, dass die Krawatte auch Hettie zum Lächeln gebracht hätte.

Alan blieb verwirrt stehen. Er lächelte unsicher über den Scherz, von dem er keinen blassen Schimmer hatte. Als Oom Marius' Gelächter endlich versiegte, ergriff Alan seine Hände. »Ich wollte dir nur sagen, dass sie wunderschön aussieht. Ich war gestern Abend in der Leichenhalle, um sie zu frisieren, und ich kann dir sagen, sie hat in Frieden geruht. Ich dachte, dass du das würdest wissen wollen. Ihr Leiden ist…«

»Danke, Alan.« Oom Marius, der sich wieder ganz gefasst hatte, war erneut ernst.

Alan nickte verlegen und verschwand wieder in der Menge.

Oom Marius hörte das laute Auftreten seiner eigenen Schuhe, als er den ersten Schritt auf die Straße tat. Das *Klonk-Klonk* von Petrus' Krücke folgte gleich hinter ihm.

Endlich traf er in der Kirche ein, eine ganze Prozession hinter sich. Schweiß rann ihm die Schläfen und die Wirbelsäule hinunter und von seinen Achseln. Eine heiße Brise war aufgekommen und bedeckte die Trauergäste mit einer unsichtbaren Staubschicht. Er wusste, dass sie da war, weil er sie auf der Zunge schmeckte und ein Kratzen in den Nasenlöchern spürte. Diese vermaledeite Hitze war schlimm genug, ohne dass man auch noch einen Anzug zu tragen hatte. Er zerrte am Kragen herum und lockerte die Krawatte.

Oom Marius betrat das dunkle Innere der vergleichsweise kühlen Kirche und begann seinen einsamen Gang zur Kirchenbank ganz vorn. Zum ersten Mal seit vierzig Jahren ging er diesen Gang hinab ohne seine Hettie an der Seite. Seine drei Schwiegertöchter und seine Enkel folgten. Seine Söhne waren draußen geblieben, und es hatten sich drei ihrer Cousins zu ihnen gesellt, um darauf zu warten, dass der Leichenwagen vor der Kirche hielt.

Die Bänke waren voller Menschen. Natürlich war Hettie

eine sehr beliebte Frau gewesen, aber mit so vielen Trauergästen hatte er nicht gerechnet. Die Menschen drängten sich in allen Ecken, standen in den Gängen, fächerten sich mit dem Kirchenblatt zum Trauergottesdienst Luft zu. Papierrascheln war das einzige Geräusch.

Die letzten drei Bänke waren voller Schwarzer. Manche, die Oom Marius kannte, manche, die er noch nie im Leben gesehen hatte. Den Männern schien, genau wie Oom Marius, in ihren Anzügen unbehaglich zumute zu sein. Die Frauen trugen die knallbunten Stoffe, die ihnen so am Herzen zu liegen schienen. Nicht oft hatte er ein schwarzes Gesicht in der Niederländisch-reformierten Kirche gesehen, und schon gar nicht so viele! Das war noch nie da gewesen. Oom Marius nickte grüßend nach rechts und nach links, bevor er seinen Marsch nach vorn fortsetzte. Der Duft der Blumen überwältigte ihn beim Herankommen.

Unter den Gesichtern der Gemeinde waren Menschen, die er schon sein ganzes Leben lang kannte. Freunde, Familie, Jugendliche, deren Geburt er mitbekommen hatte und die seitdem groß geworden waren. Außerdem bemerkte er die Gesichter der Männer, die er nicht hatte sehen wollen. Oom Hans war da, neben ihm saß Bertie. Und da war Frikkie, neben seiner Mom und all ihren anderen Kindern. Anscheinend waren die beiden Jungen auf Kaution herausgekommen, auch wenn er nicht mehr wusste, wer ihm das erzählt hatte. Karel, Piet, Herman, Koos. Einen nach dem anderen erblickte er, doch statt der Wut, mit der er gerechnet hatte, falls sie es wagen sollten aufzukreuzen, fühlte er sich taub. Einfach nur taub.

Oom Marius ging den Mittelgang weiter, seine Schwiegertöchter klackerten in ihren Stöckelschuhen hinter ihm, seine Enkelkinder schlurften neben ihren Müttern her. Das jüngste, noch voller Babyspeck, fing angesichts der Feierlichkeit des Orts an zu weinen. Das eine Geräusch, das Oom Marius jedoch nicht mehr hörte, war das *Klonk-Klonk* von Petrus' Krücke.

Er blieb stehen, drehte sich um und ließ den Blick über die Bänke schweifen. Gleich dort, in der letzten, sah er, wie sich die bereits zusammengepferchte Menschenreihe weiterschob, um Platz für seinen Gehilfen zu machen.

»Nein, Petrus!«, befahl Oom Marius mit dröhnender Stimme. »Komm du her und setz dich mit uns hier vorne hin. Hettie hätte es so gewollt.«

Petrus sah nervös aus. Er nickte.

Irgendwo links von Oom Marius erhob sich Flüstern. Er riss den Kopf herum und starrte wütend in die Richtung, aus der es gekommen war. Das Flüstern verkroch sich, erniedrigt, ohne seinen Ursprung zu verraten. Oom Marius drehte sich um und marschierte weiter. Endlich erreichte er die erste Reihe und nahm Platz. Seine Familie setzte sich neben ihn.

Klonk-Klonk machte die Krücke, die sich einen Weg zu ihnen bahnte.

»Ist da Platz, Karien, damit sich Petrus neben dich setzen kann?«, wandte er sich an seine Schwiegertochter.

»Ja, Pa«, antwortete sie.

Das Geräusch der Krücke verstummte, und Petrus' dunkle, einsame Gestalt setzte sich ans Ende ihrer Kirchenbank, gleich am Mittelgang.

Oom Marius nickte langsam, zufrieden, und sah vor sich hin. Pfarrer Andries hatte seine Stellung hinter der Kanzel bezogen. Als der Pfarrer Oom Marius in die Augen sah, war da wieder dieses verdammte Mitleid. Der Pfarrer sah durch den Gang bis zum rückwärtigen Teil der Kirche und nickte kurz. Oom Marius hörte, wie knarzend die schwere Eichentür aufging. Mrs Van Rensburg erweckte ihre Orgel zum Leben, und das Instrument begann, ein trauriges Lied zu ächzen. Alle Köpfe wandten sich nach hinten, um die Sargträger zu sehen, die den Sarg auf die Schultern stemmten. Oom Marius' Blick blieb starr nach vorn gerichtet. Er wollte nicht sehen, wie seine Jungen ihre Mutter trugen.

Als die sechs erwachsenen Männer endlich ihren Marsch beendet und den Sarg zwischen den Kränzen vor der Kanzel heruntergelassen hatten, nahmen sie in der Bank neben Oom Marius Platz. Er sah seine zusammengedrängten Söhne mit ihren ernsten Mienen an. Keine Emotion, keine Tränen, genau wie er es ihnen beigebracht hatte.

Doch Oom Marius schaffte es nicht ganz, den eigenen Körper unter Kontrolle zu halten. Gegen seinen Willen rang er wieder einmal nach Luft.

Pfarrer Andries redete von der Kanzel. »Wir haben uns heute Nachmittag hier versammelt, liebe Familienangehörige und Freunde unserer geliebten Schwester Hettie, um ihrem Leben Tribut zu zollen und ihren Tod zu betrauern. Das Leben wird, wie wir bei einer Gelegenheit wie dieser klar sehen, immer in Gegenwart des Todes gelebt, und der Schatten des Todes macht uns das Strahlen des Lebens bewusst …«

28

Petrus freute sich nicht auf den Tag, der vor ihm lag.

Er stand im Staub am Fuß der Treppe zur Hintertür und biss sich auf die Unterlippe, während er darauf wartete, dass sich der Schlüssel im Schloss drehte, sobald Baas Marius den Laden aufmachte.

Zum ersten Mal seit zehn Tagen.

Zum ersten Mal seit der Beerdigung.

Es würde ein schwerer Tag werden, aber davon hatte Petrus in letzter Zeit reichlich gehabt. Es ließ sich sogar behaupten, dass er sich allmählich daran gewöhnte. Wenigstens lag der schwerste Tag bereits hinter ihm, dachte er und erinnerte sich daran, wie er in ebendem Staub zu seinen Füßen gelegen hatte, sein Körper zerschunden und blutend. Ja, wenigstens war dieser Tag vorbei.

Er hörte das Drehen des Schlüssels im Schloss. Die Tür schwang auf, und Baas Marius stand oben an der Treppe. Seine Wangen hingen herab wie leere Plastiktüten. Bisher war Petrus nicht aufgefallen, dass Weiße grau werden konnten. Rosa, ja. Rot, ganz bestimmt. Aber grau?

»Morgen«, grunzte Baas Marius. »Geht es deinem Bein besser?«

Petrus nickte und erklomm wackelig die Stufen. Tags zuvor war er beim Arzt gewesen, um sich den Gips entfernen zu lassen. Es war nicht einfach, sich daran zu gewöhnen, wieder das ganze Gewicht auf das verheilte Bein zu verlagern. Es fühlte sich an, als wäre es innen weich wie ein Hühnerknochen, der stundenlang in einem Eintopf geköchelt hatte. Er hatte den ganzen Tag damit verbracht, im Haus seiner Mutter auf und ab zu gehen, zu trainieren, wie der Arzt es ihm aufgetragen hatte, bis sie ihn angeschrien hatte, er würde sie *mal* machen. Verrückt. Da war er dann nach draußen gegangen und hatte sich in die Sonne gesetzt, um abzuwarten, dass der Tag verging, damit er wieder zur Arbeit konnte.

Die Eingangstür des Ladens stand offen, und trotz der frühen Stunde strömte die Sonne herein und bildete einen grell-gelben Fleck auf dem Holzboden. Petrus sah aus dem Schaufenster, und ihm war ein wenig froher zumute. Sie waren nicht mehr da, diese Männer. Wenigstens hatte er etwas Gutes gehabt, Missies Hetties ... Nein, er schüttelte den Kopf, um den Gedanken loszuwerden. Missies Hetties Tod hatte nichts Gutes gehabt. Er hätte sie viel lieber zurück, damit sie sich um Baas Marius kümmern konnte, selbst wenn er dafür die Männer dort draußen ertragen müsste.

Aber trotzdem, dachte Petrus, wenigstens konnte er wieder nach draußen gehen und die Veranda fegen, wie er es früher immer getan hatte. Er ging zum Lagerraum, um den Besen zu holen.

Wisch, wisch, machte der Besen. Petrus spürte die Sonne, die ihm auf den Rücken knallte, und beobachtete die Staubpartikel, die vor seinen Augen tanzten. Er konnte nicht anders, er fühlte sich zumindest ein kleines bisschen glücklich.

Würde sie die Eingangsstufen heraufkommen, fragte er sich, oder würde sie hintenherum kommen, wie sie es all die Wochen getan hatte? Sein Blick wanderte die verlassene Straße entlang, um zu sehen, ob er ihre Gestalt erkennen konnte, wie sie beschwingt auf den Laden zukam. Etwa auf der Hälfte der Straße schimmerte eine Luftspiegelung.

»Hast du letzte Woche die fünzig Kilo *mealie-meal* bestellt?« Baas Marius stand im Türrahmen und hielt sein Klemmbrett und den Stift vor sich.

Petrus nickte.

»Haben sie es geliefert?«

Petrus lehnte den Besen gegen die Wand und ging hinein. Baas Marius trat einen Schritt zurück, um ihn vorbeizulassen, und Petrus ging zum Lagerraum. Er hörte den Baas hinter sich und blieb vor einem Regal stehen, in dem fünfundzwanzig braune Papiertüten aufgereiht waren, jede mit jeweils zwei Kilo *mealie-meal* aus dem großen Maismehlsack.

»Du hast es bereits in kleinere Tüten abgewogen. Willst du mir das damit sagen?«

Petrus wollte nicht die Lorbeeren für eine Arbeit einheimsen, die er nicht verrichtet hatte, aber er wusste nicht, wie er übermitteln sollte, dass es Precious' Werk war. Also nickte er.

»Guter Mann«, sagte Baas Marius und legte Petrus kurz die Hand auf die Schulter. »Ich sehe, dass du den Laden in meiner Abwesenheit vernünftig geführt hast.«

Baas Marius hatte Petrus noch nie so an der Schulter berührt. Seine Lippen öffneten sich und er grinste.

»Wäre es nicht leichter, mir diese Dinge einfach zu sagen, statt sie mir jedes Mal zu zeigen?«

Petrus zuckte die Schultern.

»Wie du willst«, fuhr Baas Marius ihn an, und Petrus war merkwürdigerweise dankbar, erneut seine Ungeduld zu spüren zu bekommen. Bald schon würde alles wieder seinen normalen Gang gehen.

Er kehrte nach draußen auf die Veranda zurück und griff wieder nach dem Besen. *Wisch, wisch.* Er ließ den Blick über die Straße schweifen. Nichts. *Wisch, wisch.*

Die Mittagszeit verlief angespannt und unbehaglich. Früher, bevor Missies Hettie erkrankt war, hatte sie dem Baas zum Mittagessen belegte Brote zubereitet. Manchmal, wenn im Laden nichts los war, ging er ins Haus und aß zusammen mit seiner Frau. Doch wenn zu viel Kundschaft da war, aß er seine Brote im Stehen hinter dem Ladentisch. Petrus ging gewöhnlich in den Lagerraum, öffnete die alte Eisschachtel, die er als Lunchbox benutzte, und aß allein seinen kalten *pap* mit Bratensoße, während er auf einer Plastikkiste hockte.

Doch es gab niemanden mehr, der Baas Marius Brote belegen konnte, und Petrus hatte ein zu schlechtes Gewissen, um ihn allein zu lassen und selbst zu Mittag zu essen. Sein Magen knurrte vor Hunger, und er fühlte sich schwach im Kopf, doch er unternahm keinen Versuch, ins Lager zu gehen. Als er neben Baas Marius stand, um auf die Zahlen zu deuten, die er in das große schwarze Buch geschrieben hatte, hörte er den Magen des Baas' ebenfalls knurren.

»Was machen wir jetzt, Petrus?«, fragte der. »Stehen wir hier nebeneinander herum, während sich unsere Bäuche anhören wie ein Wasserfall?«

Petrus zuckte die Schultern.

Der Baas ging zu einem Regal und griff nach einer Büchse Sardinen in Tomatensoße. Mit dem Taschenmesser, das er sich vom Gürtel nahm, öffnete er sie. Nachdem er den Inhalt auf zwei Emailleteller verteilt hatte, die er unter dem

Ladentisch hervorholte, schob er einen Petrus hin. »Hol einen halben Laib Mischbrot von da drüben.«

Sobald das Brot in zwei Hälften gerissen worden war und Petrus zwei Löffel und zwei Gläser mit kaltem Wasser von hinten geholt hatte, aßen die Männer schweigend zusammen. Das einzige Geräusch war das Klirren ihrer Löffel an den Tellern. Und obwohl das Geschwätz der drei Frauen im Laden Petrus manchmal in den Wahnsinn getrieben hatte, stellte er fest, dass er sie vermisste. Wenigstens hatte es in ihrer Gegenwart immer etwas zum Nachdenken gegeben. Besonders in Precious' Gegenwart, seufzte er.

»Was seufzt du?«, grunzte Baas Marius. »Du hörst dich an wie ein liebeskranker Schuljunge.«

Petrus spürte, wie seine Wangen heiß wurden, und zum ersten Mal war er dankbar um seine braune Haut. Wenn er weiß wäre, wären seine Wangen rosa angelaufen, so wie Baas Marius' sich früher immer verfärbt hatten, wenn Missies Patty in den Laden kam.

Und dann tauchte Precious auf.

»Guten Tag!«, erklang ihre Stimme von der Eingangstür her.

Petrus und der Baas drehten sich nach ihr um.

Sie trug einen pinkfarbenen Glockenrock mit einem weißen Oberteil und einem dicken schwarzen Gürtel um die Taille. Pinkfarbene Ohrringe baumelten fröhlich von ihren Ohrläppchen, und auf ihren Augenlidern glänzte etwas Lidschatten. Petrus stockte der Atem. Er war sich nicht sicher, ob er sie jemals so hübsch gesehen hatte.

»Tag, Precious«, sagte Baas Marius.

Petrus nickte ihr zu.

»Du bist wegen deines Lohns hier?«, fragte Baas Marius.

»Und um mich zu verabschieden«, fügte sie hinzu.

»Na, komm her. Ich habe einen Umschlag für dich fertig. Du musst mir nur im Buch unterschreiben.«

Petrus betrachtete ihre hübsche Figur, als sie auf den Ladentisch zukam. Nachdem sie unterzeichnet hatte, steckte sie den Umschlag in ihre kleine weiße Handtasche. Er sah, wie Baas Marius die Hand hob und ihr auf die Schulter legte, genau wie er es vor ein paar Stunden bei ihm getan hatte.

»Du weißt, dass ich keiner bin, der es mit den Worten hat.«

Precious sah ihn ernst an und nickte.

»Aber du darfst nicht glauben, ich wüsste nicht, was du für uns getan hast. Für mich, für Petrus, für den Laden …«

Sie nickte erneut.

»Also wollte ich mich einfach bedanken«, sagte er.

Petrus glaubte herauszuhören, dass dem Baas die Stimme versagte.

»Ach, das war doch nichts weiter«, erwiderte sie.

»Nein, es war ganz bestimmt nicht nichts.«

»Tja, ich bin froh, dass ich es getan habe.« Sie lächelte.

Sie drehte sich um und sah Petrus an. In seiner Kehle bildete sich ein Kloß.

»Macht es Ihnen etwas aus, wenn ich bloß einen Moment mit Petrus rede, Baas?«, fragte sie.

»Jetzt reicht es aber mit dieser Baas-Sache, hörst du? Nenn mich Oom Marius, genau wie jeder andere auch.«

Precious nickte feierlich. »Danke, Baa… ich meine, Oom Marius.« Sie lächelte.

Beim Anblick ihres Lächelns spürte Petrus ein Flattern im Herzen.

»Dann fort mit dir«, sagte der Baas und richtete die Aufmerksamkeit auf das Buch, das aufgeschlagen auf dem Ladentisch lag. »Nimm Petrus mit nach draußen und sag ihm, was du zu sagen hast.«

Auf einmal merkte Petrus, dass er immer noch den Löffel hielt. Er hing mitten in der Luft auf dem Weg zu seinem Mund, und am Ende balancierte ein Stück Sardine. Rasch ließ er ihn auf den Teller sinken.

Precious sah ihn fragend an. »Willst du mit nach draußen kommen?«

Sie ging zur Eingangstür, und er folgte ihr. Auf dem Weg nach draußen kamen sie an Baas Lenny vorbei, der gerade eintrat. Precious streckte die Hand aus und ergriff Petrus am Unterarm. »Ich wollte nur sagen, Bruder, es ist ein Vergnügen gewesen, an deiner Seite zu arbeiten.«

Petrus nickte. Er machte den Mund auf, um ihr zu sagen, dass das Vergnügen ganz auf seiner Seite gewesen sei, aber es kam kein Ton heraus. Rasch schloss er ihn wieder, da ihm klarwurde, wie lächerlich er aussehen musste, während er mit weit geöffnetem Mund dastand wie einer der Fische, die er an die Hummer verfütterte.

Precious warf den Kopf zurück und lachte schallend. Es klang wie Juwelen, die klirrend zu Boden fielen. Am liebsten hätte er den Klang aufgefangen und in eine Schachtel gestopft, damit er sie später öffnen und ihn sich immer wieder anhören könnte.

»Du hast auch aufgehört, mit Schwarzen zu reden, Bruder?«, fragte sie.

Petrus schüttelte heftig den Kopf.

»Dann sag was.«

Wieder machte Petrus den Mund auf, und wieder kam kein Ton heraus. Wie töricht es gewesen war, davon zu träumen, eine so schlaue und gebildete Frau wie Precious würde sich je für einen wie ihn interessieren. Er konnte noch nicht einmal richtig reden. Wie töricht er war zu glauben, sein Rang als Geschäftsführer würde sie beeindrucken. Nur das Beste war gut genug für eine Frau wie sie. Wie Männer, die zum Universitätsstudium nach Kapstadt gegangen waren und die weiße Autos mit der Aufschrift *Telcom* an der Seite fuhren. Andererseits waren vielleicht nicht einmal solche Männer gut genug für eine Frau wie Precious. Vielleicht war es niemand.

Er spürte Tränen hinter den Augen brennen. »Ich… Ich… Ich hoffe, dass du sehr glücklich sein wirst, Schwester«, bekam er schließlich heraus.

Wieder schallendes Gelächter.

Wieder ein Stich in sein Herz.

»Du redest, als würde ich weggehen, Bruder. Du wirst mich immer noch in der Township zu Gesicht bekommen. Vielleicht kannst du mich Sonntag bei meiner Mutter zu Hause besuchen kommen, und wir können zusammen in der Sonne etwas Koolaid trinken?«

»Und… und was ist mit Baas Charlie?«

»Charlie wird es nichts ausmachen, wenn wir miteinander befreundet sind, Bruder. Er ist ein moderner Mann.«

Petrus lächelte traurig. »Vielleicht komme ich dann und werde mit dir Koolaid trinken, Schwester.«

Precious beugte sich zu ihm. Sie hob die Arme und schlang sie zu einer festen Umarmung um seine Schultern. Seine Haut kribbelte. Er legte seine Arme behutsam um ihre

Taille. Wenn er doch nur auf der Stelle sterben könnte, dann käme er als glücklicher Mann in den Himmel.

Petrus spürte, wie sie zurückwich und sich seinen Armen entzog.

»Auf Wiedersehen, Bruder«, sagte sie, und mit aufblitzenden Zähnen und schwingendem Rock war sie die Treppe hinuntergelaufen und wieder auf der Straße.

Sie drehte sich um und winkte ihm ein letztes Mal zu.

Er wusste, dass ihm der Mund offen stand, während er ihr hinterherstarrte, aber sosehr er es auch versuchte, es gelang ihm nicht, ihn zu schließen.

»Petrus, komm rein!«, hörte er Baas Marius rufen.

Er folgte seinen unwilligen Füßen zurück in den Laden.

»Komm hierher!«, rief sein Baas.

Er ging zum Ladentisch.

»Du weißt, was das hier ist?«, fragte Baas Marius und schob ein leuchtend blaues Buch auf ihn zu. Auf dem Umschlag standen in großen roten Buchstaben die Wörter *Theoretische Fahrprüfung leicht gemacht*. Petrus hatte den Nachbarssohn genau so ein Buch lesen gesehen. Er zuckte die Schultern.

»Es ist für deinen Führerschein«, erklärte Baas Marius. »Darin stehen alle Straßenzeichen und so was. Du musst lernen, was sie bedeuten, und dann eine schriftliche Prüfung ablegen. Wenn du die Prüfung bestehst, dann kann ich dir das Autofahren beibringen. Und sobald du das kannst, schicke ich dich einmal die Woche nach Springbok, um die Vorräte abzuholen. Auf die Weise brauchen wir den Lieferanten nicht zu bezahlen. Das Geld, das wir sparen, können wir deinem Gehaltsscheck zuschlagen. Verstehst du?«

Petrus war nicht sicher, ob er es tat. Wenn er all die Bilder in dem Buch auswendig lernte, dann konnte er Baas Marius' Pick-up fahren und mehr Geld verdienen, indem er das tat? Jedenfalls glaubte er, dass der Baas das gesagt hatte, aber er musste etwas missverstanden haben. Baas Marius sagte fast nie so viele Wörter auf einmal. Er war sich sicher, dass ihm irgendwo ein Fehler unterlaufen war. Petrus zuckte die Schultern.

»Fang an, alles zu lernen, was in dem Buch da steht.«

Er nickte.

»Und gib mir Bescheid, wenn du fertig bist.«

Er nickte wieder.

»Und dann sehen wir weiter, okay?«

»Ja, Baas«, antwortete Petrus.

Baas Marius' Augen weiteten sich, aber er sagte nichts dazu, dass sich Petrus auf einmal zum Reden durchgerungen hatte.

Dafür war Petrus dankbar. Irgendwie fühlte es sich nicht mehr verkehrt an, dass er mit einem weißen Mann geredet hatte. Er glaubte nicht, dass seine Mutter sauer auf ihn sein würde, weil er es getan hatte. Er würde schließlich Autofahren lernen. Petrus hoffte, er würde am Abend, wenn er nach Hause kam, Precious in der Township sehen. Er würde ihr von dem Buch erzählen und von dem Führerschein, und dann würde sie vielleicht, ganz vielleicht, Baas Charlies Auto nicht mehr so fabelhaft finden.

Erneut setzte er zum Reden an. »*Dankie*, Baas.«

29

Sie würde gleich zu einem Date gehen. Einem Date. Einem Date. Einem Date … Ihre sowieso schon beschwingten Schritte fielen ganz besonders schwungvoll aus.

Sollte sie es wagen, es so zu nennen? Jetzt schon? Sie war sich nicht sicher. Sie wusste noch nicht einmal, ob Weiße tatsächlich das Wort *Date* verwendeten oder ob das bloß der Eindruck war, den sie hatte, weil sie amerikanisches Fernsehen schaute. Leute wie sie, wie Precious, die verwendeten ein Wort wie *Date* nicht. Nein, sie nannten es einfach *einander kennenlernen*.

Als sie die Stufen von Oom Marius' Gemischtwarenladen hinunterstieg, spürte sie etwas Schweiß ihre Wirbelsäule hinabrinnen. Sie hoffte, die nasse Stelle wäre durch die Bluse nicht zu sehen. Es fühlte sich gut an, dem Klang ihrer Absätze zu lauschen, die auf den Holzstufen klackerten. Vor sich hin lächelnd blickte sie zurück und winkte Petrus zu, der so verlassen auf der Veranda stand.

Der Schweiß an Precious' Rücken wurde kalt, als sie diesen *isidenge*, diesen Idioten Karel, bemerkte, der vor Bothas Metzgerei hielt. Mit rasendem Herzen erwog sie, die Straße zu überqueren, um nicht an ihm vorbeigehen zu müssen.

Aber nein, das würde sie nicht tun, entschied sie. Nicht für einen Mann wie ihn. Sie hatte genauso das Recht, auf der Straße zu sein, wie er. Die ganze Zeit, als Oom Marius in

Kapstadt gewesen war, hatte sie ihm und seinen Neandertalern die Stirn geboten. Also würde sie sich ihr Handeln jetzt, am helllichten Tag, da nun die ganze hässliche Angelegenheit hinter ihnen lag, nicht von seiner Anwesenheit diktieren lassen. Sie beobachtete, wie er aus seinem Pick-up stieg und auf den Gehsteig trat. Er warf einen Blick nach rechts und sah sie. Zum Trotz reckte sie das Kinn und warf die Schultern zurück, doch es war nicht rasch genug gewesen, um von ihm bemerkt zu werden. Er hatte längst verächtlich den Kopf abgewandt.

Precious ging weiter, den Blick geradeaus gerichtet, und versuchte, nicht an ihn zu denken. Sie würde sich nicht den Abend von ihm verderben lassen. In der Nähe der Metzgerei las sie die geschwungenen weißen Buchstaben auf der Tafel, die für die Tagesangebote warben: Lammkoteletts. Ochsenschwanz. Hühnerleber. Sie erblickte die dunkelbraunen Scheiben Trockenfleisch, *biltong*, die auf der anderen Seite des Schaufensters an Haken hingen. Unwillkürlich lief ihr beim Gedanken an den salzigen Geschmack das Wasser im Mund zusammen.

Er war noch immer nicht hineingegangen, fiel ihr auf. Was hielt ihn auf? Er wartete doch bestimmt nicht auf sie …

Bloß Schritte von Karel entfernt sah sie, wie seine Hand in die Luft fuhr. Instinktiv zuckte sie zusammen, bevor ihr klarwurde, dass er jemandem hinter ihr zuwinkte. Er stand still und wartete darauf, dass derjenige ihn erreichte. Als Precious sich umsah, erblickte sie Charlie, der auf sie zukam. Charlie? Woher hatte er gewusst, dass sie hier war? Sie hatten vereinbart, sich an der Kreuzung zu treffen, wo die Straße aus der Stadt führte.

Lächelnd hob Charlie ebenfalls die Hand zum Gruß. Precious wollte schon zurückwinken, da begriff sie, dass er sie noch nicht einmal ansah. Er lächelte Karel zu.

Das Geklackere ihrer Absätze auf dem Asphalt verstummte jäh.

»Charlie, Kumpel!«, rief Karel und wich Precious aus, um seine rechte Hand zum Handschlag hinzustrecken.

»Wie geht es dir?«, sagte Charlie, bevor er sich umdrehte, um in Precious' Richtung zu nicken.

Ihr stand der Mund offen, und sie hob die Augenbrauen. Würde es so sein vor den Weißen von Klippiesfontein? Würde er ihr nur seine ganze Aufmerksamkeit schenken, wenn sie sich nicht in der Stadt befanden? Oder wäre das sogar nur für die Momente reserviert, in denen sie allein waren? Völlig allein. Weg von weißen Augen. Ihre Hände flogen empört hoch zu ihren Hüften in dem pinkfarbenen Rock.

»Mann, bin ich froh, dich zu sehen«, fuhr Karel fort.

»Kommst du mittlerweile mit dem Internet zu Rande?«, fragte Charlie.

»Nein, Mann, deshalb wollte ich ja mit dir reden. Ich glaube, meine Frau hat auf Knöpfe gedrückt, die sie nicht drücken sollte. Das verfluchte Ding droht uns mit irgendwelchen Bakterien … Ich weiß es nicht. Ich glaube, es ist krank.«

»Ein Virus.« Charlie nickte.

»Wie auch immer, Mann. Hast du Zeit, vorbeizuschauen und es dir anzusehen?«

»Was? Jetzt?«

»Ja, Mann. Ich hab diesem Typen versprochen, ich würde ihm, wie nennt man das noch gleich …«

»Eine E-Mail schicken?«, meinte Charlie.

»Ja, genau. Dass ich ihm per E-Mail ein Angebot für fünfzig Lämmer schicken würde.«

Während Charlie so dastand und nickte, richtete er die Aufmerksamkeit zum ersten Mal auf sie. »Precious!«, rief er, und sein Gesicht verzog sich zu einem breiten Grinsen.

Als sie sich ihres offenen Mundes bewusst wurde, schloss sie ihn schnell. Was führte er im Schilde? Spielte er die Spielchen weißer Männer? Unsicher zwang sie sich, Charlies Lächeln zu erwidern.

Karel starrte Precious wütend an.

Sie starrte zurück.

Charlie beugte sich vor, um ihr leicht mit den Lippen über die Wange zu streichen. »Ich hatte nicht damit gerechnet, dich hier zu sehen«, sagte er.

Ihre Miene wurde weicher, und sie strahlte ihn an. »Nein, ich auch nicht. Wir haben sechs Uhr gesagt, nicht wahr?« Rasch huschte ihr Blick zu Karel, um sein Gesicht zu betrachten. Er sah von dem Paar weg und trat von einem Bein auf das andere.

»Ja, aber meine Mom hat mich gebeten, ein paar Koteletts zu besorgen«, erklärte Charlie. »Karel, du kennst doch Precious, nicht wahr?«

»Wir haben nie die Bekanntschaft gemacht, aber ich weiß, wer sie ist«, grunzte er.

Etwas in Charlies Augen veranlasste sie, ihm zu vertrauen. Sie folgte seinem Beispiel und streckte die Hand aus. »Freut mich, Ihre Bekanntschaft zu machen«, sagte sie süßlich.

Karel streckte die Hand aus und berührte halbherzig ihre, wobei er irgendetwas Unhörbares murmelte.

»Sieh mal, Mann«, setzte Charlie an. »Ich wollte gerade nach Springbok fahren, um mir einen Film anzusehen.«

»Aber heute Abend findet im Gemeindesaal ein *sokkie* statt«, antwortete Karel, ein verwirrtes Stirnrunzeln in seinem ledrig braunen Gesicht.

»Oh, ich weiß. Aber ich wollte mir diesen neuen Film ansehen, der in aller Munde ist.«

»Und nicht tanzen gehen?«, meinte Karel.

»Das liegt Precious nicht so«, erwiderte Charlie.

Karels riss die Augen weit auf. »Du gehst mit *ihr* ins Kino?«

Charlie nickte nüchtern.

Precious verspürte ihm gegenüber Dankbarkeit, weil er sich zu ihr bekannt hatte. Aber wieso eigentlich sollte sie da dankbar sein? Warum zum Teufel sollte er sich *nicht* zu ihr bekennen?

»Wir könnten auf dem Weg bei dir zu Hause vorbeischauen, Karel. Ist deine Frau gerade da?«, fragte Charlie.

Was führte er im Schilde?, dachte Precious.

»Ich ... Ich ...«, stammelte Karel.

»Ist sie zu Hause oder nicht, Mann? Denn ich fahre morgen nach Prieska, um dort ein paar Kunden zu besuchen. Ich weiß nicht, wann ich wieder dazu komme, bei dir vorbeizuschauen.«

Precious starrte die Schweißperlen an, die von Karels Stirn tropften.

Sie hakte sich bei Charlie unter. »Der Film fängt in einer Stunde an. Bist du sicher, dass wir Zeit für einen Zwischenstopp haben?«

»Stimmt. Ihr solltet losfahren.« Karel sah erleichtert aus.

»Ein andermal also, wenn du nicht verplant bist.« Er eilte davon, in die Metzgerei.

Sobald er verschwunden war, brachen Precious und Charlie in Gelächter aus.

»Du böser Mann.« Sie boxte ihn in den Arm. »Bei dem Gedanken, du könntest mit mir an deiner Seite in sein Haus spazieren, hätte er beinahe einen Herzinfarkt bekommen.«

»Würde ihm recht geschehen«, sagte Charlie.

Immer noch lachend überquerten sie die Straße zu der Stelle, wo das kleine weiße Auto mit der Aufschrift *Telcom* an der Seite parkte.

Samstagabend standen Precious und Charlie nervös im Freien auf dem Gehsteig in Springbok. Charlie sah gut aus in seinem makellos weißen Hemd und der frisch gebügelten Jeans, fand sie. Hoffentlich sah auch sie in ihrem neuen pinkweißen Ensemble gut aus. Sie war am Vormittag extra nach Springbok gekommen, um es zu kaufen, damit sie nett aussähe bei ihrem … Date. Sie fummelte am Verschluss der kleinen weißen Handtasche herum: auf, zu, auf … Charlie wippte leicht von einem Fuß auf den anderen. Der Geruch der verschwitzen Körper um sie herum stieg ihr zusammen mit einem Gemisch aus Deodorants in die Nasenlöcher.

Würde er sie bei der Hand nehmen oder nicht?

Ein Teil von ihr hoffte, dass er es täte. Sie hatte gedacht, sie würde jedes Mal, wenn sie sich zufällig berührten, vor Wonne zergehen. Sie konnte es nicht erwarten, dass ihre Berührungen nicht mehr nur zufällig wären. Doch ein anderer Teil von ihr hoffte, dass er nicht nach ihrer Hand greifen würde. Dafür wäre später immer noch genug Zeit. Warum die Dinge überstürzen?

»Welchen Film möchtest du dir ansehen?«, fragte Charlie.

Pflichtschuldig ließ Precious den Blick über die Plakate wandern, doch da sie viel zu nervös war, hatte sie keine Ahnung, wie sie sich eine Antwort einfallen lassen sollte. Sie fummelte an den weißen Perlen an ihrem Hals herum. Während sie versuchte, es sich nicht anmerken zu lassen, ließ sie den Blick über die Menge schweifen, die sich vor dem Kino versammelt hatte. Erkannte sie jemanden aus Klippiesfontein wieder?

Zu ihrer Verblüffung merkte Precious, dass Charlie dasselbe tat. Genauso unauffällig wie sie suchte er nach bekannten Gesichtern. Ihr schwand das bisschen Mut, das sie gehabt hatte. Wie sie gehofft hatte, dass er das nicht täte! Wie sie gehofft hatte, er würde tapfer genug für sie beide sein. Und wie naiv von ihr, etwas anderes erwartet zu haben.

Er zählte gewiss die anderen schwarzen Gesichter in der Menschenmenge – genau wie sie es getan hatte. Zwei bisher. Nein, da war noch eines. Das machte zusammen mit ihrem vier. Gott sei Dank! Wenigstens war sie nicht die Einzige.

Obwohl Schwarze seit über zwei Jahrzehnten in Kinos gehen durften, reichte das nicht, um Springbok, das mindestens zwanzigmal so groß wie Klippiesfontein war, in eine geschäftige, liberale Metropole wie Kapstadt zu verwandeln. Die Leute versuchten, unauffällige Blicke auf die anderen schwarzen Gesichter zu werfen, was bedeutete, dass man ihres zweifellos auch anstarrte. Sie reckte den Hals, um nachzusehen, um wen es sich bei den anderen handelte, und ihr wurde klar, dass sie genau wie alle anderen war, die um sie herumstanden – sie schenkte den Gesichtern aus einem einzigen Grund besondere Aufmerksamkeit: weil sie schwarz waren. Jung und hip, stellte sie fest. Ordentliche Cornrows, Skull Plaits, der neueste Trend, nach den Maßstäben weißer Männer gutaussehend … Den anderen war anzusehen, dass sie ebenfalls nervös waren. Ihre Blicke huschten umher, und sie kamen sich immer noch wie Eindringlinge vor, ganz gleich, was die Gesetze des Landes besagten.

»Wie wäre es mit dem hier?«, fragte Charlie und deutete auf eines der Plakate.

Precious nickte, ohne zu wissen, welchem Film sie zugestimmt hatte.

Würde er sie bei der Hand nehmen oder nicht?

Auf einmal bemerkte sie ein bekanntes Gesicht. »Ist das da drüben nicht Fanus?«, flüsterte sie eindringlich und mit klopfendem Herzen.

»Ich bin mir sicher, dass er hier nicht der Einzige aus Klippiesfontein sein wird. Auch wenn Karel es nicht wahrhaben möchte, will nicht jeder den *sokkie* besuchen. Oder wärst du lieber dorthin gegangen?«, neckte er sie.

Precious hatte es einmal gesehen – einen *sokkie*. Sie war mit ihrer Mutter in den Gemeindesaal gegangen, um in der Küche beim Abwasch zu helfen. Jedes Mal, wenn die Tür aufschwang, hatten sie einen Blick auf die weißen Frauen erhaschen können, in ihren rüschenbesetzten geblümten Sonntagskleidern, wie sie durch den Gemeindesaal geschwungen wurden und die Ellbogen nach oben und unten streckten, während sie versuchten, mit ihren Männern mitzuhalten und sich gut festzuklammern. Die weiße Interpretation von Tanzen. Und obendrein zu derart schrecklicher Musik. Würde

Charlie je von ihr erwarten, so ein Ding zu besuchen? Würde er mit ihr zu einem Tanzabend in der Township gehen? Oder würden sie einfach überhaupt nicht tanzen?

Er schob sie behutsam vorwärts, und sie reihten sich in die Schlange ein.

Als Precious eine Berührung an der Hand spürte, blickte sie nach unten. Sie sah, dass Charlies Finger dicht neben ihren nervös herumspielten. Nach einem tiefen Atemzug schloss sie die Hand um seine und warf die Schultern zurück. Wenn sie das hier machten, dann richtig. Wenn es letztlich nicht funktionieren würde, sollte es nicht daran liegen, dass sie es nicht versucht hatten, beschloss sie.

Charlie sah sie an und schenkte ihr ein nervöses Lächeln. Gemeinsam schoben sie sich näher an die Kinokasse heran.

30

Seine Hände zitterten ein wenig, während er den Zettel umklammert hielt, den Charlie ihm am Morgen vorbeigebracht hatte. Würde er die Sache durchziehen können, fragte er sich?

Oom Marius starrte den Topf mit gesalzenem Wasser an, der auf dem Herd kochte. Er hatte Weißwein hinzugefügt, eine Knoblauchzehe, eine halbe Zwiebel und Kräuter, genau wie es auf dem Zettel stand. Der Dampf aus dem Topf legte sich auf sein Gesicht, und er trat einen Schritt zurück. Jetzt würde er nach Knoblauch riechen, dachte er, und das wäre das Letzte, was er heute Abend gebrauchen konnte.

Es war der Topf, den Hettie immer genommen hatte, wenn sie für die ganze Familie kochte. Derjenige, den sie erst vor ein paar Monaten verwendet hatte, um an Weihnachten die Kartoffeln für ihren berühmten Kartoffelsalat zu kochen. Kalter Braten und Salate, wie jedes Jahr. Oom Marius erinnerte sich noch daran, wie Johan gefragt hatte, ob sie das Weihnachtsessen auslassen könnten, weil Karien zur Abwechslung einmal Weihnachten bei ihrer eigenen Familie hatte verbringen wollen. Oom Marius hatte seinen Sohn am Telefon angeschrien, mit der Faust auf den Ladentisch geschlagen und darauf bestanden, dass sie nach Klippiesfontein kämen. Anschließend hatte er ein schlechtes Gewissen gehabt, weil er so heftig reagiert hatte.

Ein schlechtes Gewissen hatte er nicht mehr. Wenigstens hatte Hettie an ihrem letzten Weihnachten hier auf Erden alle drei Jungen um sich gehabt.

Und hier stand er nun, im Begriff, *ihren* Topf zu benutzen, um für eine andere Frau zu kochen.

Nein, die Sorte Mann war Oom Marius nicht.

Mithilfe von Hetties Ofenhandschuhen nahm er den Topf vom Herd. Frühlingsgrün mit kleinen rosafarbenen Rosen darauf. Er wusste noch, wie stolz sie auf die Handschuhe gewesen war, als sie eines Nachmittags mit Sarie von einem Einkaufsbummel in Springbok zurückgekehrt war. Sie hatte sich nicht oft Dinge gekauft, aber diese besonderen Ofenhandschuhe hatten ihr wirklich gefallen. Oom Marius versuchte, sich ins Gedächtnis zu rufen, wie er auf ihre Freude reagiert hatte. Zu seiner eigenen Schande musste er sich gestehen, dass er wahrscheinlich gar nichts gesagt hatte. Als er auf seine Hände starrte, die in Hetties Handschuhen steckten, riss er sich die Ofenhandschuhe herunter und warf sie in eine Schublade. Er war sich nicht sicher, ob seine Hände es verdienten, am selben Ort zu sein, an dem früher immer ihre gewesen waren.

Mithilfe von zwei Geschirrtüchern packte er den Topf an den Griffen und schüttete das kochende Wasser ins Spülbecken. Er schob ihn zur Seite.

Oom Marius stapfte in den Laden. »Petrus!«, brüllte er.

»Ja, Baas?« Petrus kam aus dem Lager. Mit gewaschenem und dank einer frischen Vaselineschicht glänzendem Gesicht, sauberem Hemd, Seifengeruch. Bereit, um übers Wochenende nach Hause zu fahren.

»Gut, du bist noch nicht weg«, sagte Oom Marius.

»Nein, Baas, ich bin noch da.«

»Geh rüber zu Missies Sarie und frag, ob ich mir einen großen Topf ausleihen kann.«

»Einen großen Topf, Baas?«

»Ja, das habe ich doch gesagt. Bist du taub?«

»Jetzt, Baas?«

»Natürlich jetzt. Wann denn sonst?«

Mit einem beinahe unmerklichen Kopfschütteln stellte Petrus seine Plastiktüte ab und ging auf die Eingangstür zu.

»Beeil dich. Ich hab nicht den ganzen Tag Zcit.«

Oom Marius glaubte, Petrus »Tss, tss, tss« sagen zu hören, entschied aber, dass das nicht sein konnte. Petrus war niemand, dem der Kamm schwoll. Oder doch? Oom Marius würde ihn sorgfältiger im Auge behalten müssen.

Er kehrte durch die Tür in sein Haus zurück.

Auf einem Stuhl am Küchentisch wartete er Petrus' Rückkehr ab. In Gedanken ging er die Liste mit den Dingen durch, die er immer noch tun musste: das Tischtuch auf dem Tisch ausbreiten – das neue, das er beim Lieferanten bestellt hatte. Er hatte sich dagegen entschieden, eines von Hetties bestickten zu verwenden. Den Tisch decken. Nicht die Weingläser vergessen, auch wenn er gewöhnlich keinen Wein trank. Er dachte an die Flasche mit süßem Weißwein, die im Kühlschrank kaltgestellt war. Ein Hauch von Kultiviertheit, beglückwünschte er sich selbst zum zehnten Mal. Weißwein mit Meeresfrüchten. Er hoffte, dass sie beeindruckt wäre.

Charlie hatte ihn an den Wein erinnert, als er das auf einem steifen weißen Blatt Papier ausgedruckte Rezept vorbeigebracht hatte. Das Rezept, das er auf Oom Marius' Bitte hin im Internet herausgesucht hatte. Oom Marius hatte in keinem einzigen von Hetties Kochbüchern eines finden können.

Oom Marius war nervös. Er stand auf, ging durch das Zimmer bis zur Spüle und blickte auf die beiden übrigen Hummer hinab, die in dem Becken im Wasser saßen und mit ihren kleinen Knopfaugen zu ihm hochstarrten, als wüssten sie, dass ihre Tage gezählt waren.

Zwei Hummer hatte er Hendrik mitgegeben, der am Wochenende mit seinen Söhnen angeln fahren würde. Er hatte das Klebeband von ihren Scheren entfernt. Die Fische im Oranje würden den Schrecken ihres Lebens erleiden, wenn sie im Flussbett die Bekanntschaft dieser beiden Meerestiere machten.

Da hatte er entschieden, die letzten beiden zu verspeisen. Er hatte genug Geld für die verfluchten Dinger bezahlt und genug Ärger gehabt. Ja, angesichts der Ausgaben für das Aquarium, für all die wöchentlichen frischen Meeresfrüchte und die beiden Tiere, denen er eine Mitfahrgelegenheit zum Fluss besorgt hatte, wären diese letzten beiden die teuersten Hummer auf der ganzen verfluchten Welt.

»Es sieht aus, als würde der Hummerbestand von Klippiesfontein demnächst gegen null gehen«, sagte er zu den Tieren, die sich in dem Becken wanden.

Oom Marius vernahm ein ängstliches Klopfen an der Tür. Auf der anderen Seite befand sich Petrus mit einem Topf in den Händen. Oom Marius nahm ihn ihm ab. »Jetzt fahr nach Hause und ruh dich aus«, sagte er.

»Ja, Baas. Sie auch.«

»Ich auch was?«

»Ausruhen, Baas. Sie auch.«

»Schreibst du mir vor, was ich zu tun habe?«, fuhr Oom Marius ihn an.

»Nein, Baas«, sagte Petrus schnell. »Ich fahre jetzt nach Hause und ruhe mich aus. Was Sie machen, das weiß ich nicht.«

Die Tür schloss sich hinter ihm, und Oom Marius hatte sofort ein schlechtes Gewissen, weil er den Mann angefahren hatte. Er machte die Tür noch einmal auf und rief in den leeren Laden. »Schönes Wochenende!«

Hinten hörte er ein Schlurfen. »Ja, Baas«, erklang Petrus' gedämpfte Stimme, gefolgt von einem leisen Geräusch, als er die Tür hinter sich schloss.

Oom Marius stand wieder am Küchentisch. Nachdem er den Topf abgestellt hatte, griff er wohl zum zwanzigsten Mal an dem Tag nach dem Zettel.

Wie man einen Hummer kocht, stand darauf geschrieben. Er las es sich erneut durch. Bloß um sicherzugehen: *Zum Kochen des Hummers wird ein großer Kochtopf mit einem Deckel benötigt. – Man gieße genug Wasser in den Topf, um den Hummer vollständig zu bedecken. – Für jeden Liter Wasser füge man einen Esslöffel Meersalz hinzu. – Anschließend lasse man das Wasser stark kochen …*

Was zum Teufel war starkes Kochen? Und wie unterschied es sich von normalem Kochen?

Oom Marius und Patty saßen auf Plastikstühlen im Laden und nippten an ihren Sherrygläsern.

Patty hatte gekichert, als er ihr einen Drink angeboten hatte. »Oh, Marius«, hatte sie gesagt und ihn mit den roten Fingernägeln am Arm berührt. »Bietest du mir einen Aperitif an?«

»*Ag*, nein, Mensch, Patty«, hatte er erwidert. »Du weißt doch, dass ich nichts von dem ausgefallenen französischen Kram hier im Laden habe. Bloß eine Flasche Old Brown Sherry. Möchtest du nun welchen oder nicht?«

Sie hatte zweimal geblinzelt. »Einen Aperitif nennt man einen Drink vor dem Essen.«

»Ich habe es nicht mit komplizierten Wörtern. Ich nenne die Dinge beim Namen«, hatte er verlegen gemurmelt.

»Tja, also, ich hätte sehr gern einen, danke«, hatte sie gelächelt.

Als ihre Gläser schließlich leer waren, wusste Oom Marius, dass es an der Zeit war, Patty ins Haus zu bitten. Das wäre der schwierigste Teil: eine andere Frau zu bitten, Hetties Küche zu betreten. Selbst wenn es sich bei der Frau um Patty handelte.

Sie blickte auf ihr leeres Glas und wirkte beinahe so nervös, wie er sich fühlte.

Oom Marius starrte seine Hände an und zwang seine Zunge dazu, die Wörter auszusprechen. »Möchtest du mit mir ins Haus kommen?«

Sie räusperte sich. »Marius, warum essen wir heute Abend nicht einfach hier drinnen?«

Aus reiner Dankbarkeit hätte er aufspringen, die Arme um ihren Hals schlingen und ihr einen dicken Kuss auf die Lippen drücken können. »Ja, Patty. Das ist eine sehr gute Idee. Sehr gut. Warte du einfach hier, und ich werde alles herausbringen.«

Patty saß adrett auf dem Stuhl und nippte an ihrem zweiten Glas Sherry, während Oom Marius wiederholt in die Küche ging und jedes Mal mit einem anderen Gegenstand in den Händen zurückkehrte: einem kleinen Plastiktisch, einem roten Tischtuch, auf das blaue und grüne Papageien gedruckt waren, mit einer einzelnen Kerze, die er in die Mitte stellte und mit zitternden Händen anzündete. Er hoffte, dass ihr nicht der Schweißtropfen aufgefallen war, der seine Schläfe hinabgeronnen und auf die Tischdecke getropft war. Als er noch einmal losging, kam er mit einer Flasche Wein und zwei Gläsern wieder. Als Nächstes kehrte er mit den Esstellern, einer Schüssel Ofenkartoffeln und zwei Maiskolben zurück.

»Du hast dir nur wegen mir all diese Mühe gemacht?«, entfuhr es ihr mit glänzenden Augen.

Oom Marius strahlte sie stolz an, außer Atem und nervös: Es war an der Zeit für den großartigen Höhepunkt. Er hoffte, sie wäre ausreichend beeindruckt. Schließlich hatte er es sogar geschafft, sich selbst zu überraschen. Er hatte keine Ahnung gehabt, dass er so gut kochen konnte. Stolz lächelnd ging er ein letztes Mal in die Küche. Bei seiner Rückkehr kam Oom Marius auf den Tisch zugeeilt und stellte vorsichtig eine große Schüssel in die Mitte. »Hummer Thermidor. Genau wie sie ihn in den Restaurants in Kapstadt servieren.«

»Oh nein!«, kreischte Patty, wandte den Kopf ab und hielt sich die Hand vor den Mund.

»Was ist los? Was stimmt nicht?«

»Das kann ich unmöglich essen, Marius. Ich kann es einfach nicht«, sagte sie mit matter Stimme.

»Aber warum denn nicht? Ich habe sie selbst gekocht, genau wie es im Internet stand.«

»Das ist furchtbar grausam, Marius. Das habe ich dir vor

einiger Zeit schon einmal gesagt. Es verstößt gegen meine Prinzipien.«

Oom Marius schlug sich mit der Handfläche gegen die Stirn. »Das hast du, Patty. Das hast du. Es ist meine Schuld. Es tut mir so leid.«

Er errötete wie ein zehnjähriges Schulmädchen. Welch Reinfall! Wie hatte er das vergessen können? Sie hatte ihm am ersten Tag, als er die Dinger in den Laden gebracht hatte, gesagt, was sie davon hielt, Hummer zu kochen. Was für ein Idiot er war! Er starrte auf das Tablett und biss sich auf die Unterlippe. »Ich bringe sie weg«, murmelte er.

Oom Marius griff nach den Hummern und verschwand in der Küche. Er lehnte sich an die Tür und fragte sich, wie er wieder hinübergehen und ihr gegenübertreten sollte. Er atmete schwer.

Idiot. Dummer, verfluchter Idiot!

Es klopfte behutsam. »Marius?«, hörte er ihre Stimme.

Als er sich umdrehte, um die Tür zu öffnen, wurde ihm klar, dass er immer noch das Tablett mit den Hummern in den Händen hielt. Wohin konnte er es stellen?

»Einen Moment!«, rief er.

Hektisch sah er sich in der Küche um. Er stürzte auf den Ofen zu, riss die Tür auf, schob die Hummer hinein und schloss sie wieder. Dann packte er ein Geschirrtuch und fuhr sich damit über die Stirn, um den Schweiß abzuwischen, den er herabströmen spürte. »Herein!«, rief er endlich. Er stand mitten im Zimmer und versuchte sein Bestes, um ganz ruhig zu wirken.

Vorsichtig trat sie ein. »Was werden wir jetzt machen?«, fragte sie mit sanfter Stimme.

Patty stand in Hetties Küche. Er wartete darauf, dass ihm diese Erkenntnis den Atem verschlug. Sie tat es nicht.

»Steak, Patty? Wie wäre es mit Steaks? Verstößt das auch gegen deine Prinzipien?«

Sie lächelte. »Steak verstößt nicht gegen meine Prinzipien, nein.« Der Blick, den sie ihm schenkte, war freundlich, aber zugleich auch traurig. Ihr Lächeln verblasste. »Aber …« Sonst sagte sie nichts.

Sie hatte gezögert. Ja, er hatte es gesehen, sie zögerte. Oom Marius war erleichtert, ihre Unsicherheit zu sehen. Sie schien etwas widerzuspiegeln, das sich gerade ebenso in ihm regte. Andererseits … Warum war sie unsicher? Wollte sie nicht …

Oom Marius schob den Gedanken beiseite. »Ich könnte zu Dirkie Botha rübergehen und ihn um zwei Rumpsteaks bitten?«

Sie blieb dort stehen und sah ihn mit diesen herzzerreißenden Augen an. Sie nickte nicht und schüttelte nicht den Kopf. Sie schien direkt in ihn hineinzustarren.

»Im Steak-Braten bin ich Meister«, versuchte er es erneut.

»Danke für den Sherry, Marius.« Ihre Stimme war bloß eine Spur lauter als ein Flüstern. »Danke, dass du mich heute Abend eingeladen und dir wegen mir all die Mühe gemacht hast. Es ist sehr schmeichelhaft. Wirklich. Aber ich finde, wir sollten für heute Schluss machen. Ich glaube … Ich glaube, es ist immer noch zu früh.«

Oom Marius zwang sich, nicht die Fassung zu verlieren. »Du hast recht. Du hast recht. Du sprichst von deinen Gefühlen für Shawn?«

»Nein, nicht Shawn. Über den bin ich hinweg. Ich spreche

von Tannie Hettie. Es ist zu früh, Marius. Das weißt du selbst.«

Er hatte das Gefühl zu stürzen. Oom Marius wich einen Schritt zurück, um nicht das Gleichgewicht zu verlieren, und stieß gegen den Küchentisch. Der Salz- und der Pfefferstreuer klirrten gegeneinander. »Danke, Patty. Danke. Das meine ich ernst.«

Ihr Lächeln war wieder da, mit einer Spur Mitleid, mit einer Spur Güte, er wusste es nicht zu sagen. »Vielleicht kannst du mir in ein paar Monaten ein Steak braten?«, schlug sie vor. »Vielleicht in einem Jahr. Schauen wir mal. Ich habe nicht vor wegzugehen.«

Oom Marius nickte. In gewisser Weise kam er sich wie Petrus vor. Er war stumm. Er folgte Patty zur Eingangstür des Gemischtwarenladens und sah zu, wie die sanfte blonde Frau die Treppe hinunterging und in die Church Street bog.

Dank

Ich möchte den folgenden Menschen für ihre Unterstützung und Hilfe bei der Umsetzung dieses Buches danken: meinen Schrifstellerkollegen und -kolleginnen aus der Maastricht Writers' Group und dem Brussels Writers' Circle, Derrick für sein Vertrauen in mich, meiner Familie, die mich auch in besonders stressigen Momenten ausgehalten hat, meiner Agentin, Jo Hayes, für ihren unschätzbaren Rat, aber vor allem meinem Ehemann Taki für seinen unerschütterlichen Beistand über all die Jahre.